사에즈리
도서관의
와루츠 씨

코교쿠 이즈키
장편소설

김진환 옮김

사에즈리 도서관의 와루츠 씨

"책은 죽지 않아요.
다들 책을 사랑하잖아요?"

알토북스

차례

제1화

사에즈리 도서관의 카미오 씨

악마의 웃음소리처럼 불쾌하기 짝이 없는 소리가 들렸다.

"악!"

카미오는 황급히 브레이크를 밟으며 핸들 위로 고개를 푹 숙였다. 어깨 길이로 자른 머리카락이 마구 흩날리며 핸들에 쏟아졌다. 고개를 들기 싫었다.

'으씨, 재수가 없어도 더럽게 없네. 하루 종일 이게 뭐야!'

파란색 경차 운전석에서 그대로 굳어버린 카미오는 속으로 욕을 내뱉었다.

그렇다. 오늘은 아침부터 재수가 없었다. 뉴스의 별자리 운세는 가장 아래 등급이었다. 채널을 돌렸더니 혈액형 운세도 가장 아래

등급이었다. 나 참, 황소자리 A형은 아침 댓바람부터 최악의 운명을 짊어지게 될 거라고? 말이야 방귀야. 카미오는 투덜거리며 화장을 끝내고 집을 나섰다. 그런데 회사에 다 와서야 현관에 두고 온 도시락이 생각나는 게 아닌가. 공들여 만든 특제 아스파라거스 베이컨 말이가 물 건너간 것이다. 게다가 점심때는 회사 식당 자판기에서 산 빵이 어찌나 퍽퍽한지 카미오는 짜증이 머리끝까지 차올랐다.

게다가 하필 그날 팀장도 컨디션이 최악이라 오후 업무가 시작된 지 15분 만에 카미오는 대차게 화풀이를 당했다. 아무리 생각해봐도 자기가 뭘 잘못했는지 알 수 없었다. 결국 카미오는 화장실에 가서 눈물을 훔치고 말았다.

완전히 지친 카미오는 야근을 해야 할 상황인데도 퇴근 시간이 되자마자 획 나와 버렸다. 집에 두고 온 아스파라거스 베이컨 말이 같은 것 말고 몸에 확실히 해로운 것을 먹고 싶었다. 프라이드 치킨이 떠올랐다. 부푼 기대를 안고 프랜차이즈 치킨 가게에 갔더니 이번에는 주차장에 빈자리가 없었다. 가게에 사람도 별로 없는데 왜 자리가 없는 거야? 재수가 없으려니 별!

이대로 집에 가면 최악의 운세라는 걸 인정하는 꼴이 되는 것 같아서 카미오는 옆 건물 주차장에 일단 주차를 하기로 했다. 어차피 오래 안 있을 거니까. 카미오는 차라리 최근에 휘발유 도둑이 자주 출몰한다는 라디오 뉴스가 더 거슬렸다. 휘발유 도둑은 이런 시골

이랑 상관없는 이야기라고 생각하면서도 혹시나 또 그런 재수 없는 일을 당할까 봐 은근히 불안감이 밀려왔다.

일기 예보나 들어봐야겠다 싶어 카미오는 채널을 돌렸다. 리처드 클레이더만의 피아노 연주가 나오더니 아나운서가 낭랑한 목소리로 내일은 날씨도 전기 공급도 이따금 좋지 않을 수 있다고 말했다. 그야 뭐 그럴 수 있지. 카미오는 대수롭지 않게 생각하며 주차장 쪽으로 핸들을 꺾었다.

뭘 하는 건물인지는 몰라도 만약에 공공시설이면 주차장이 무료일 것이었다. 모자를 깊이 눌러쓴 경비원도 보였다. 나이가 꽤 있는 듯했는데, 그래도 경비원이 없는 것보다 나았다. 그리고 차를 그냥 댄다고 해도 딱히 혼날 것 같지도 않았다. 혼자서 닭튀김 좀 먹는다고 시간이 걸려봐야 얼마나 걸리겠는가.

앞쪽에 빈자리가 하나 있었다. 그 옆에 주차된 차도 경차라서 공간은 충분히 여유로웠다. 그런데 핸들이 살짝 미끄러졌다. 심장이 쿵 내려앉았다. 카미오의 차는 옆에 있던 차와 붙어 있었다. 한마디로 접촉 사고가 난 것이다. 전적으로 본인 잘못으로.

주변은 어둑어둑하고 가로등이 하나씩 켜지고 있었다. 카미오는 반쯤 울상이 된 얼굴로 핸들을 꽉 움켜쥐고 액셀을 밟으려 했다. 그러자 이번엔 다른 불길한 소리와 함께 발밑에서 뭔가 이상한 충격이 느껴졌다.

"말도 안 돼…."

시선을 내리자 구두 굽이 처참히 부러져 있다. 운전할 때는 굽이 있는 신발이 좋지 않다는 걸 알면서도 2년 내내 출퇴근하며 구두를 신었는데, 이런 일은 처음이다. 뺑소니 시도를 신에게 들킨 것만 같아 카미오는 또다시 핸들에 엎드렸다. 그리고 오늘 하루 동안 몇 번이나 신의 노여움을 샀는지 머릿속으로 세어보았다.

'번뇌는 분명 108개…. 아, 아닌가? 아무튼 뺑소니는 아니지….'

카미오는 마음을 고쳐먹고 다른 차에 방해가 되지 않도록 차를 세운 다음 비틀거리는 다리로 차에서 내렸다. 아까 봤던 경비원을 찾았지만 그새 퇴근했는지 아무 데도 보이지 않았다.

가로등이 비추는 원통형 건물은 꽤 컸고 유리로 덮여 있었다. 내부에는 꽤 많은 서가가 보였다. 이중문으로 된, 신기할 만큼 새것 같은 건물 입구에 서고 나서야 그곳의 이름을 알게 되었다. 카미오는 '사에즈리 도서관'이라고 적힌 태평한 문패를 잠시 바라보다 도망치듯 안으로 들어갔다.

도서관은 깨끗했고 특이한 냄새가 났다. 음식 냄새와 비슷해서 공복감을 살짝 자극하면서도 뭔가 가슴이 먹먹해지는 향기였다. 그게 종이와 풀 냄새라는 사실을 카미오는 알지 못했다. 안내데스크에 사람이 보여 카미오는 재빨리 다가갔다.

"실례합니다."

그러자 낮은 목소리가 돌아왔다.

"네."

그녀는 보통 이런 자리에 있는 사람들처럼 젊지 않았다. 짧은 단발로 자른 새하얀 백발에 은테 안경을 쓴 눈가에는 주름이 선명했다. 터틀넥 상의 위에 유니폼으로 보이는 단정한 조끼를 걸치고 있었다.

"죄송한데요…."

긴장을 떨쳐내느라 숨을 깊이 한 번 쉬고 천천히 말을 이었다.

"방금 주차하다가 옆에 있던 차랑 살짝 부딪혔…."

도서관 직원의 눈썹이 살짝 치켜 올라갔다. 질책하는 말이 나올까 봐 잔뜩 졸아 있는데, 그녀가 무표정한 얼굴로 말했다.

"그렇군요. 그럼 사무실로 잠깐 같이 가시겠어요?"

역시나 낮은 목소리로 말하더니 그녀가 몸을 일으켜 카미오 앞에서 걸어가기 시작했다. 몸에 붙는 치마에 까만 스타킹을 신고 있었다. 카미오는 굽이 부러진 한쪽 발을 까치발 들고 최대한 걷는 데만 집중하면서 따라갔다. 평일 저녁 식사 시간인데도 도서관 여기저기서 인기척이 느껴졌다.

의외로 도서관 이용객이 적지 않았다. 책을 읽고 있는 사람들을 보니 카미오는 자신이 도서관이라는 시설에 와 있다는 사실이 실감 났다.

카미오는 책과 거리가 먼 사람이었다. 자발적으로는 책을 읽어본 적이 없었다. 도서관이라는 곳이 뭘 하는 곳인지는 대충 알았지만 자신과는 죽을 때까지 인연이 없을 곳이라 생각했다. 학창 시절에 단체로 선생님을 따라 퀴퀴한 냄새가 나는 도서실에 몇 번 들어가 봤을 뿐 책이라는 걸 진지하게 생각해본 적이 없었다. 낡아빠졌고, 한 줄 읽기도 어렵고, 취향이 특이한 사람들이나 좋아하는 것. 카미오가 생각하는 책이란 이런 것이었다. 카미오는 자신과 어울리지 않는 곳에 온 것만 같아 몸을 잔뜩 움츠리고는 발끝만 보며 걸었다.

직원이 사무실이라고 칭한 곳은 도서관 안쪽에 있었다. 넓지도 좁지도 않은 방에는 10개가 채 되지 않는, 사무용 컴퓨터가 놓인 책상과 사무실용 소파가 보였다. 소파에 앉으라고 권하는 말에 카미오는 마치 학생 시절로 돌아가 교무실에 혼나러 온 듯한 기분이 들었다. 앉아서 혼이 날 정도면 마음을 꽤 단단히 먹어야 할 것 같아 마음이 무겁고 우울해졌다.

경찰을 부르려고 하나? 부모님에게 전화해야 하나? 취직한 이후에는 쭉 차를 운전하고 다녔지만 이 정도 사고는 없었다. 엄마가 알면 또 얼마나 타박할지. 정신머리는 어디 두고 다니냐, 너란 아이는 왜 항상 왜 이 모양이냐 난리 칠 게 뻔했다. 에휴, 애 취급당할 나이는 지났는데. 그런데 혹시 그 차 주인이 야쿠자 같은 사람이면 어떡하지? 꼬리에 꼬리를 물고 불길한 상상이 이어졌다. 금요일 저녁에 이게 대체 무슨 일인가 싶으면서 머릿속이 혼란스럽고 자신의 한심함이 저주스러울 지경이다.

도서관 직원은 사무실 안쪽에 있는 계단 아래를 내려다보며 소리 높여 불렀다.

"와루츠 씨!"

'왈츠 씨?'

특이한 이름 때문에 카미오의 머릿속 생각이 딱 멈췄다.

"네, 갑니다!"

아래쪽에서 대답과 계단을 올라오는 발소리가 들렸다. 안내데스크에 있던 직원은 이제 자기 역할이 끝났다는 듯 고개 숙여 인사하더니 로비 쪽으로 돌아갔다.

계단 쪽에서 나타난 여자는 방금 가버린 직원보다 훨씬 젊었다.

'나보다 몇 살 위거나 또래겠네.'

카미오는 멍하니 그녀를 보았다. 아까 그 직원과 같은 조끼를 입고 있었고, 긴 머리카락을 뒤로 정갈히 묶고 있었다. 안경은 쓰지 않았다. 그녀가 온화하고 침착하면서도 생기가 느껴지는 미소를 지으며 입을 열었다.

"안녕하세요."

"아, 네. 안녕하세요."

카미오는 자기도 모르게 대답했다. 자리에서 일어서려고 했지만 부러진 구두 굽에 신경을 쓰다가 타이밍을 놓치고 말았다.

그녀는 고개를 숙이며 주머니에서 얇은 명함 케이스를 꺼내더니 요즘엔 좀처럼 보기 힘든 종이 명함을 탁자 위에 올려놓았다.

와루츠 유이. 직함보다 몇 포인트 큰 글씨체로 적힌 이름이 먼저 눈에 들어왔다. 손가락으로 만져보니 글씨가 살짝 오목하게 들어가 있었다.

"와루츠라고 합니다. 사에즈리 도서관의 대표이자 특별 보호 사서관입니다."

"네…."

책이라는 고상한 물건과는 전혀 인연이 없었기에 카미오는 와루츠 씨가 구체적으로 어떤 일을 하는 사람인지 알 수 없었다. 다만 그녀 가슴에 아름다운 글씨체로 '와루츠'라고 적힌 이름표가 달려있는 걸 보니 와루츠가 별명이나 가명은 아닌 것 같았다.

와루츠 씨는 소파 맞은편에 앉더니 카미오를 향해 웃어 보였다.

"무슨 일로 오셨나요?"

따뜻하게 미소를 보내는데도 카미오는 마치 추궁을 당하는 기분이었다. 혹시 작은 선물이라도 주면 나를 좀 잘 봐주려나…? 하긴 지금은 줄 만한 게 하나도 없지.

"그러니까 사고가…."

우물쭈물해 봤자 달라지는 건 없었다. 카미오는 용기를 내어 말했다.

"주차장에서 주차를 하다가 다른 차랑 부딪혔어요…."

"어머!"

와루츠 씨는 예쁜 눈썹을 치켜올리며 물었다.

"다친 데는 없고요?"

말투가 어찌나 다정하던지 카미오는 또 눈물이 날 뻔했다.

"다친 데는 없는데… 그 차를 긁어버려서…."

"어머…."

그럼 경찰을 부를게요, 하는 말을 각오하며 카미오는 고개를 푹 숙였다. 미세하게 흔들리는 공기를 통해 와루츠 씨가 고개를 끄덕이고 있다는 걸 알 수 있었다. 말이 다시 이어졌다.

"그럼 같이 좀 보러 갈까요? 주차장으로."

그녀는 자리에서 일어섰다. 카미오도 얼굴을 들었다. 카미오가 보기에 와루츠 씨는 귀찮아하는 기색이 전혀 없었다.

와루츠 씨는 카미오의 부러진 구두 굽을 보자마자 탈의실에서 샌들을 가져다주었다. 낡은 지압 샌들이었지만 카미오는 감사히 갈아 신었다. 발밑이 안정되자 기분도 조금 나아지면서 자연스레 시선이 올라갔다.

창밖은 이미 어둑어둑했지만 도서관 안은 환했다. 2층, 아니, 3층까지 뚫린 높은 천장에는 환풍기가 돌아가고 있었다. 실내는 눈이 편안해지는 회색 같은 흰색 위주고 벽면은 대부분 열과 자외선을 차단하는 이중 유리나 서가로 되어 있었다. 2층으로 올라가는 계단이 몇 군데 있었고 엘리베이터는 투명한 유압식이었다. 안내데스크 너머에 있는, 지하로 내려가는 유일한 계단도 눈에 들어왔다. 늘어선 서가의 윗면은 합성 플라스틱이었고 먼지가 묻지 않도록 코팅되어 있었다. 책도 가지런하게 꽂혀 있었다.

뻔한 말이겠지만, 서가에는 도서 검색 시스템에서 나오는 것보다 훨씬 방대한 양의 책들이 가득했다. 책 아래쪽에는 모두 기호와 번호가 적힌 라벨이 붙어 있어서 책들이 바코드만으로 분류되지 않는다는 걸 알 수 있었다. 카미오는 책장에 꽂혀 있는 책등을 보면서 얼마나 딱딱할지 머릿속으로 상상해 보았다. 완벽히 정돈된 책을 보니 왠지 모를 경외심이 느껴졌다. 굳이 읽지도 않을 책을 만져볼 엄두가 안 날 정도다.

바깥으로 나오자 주변은 한층 어두워져 있었다. 와루츠 씨와 카미오는 가로등 불빛을 받으며 사고 현장 앞에 섰다. 당연하게도, 카미오의 차는 얌전히 주인을 기다리고 있었고 파란색 도장에는 아까처럼 살짝 흠집이 나 있었다.

와루츠 씨가 두 차 사이를 들여다보았다.

"이쪽인가요? 아아, 흠집이…."

"맞아요."

카미오는 몸을 움츠렸다.

"낯익은 차네요. 자주 오는 고객님 차 같아요. 조금만 일찍 왔다면 경비원이 있었을 텐데, 오늘은 퇴근하셔서…."

"누구 차인지 짐작이 가세요?"

와루츠 씨가 고개를 끄덕였다.

"그래도 한번 제대로 알아봐야겠죠?"

"어떻게요?"

여기 있다 보면 언젠가 차주가 돌아올 테니 그때까지 기다리자는 걸까? 아니면 미아가 발생했을 때처럼 그 고요한 도서관에다 안내 방송이라도 하려는 걸까? 그건 너무 부담스럽다고 생각하며 얼굴만 붉히고 있는데....

"저기 책이 있어요!"

조수석을 살펴보던 와루츠 씨의 표정이 밝아졌다. 카미오도 들여다보니 조수석에 책 한 권이 놓여 있었다. 붉은색 표지의 양장본이었다. 책등에 분류 번호가 적힌 라벨이 없는 걸 보면 도서관 책이 아니라는 건 카미오도 알 수 있었다.

조수석에 책이라니, 휘발유보다 비싼 물건을…. 아, 도서관에 드나드는 사람은 나 같은 사람이랑 다른 종족인가 보네, 카미오는 생각했다. 하지만 와루츠 씨는 다른 생각을 하는 것 같았다.

"역사소설이라… 그렇다면 아마…."

와루츠 씨는 혼잣말을 했다. 그러고는 사에즈리 도서관 건물 쪽으로 몸을 돌려 또박또박 걸어가기 시작했다. 카미오는 와루츠 씨를 놓칠세라 냉큼 뒤를 좇았다. 와루츠 씨는 굽 있는 구두로 자동문을 지나 곧장 안내데스크 안으로 쑥 들어갔다.

"사토미 씨, 오늘 이와나미 씨 오셨나요?"

데스크에는 아까 그 직원이 앉아있었다. 그녀의 가슴을 슬쩍 보니 와루츠 씨와 똑같은 글씨체로 '사토미'라 적힌 이름표가 있다.

사토미 씨는 와루츠 씨의 갑작스러운 질문에도 담담히 대답했다.

"네, 오셨어요."

"빙고."

와루츠 씨는 기쁘게 말하고는 다시 물었다.

"책은 빌리셨고요?"

"네, 방금요."

"잘됐네요. 최신 대여 내역을 한번 보여주시겠어요?"

와루츠 씨가 안도하는 표정을 지었다. 사토미 씨는 그녀가 말을 채 끝내기도 전에 손톱이 잘 정리되고 힘줄이 도드라진 손가락을 움직여 모니터에 어떤 정보를 띄웠다. 와루츠 씨는 모니터를 유심히 보았다. 하지만 개인정보 보호를 위해서인지 정면에서만 모니터를 볼 수 있게 해놔서 카미오는 아무것도 볼 수 없었다.

"잘 봤어요."

와루츠 씨는 고개를 끄덕이더니 이번엔 조용한 도서관 안을 걸어가기 시작했다. 카미오는 황급히 그녀를 뒤따랐다. 꼿꼿한 등에서는 아무 감정도 읽히지 않아 그녀가 무슨 생각을 하고 있는지 궁금하기만 했다.

유리벽에 접한 계단을 올라가니 창가에 소파가 놓여 있고 회색 정비복 차림의 나이 지긋한 어르신이 옆에 책을 쌓아둔 채 앉아있었다. 그의 무릎 위에는 당연한 듯이 두꺼운 책이 펼쳐져 있었다.

"이와나미 님."

와루츠 씨가 다가가며 조용히 불렀다. 이와나미 씨는 조금 놀란 듯 책에서 눈을 떼며 고개를 들었다.

"네?"

와루츠 씨는 종종걸음으로 다가가 말했다.

"한참 찾았어요."

"한참 찾았다고?"

"네."

거짓말. 와루츠 씨는 이와나미 씨를 찾아다닌 적이 없다. 단골이라 그런가 어디 있는지 바로 알았던 것 같은데. 어쨌든 한참 찾은 건 아니라고 생각했지만 입 밖에 내진 않았다.

"무슨 일로?"

이와나미 씨가 와루츠 씨에게 물었다. 와루츠 씨는 옆으로 한 걸음 물러서더니 손바닥이 위를 향하도록 한 뒤 카미오를 가리켰다.

"주차장에서 이 고객님의 차와 이와나미 님의 차랑 접촉 사고가 났다네요."

"아이코."

이와나미 씨의 입술이 동그래졌다. 카미오는 당황하며 고개를 푹 숙였다.

"죄송합니다!"

고개를 계속 숙이고 있는 카미오의 머리 위로 이와나미 씨의 목소리가 날아들었다.

"다친 데는요?"

카미오가 놀라며 고개를 들었다. 어중간하게 허리를 숙인 채 고개를 가로젓자 이와나미 씨가 웃으며 말했다.

"안 다쳤으면 됐죠."

눈물이 왈칵 쏟아지려 해서 카미오는 겨우 참았다. 얼굴을 들 수가 없었다.

밖은 완전히 깜깜했다. 찬 기운을 머금은 바람이 불었고 벌레 우는 소리가 사방에서 들려왔다. 이와나미 씨는 도장에 흠집이 난 자신의 차를 유심히 바라보며 중얼거렸다.

"내가 직접 한번 해볼까?"

얼마나 변상해야 할지 걱정하던 카미오는 당황스러웠다.

"직접… 하신다고요?"

"내일도 날씨가 좋다니까."

이와나미 씨는 와루츠 씨를 돌아보았다.

"와루츠 씨, 차량 보수에 관한 책이 있던가?"

"있고말고요."

와루츠 씨가 자신만만한 미소를 지으며 고개를 끄덕였다.

"어디?"

"1층 서고로 들어가셔서 오른쪽으로 쭉 가세요. 그럼 F서가의 오른쪽에서 이 정도, 이 근처에 있어요."

와루츠 씨는 거침없는 말투로 말하더니 좌우로 움직이던 손을 자신의 턱 근처에서 멈췄다.

"《자가용차의 보수정비》가 가장 최근에 나온 책이에요. 전쟁 후에 발행된 책이라 이해하기 쉬울 거예요. 제본도 링노트 형식이고, 사진도 많은 초심자용이에요."

막힘없는 대답에 카미오가 놀라는 사이 이와나미 씨는 인자한 표정으로 자신의 손을 와루츠 씨와 똑같은 높이로 들어 올리며 말했다.

"이 근처 말이지. 좀 보고 올게."

"다녀오세요."

와루츠 씨가 싱긋 웃었다. 이와나미 씨는 여전히 어안이 벙벙한 채로 서 있는 카미오를 돌아보며 말했다.

"괜찮으면 내일 아침에 도서관에 또 올래요?"

"네?"

"카미오 씨 차에 난 흠집도 제가 한번 고쳐보려고요. 잘될지는 모르겠지만. 하하."

이와나미 씨는 도서관으로 들어가 버렸다. 카미오의 대답도 듣지 않고서.

나야 좋지! 카미오는 생각했다. 자동차 보수를 받아 본 적이 없으니 어디 가서 받아야 하는지도 모르겠고, 데이터베이스를 통해 어찌어찌 방법을 알아낼 수는 있겠지만 직접 할 자신도 없으니까.

마침 고마운 제안이었지만 그래도 예상치 못한 일이 줄지어 벌어지자 정신을 똑바로 차릴 수가 없었다.

"내일 와주실 수 있겠어요?"

와루츠 씨가 친절하게 말했다.

"그 샌들도 그냥 신고 가세요. 내일 돌려주시면 되니까요."

"근데요…."

일단 감사 인사부터 하는 게 도리지만 카미오의 입에서 나온 것은 무례할 수도 있는 질문이었다.

"책… 말이에요. 읽으면 전부 기억하세요?"

뜬금없는 질문에 와루츠 씨는 미소를 지었다.

"그럴 리가요. 전부 기억하지는 못하죠."

"그렇다면 어디까지…?"

용기 내어 질문했지만, 와루츠 씨는 카미오 씨가 미처 말을 끝내기도 전에 웃음을 터뜨렸다.

"하하! 모처럼 왔는데, 책 좀 빌려 갈래요?"

"하지만…."

책을 이렇게 쉽게 빌릴 수 있는지도 몰랐고, 돈을 내고 싶지도 않고, 나는 제대로 책을 읽어본 적도 없다. 이런 말을 꺼낼 수는 없었다. 그도 그럴 것이 여기가 어딘가. 도서관의 주차장이다.

"처음이거든요."

얼빠진 소릴 하자 와루츠 씨가 말했다.

"사에즈리 도서관에 오신 걸 환영합니다."

주차장 가로등 불빛이 와루츠 씨 얼굴을 비추었다. 한없이, 한없이 따뜻하고 아름다운 미소였다.

카미오는 안내데스크 옆에 있는 흰색 의자에 앉았다. 데스크 위는 디스플레이에 '신규 등록자용'이라는 글자가 떴다.

"일단, 도서관은 공공시설이 아니에요."

데스크를 사이에 두고 마주 앉은 와루츠 씨의 말에 카미오는 깜짝 놀랐다.

"사에즈리 도서관의 장서는 개인한테서 기증을 받거나 다양한 협력 회사의 기부를 받은 것입니다. 국내 거주자라면 이용하는 데 특별한 제약은 없습니다. 신분증으로 이용자 등록을 마치면 약정에 동의한 것으로 보고 누구나 이용할 수 있게 하고 있어요."

사립 도서관이라고? 게다가 전부 무료라니. 이용료가 적잖이 걱정되었던 카미오는 어리둥절했다. 어떻게 이런 게 가능하지? 카미오는 갸웃하면서도 와루츠 씨가 알려주는 대로 운전면허증을 꺼내 리더기에 내밀었다. 공공시설에서는 좀체 보기 어려운 선진시대의 기기였다. 기술 자체는 특별할 게 없지만, 요즘은 어느 지자체나 재정난에 허덕이다 보니 이 정도 설비를 쉽사리 비치하긴 힘들었다. 카미오는 기업을 상대로 전자기기를 파는 회사에서 사무직으로 일하기 때문에 이런 사정을 잘 알았다. 이런 생각을 하는 동안에도 전혀 답답하지 않을 속도로 주소와 생년월일 등 개인 단말 정보가 단말기에 입력되고 있었다.

“감사합니다. 개인정보는 통상 사무 범위에서만 이용되며 외부로 유출되지 않습니다.”

다른 모든 기관이나 시설 등에 가입할 때 나오는 안내문과 똑같은 내용이었다. 와루츠 씨가 이어 말했다.

“사에즈리 도서관의 이용 규정을 알려드리겠습니다.”

물 흐르는 듯한 설명이었다.

“대여 기간은 2주, 1인당 다섯 권까지 가능합니다. 대여 기간은 온라인으로도 연장할 수 있지만, 4주 이상 연장을 원하면 도서관에 직접 와서 재대여를 하셔야 합니다. 같은 책을 몇 번 빌리든 횟수에 제한은 없습니다. 예약자가 있는 경우는 예외고요. 예약자 유무는 온라인에서 확인할 수 있으며, 예약은 한 번에 세 권까지 가능합니다. 100퍼센트 받아들여진다고 보장은 못 하지만 희망도서 신청은 부담 없이 해주세요. 안내데스크에 요청해도 되고 온라인으로도 가능합니다. 매주 월요일에 휴관하지만 예상치 못한 정전이 오래 지속되거나 시스템 장애 등이 발생하면 임시로 문을 닫을 수도 있습니다. 이런 경우에는 대여 기간이 자동 연장되고 카드에 표시됩니다.”

건네받은 카드는 연한 하늘색에 이름과 번호, 액정 표시 패널이 들어간 단순한 디자인이었다.

“여기 도서관 시설 안내판이 있습니다. 비교적 최근에 나온 책들이 있는 1층, 2층은 누구에게나 개방되어 있어요. 지하는 서고로 쓰이는데, 주로 전쟁 전에 출간된 책들이 보관되어 있고요. 서고에는 이용자 등록을 마치고 카드를 지참한 분만 입장할 수 있습니다. 또한, 지하에는 직원만 출입할 수 있는 곳도 있으니 양해 바랍니다. 검색 결과에 ‘보존 서고’라고 나오면 직원에게 말씀해주세요. 그리고 각 서가에는 검색 단말기가 마련되어 있으니 자유롭게 사용하면 됩니다. 사용 방법을 모르겠다면 그 또한 언제든 직원에게 물어봐 주세요.”

도서관 시설 안내판을 보면서도 좀처럼 실감이 나지 않았다. 1층, 2층도 모자라 지하까지 책이 있다니. 카미오는 이렇게 책이 많은 곳은 처음이었다.

“그럼 가장 중요한 내용을 알려드리겠습니다.”

카미오의 이용자 등록 화면이 다음으로 넘어가자 와루츠 씨가 천천히, 한층 정중한 말투로 입을 열었다.

“본 도서관의 자료는 전부 특별 보호 사서관의 담당이라는 사실을 명심해주세요.”

카미오는 고개를 갸웃거렸다.

“특별 보호 사서관…이 뭔가요?”

그 질문을 미리 예상했던 것이리라. 와루츠 씨는 속눈썹을 내리깔더니 막힘없이 설명했다.

"요새는 별로 언급될 일이 없다 보니 모르실 수도 있어요. 예전에는 국회 도서관을 비롯해 자료 보존을 목적으로 세워진 모든 특별 도서관의 장서에 마이크로 칩을 심었어요. 그런 장서들의 관리, 특히 위치 정보에 대한 접근 권한을 부여받은 사람이 특별 보호 사서관이에요."

"그럼 그 말은…."

"본 시설에서 필요하다고 판단한 경우, 대여 여부와 상관없이 자료의 위치 정보를 확인할 수 있다는 뜻이죠. 본 도서관은 분실이나 파손에 따른 배상을 요구하지 않습니다. 기본적으로 이용자에게 금전을 요구하진 않지만 빌려 간 도서는 무슨 일이 있어도 반드시 반납해야 합니다."

무슨 일이 있어도. 그 말이 어찌나 무겁고 강렬한지 카미오는 자기도 모르게 숨을 삼켰다. 책의 위치 정보를 파악하기 위해 칩을 작동시킨다면 책이 어디에 있든 알아낼 수 있을 것이다. 문득 좀 전에 느꼈던 불가사의한 느낌도 설명이 되는 것 같았다. 이와나미 씨를 어떻게 그렇게 금방 찾았는지. 대여 도서의 위치는 곧 대여자의 위치일 수 있으니까.

"그렇다면 당신이…?"

카미오는 눈앞에 선 와루츠 씨를 올려다보며 중얼거렸다.

"네."

카미오의 반듯한 입술 끝이 쓱 올라갔다. 그녀는 손가락으로 자신의 가슴을 가리켰다.

“제가 사에즈리 도서관의 대표이자 특별 보호 사서관입니다.”

자랑스러워하는 말투였다.

이용자 등록이 끝나자 부드러운 클래식 음악이 흘러나왔다. 이어지는 안내 방송에서 폐관 30분 전이라는 녹음이 나왔다. 와루츠 씨 목소리였다. 안내 방송에 합성음이 아닌 녹음한 사람의 소리를 쓴다는 것은 요즘 시대에 꽤 드문 일이라 무척 인상적이었다.

“오늘 책을 빌려 가실 건가요?”

와루츠 씨가 묻자 카미오는 이용자 카드를 쥔 채 우물쭈물했다.

“혹시 추천해주실 책이 있을까요?”

“평소에 책 좀 보세요?”

“그, 그다지….”

카미오가 쑥스러워하며 어깨를 으쓱했다.

“카미오 씨만 아니라 많이들 그래요. 요새는 활자 매체를 대부분 온라인으로 접하니까.”

비난이나 실망이 아니라 옹호에 가까운, 자연스럽고 상냥한 말투였다.

“제 취향대로 추천해 드려도 괜찮을까요?”

와루츠 씨가 물었다.

“그럼요! 가능하다면… 어렵지 않은 걸로….”

"물론이죠."

와루츠 씨는 이미 걸음을 옮기고 있었다. 굉장히 즐거워 보였다. 카미오는 신기한 기분이 들었다. 뭐가 저렇게 즐겁지? 이용객이 늘어나면 도서관 실적이 좋아지기 때문인가?

"그림책도 괜찮아요. 어른이 되고 나서 접하는 그림책도 각별하지만…."

사람들이 많이 빠져나간 사에즈리 도서관을 걸어가며 와루츠 씨가 입을 열었다.

"책이 너무 짧으면 책을 읽었다는 기분이 잘 들지 않기도 해요."

조용한 도서관이라 와루츠 씨의 목소리가 또렷하게 들렸다.

"논픽션이나 에세이는 개인 성향이나 생활 방식에 따라 호불호가 갈려서 모두가 좋아하는 작품 같은 건 없어요. 참, 지금 퇴근하고 오신 거죠?"

와루츠 씨가 물었다.

"네."

갑작스러운 질문에 카미오가 등을 꼿꼿이 펴며 대답했다.

"수고 많으셨겠네요. 그렇다면 책답게, 독서답게, 무게와 깊이가 있으면서도 멀리까지 날아가 볼 수 있는…."

와루츠 씨는 낮은 책장에서 양장본 책 한 권을 꺼냈다.

"오랜 세월 사랑받고 있는 해외 아동문학 애장판입니다. 술술 읽힐 거예요."

황금색에 가까운 색에, 커버로 덮이지 않은 딱딱한 표지였다. 카미오는 손끝에 힘을 주며 표지를 톡톡 만져보았다.

살짝 흠집이 난 차를 타고 독신자용 연립주택에 도착한 카미오는 정장을 벗어 아무렇게나 소파 위에 던져두었다. 그러고는 샤워하러 욕실로 가는데 현관 앞에 놓아둔, 에코백에 들어 있는 자신의 구두가 보였다.

'출근용 구두를 사러 가야겠네.'

직장에 신고 갈 만한 구두는 그 한 켤레뿐이다. 샌들 같은 걸 신고 갔다간 꼬투리 잡기 좋아하는 팀장한테 무슨 소리를 들을지 모른다. 새로 사야 한다는 걸 혹시라도 깜빡할까 봐 에코백은 치우지 않고 그대로 두기로 했다.

카미오는 샤워를 마치고 머리를 말리며 아침에 놓고 간 도시락 상자를 열어 아스파라거스 베이컨 말이를 집어먹었다. 초가을이라 아직은 좀 더운데도 상하진 않았다.

'맞아. 힘든 일이 많긴 했지만 최악의 하루는 아니었어.'

그제야 오늘 하루가 그렇게까지 나쁘지만은 않았다는 생각이 들었다.

카미오는 손을 씻고 출근용 가방을 열어 빌려 온 책을 꺼냈다. 소파에 앉아 딱딱한 표지를 펼치자마자 사에즈리 도서관의 냄새가 났다. 글자는 짙은 갈색이었다. 매끄러운 종이를 어루만져 보기도 하고, 책갈피 역할을 하는 노란 가늠끈을 만지작거리기도 하고, 총 페이지 수를 확인하기도 했다. 한동안 그렇게 뜸을 들인 끝에, 카미오는 간신히 글자를 읽어나가기 시작했다.

엎드려 읽기도 하고 누워서 읽기도 했다. 손끝으로 글자를 짚으며 나아가다 돌아오고, 나아가다 돌아오고의 반복이었다. 이야기의 배경이 되는 시대와 세계관이 자신의 현실과 너무 괴리가 컸다. 첫 장을 읽어야 다음 장으로 넘어갈 텐데 아무리 봐도 머릿속에 들어오지 않았다. 처음 접하는 음식을 억지로 입에 넣은 것처럼 난감했다. 본문을 손가락으로 잡아놓고 남은 페이지의 두께를 확인한 다음 한쪽 눈을 감으며 중얼거렸다.

"길다…."

물론 어렸을 땐 독후감을 쓰기도 했으니 이 정도 분량의 책은 읽었을 것이다. 하지만 고등학교를 졸업하고 취직한 이후로는 책을 읽을 일이 딱히 없었다. 매일 읽는 글자라고 해봐야 기껏 한 번에 한 화면 정도였다.

'이 책을 2주 동안 다 읽을 수 있을까? 그러려면 하루에 몇 페이지를 읽어야 하는 걸까? 아, 머리에 안 들어오네….'

어느새 소파에 누워버린 채, 카미오의 의식은 흐물흐물 녹아내리고 있었다.

다음 날 아침, 소파 위에서 눈을 뜬 카미오는 이불 대신 가슴 위로 펼쳐놓은 책 한 권을 덮고 있었다. 삐걱거리는 몸으로 옷을 갈아입고 평소보다 두 단계 정도 생략한, 간단한 화장만 한 뒤 초콜릿 몇 개를 집어먹고 집을 나섰다. 휴일 오전에 밖으로 나가는 건 아주 드문 일이었다.

차를 타고 사에즈리 도서관 주차장에 들어서자 어제 봤던 경비원 아저씨가 어깨를 들썩이며 다가왔다.

"어, 아가씨구먼."

틀니를 낀 걸까? 차창을 내린 카미오에게 명확하지 않은 발음으로 경비원이 말했다.

"저쪽으로 가요. 이와나미 씨가 저쪽으로 보내 달라고 했어."

가볍게 감사 인사를 한 뒤 카미오는 그가 가리킨 곳에 주차를 했다. 차가 얼마 없었다. 이와나미 씨의 차가 세워져 있고, 이와나미 씨는 도장에 광을 내고 있었다. 어제와 똑같은 회색 정비복이었다. 그는 목에 두른, 검게 때가 탄 수건으로 우락부락한 얼굴을 쓱쓱 닦아냈다.

"왔네?"

"네, 안녕하세요."

인사를 나눈 뒤 카미오는 차 안을 들여다보았다. 조수석에는 오늘도 책이 많았다. 다만 이번엔 도서관 라벨이 붙어 있었다.

"혹시 어제 빌려 가신 책 얼마나 읽으셨어요?"

"응?"

이와나미 씨가 얼굴을 들었다. 햇볕에 그을린 까무잡잡한 피부에 머리카락과 눈썹만 하얬다.

“아, 절반쯤.”

“절반요…?”

한 권 한 권 다 합쳐봐야 자신이 빌린 책보다 얇아 보였지만, 그래도 하루 만에 반이나 읽었다고? 한 번에 여러 권을 빌려 간 것도 그렇고 카미오는 입이 떡 벌어졌다. 너무 엄청나서 말도 안 되는 일 같았다.

“책을… 어떻게 하면 책을 그렇게 빨리, 많이 읽을 수 있어요?”

이와나미 씨는 꼼꼼히 작업을 계속하며 얼굴도 들지 않고 대답했다.

“좋아하면요.”

“어떻게 하면 좋아하게 될까요?”

“그야 재미를 느끼면 좋아하게 되죠.”

이와나미 씨는 차량 정비 책을 넘기려다 문득 손을 멈추고 목에 건 수건에 손끝을 닦아냈다. 그 모습을 본 카미오가 다급히 책장을 넘겨주었다.

할아버지 할머니가 일찍 돌아가셨기 때문에 카미오는 노인과 대화하는 게 익숙하지 않았다. 주름진 손이 신기해 보였다. 이와나미 씨의 손가락은 얼핏 가늘어 보였지만, 짧으면서 튼실했다. 손톱 색깔은 탁했으나 손은 조금의 떨림도 없이 솜씨 좋게 움직였다.

"책을 잘 안 읽으시나?"

카미오가 책장을 넘기는 모습을 보며 이와나미 씨가 물었다.

"잡지 같은 건 읽지만… 그런데 그것도 단말기로 보니까요…."

카미오에겐 잡지를 읽는 게 쇼핑을 하는 것과 비슷했다. 그녀는 통신 판매를 많이 이용하는 편이었다. 가끔 배송이 지연되기는 하지만 가까운 곳에서는 구할 수 없는 상품도 많으니까. 그녀는 마음에 드는 상품이 보이면 바로 주문하는 스타일이었다.

"같으면서도 다르죠."

이와나미 씨가 다시 몸을 숙이며 말했다.

"책이 아니면 느끼거나 찾을 수 없는 것도 있어요. 그런 걸 경험하고, 그런 경험이 좋아질 때 비로소 책이 좋아지는 거겠죠."

책을 읽는다고 무조건 훌륭한 인간인 건 아니니까, 하고 이와나미 씨는 혼잣말처럼 말했다. 작업하는 손을 멈추지 않으면서.

"난 매일 책을 읽지만 우리 딸은 독서가 사치스러운 취미라면서 탐탁지 않아 했죠. 단말기로 보는 영상이나 데이터가 백만 배는 재미있다고 계속 말했어요. 나도 그게 틀린 말은 아니라고 봐요."

그리고 이어지는 그의 중얼거림은 후회 같기도 하고 체념 같기도 했다.

"지나친 집념은 병인 거지요."

카미오는 아무 대답도 할 수 없었다. 그 말이 맞는 것 같아서. 할 말을 찾지 못한 채 가만히 서 있는 카미오에게, 이와나미 씨는 시간이 좀 더 걸릴 테니 도서관 안에서 기다리기를 권했다. 시간을 보내기엔 더할 나위 없는 장소라며.

도서관 안내데스크에는 어제와 마찬가지로 백발의 사토미 씨가 앉아있었다.

"좋은 아침입니다."

카미오가 데스크로 다가가자 그녀가 사무적인 인사로 맞았다. 낮은 목소리는 호의적인 느낌과는 거리가 멀어서 어쩔 수 없이 위압감을 느끼게 된다.

"네, 좋은 아침입니다. 와루츠 씨는 사무실에 계신가요?"

빌려 간 책은 가져오지 않았지만 어제 빌려 신었던 샌들을 돌려주어야 했다. 데스크에 맡기기가 뭣해서 사무실에 들어가 봐도 되느냐고 묻자 사토미 씨는 슬쩍 자기 손목을 내려다보았다. 얇은 시곗줄로 연결된 귀여운 손목시계였다. 예쁘게 정리된 손톱도 그렇고, 의외로 그런 쪽의 취향인 것 같았다. 왠지 모를 친밀감이 느껴졌다.

사토미 씨는 금방 손목시계를 확인한 다음 얼굴을 들었다.

"이 시간이면 장서 배치랑 서가 정리를 하고 계실 거예요. 열람실 어딘가에 계실 텐데, 호출해 드릴까요?"

"아니요!"

제가 찾아볼게요, 하고 말하려다가 문득 어제 일이 생각났다.

"혹시 어제 이와나미 씨를 찾았을 때처럼 위치 정보로 찾아내시는 거예요?"

그 말에 사토미 씨가 시선을 돌렸다.

"그럴 리가요. 이 도서관의 특별 보호 사서관은 와루츠 씨뿐입니다. 저에게는 서적 좌표의 접근 권한이 없고 열람도 불가능해요."

그렇다면, 하고 카미오가 말을 이어나가려 하는데 다른 손님이 나타났는지 등 뒤에서 자동문 열리는 소리가 들렸다.

"이쪽 단말기에는 호출 기능도 있어요. 그러니까 못 찾으시겠으면 다시 오세요."

"네!"

카미오는 재빨리 도서관 안으로 들어갔다. 도서관은 이제 막 열어서 사람이 별로 없었다. 금세 찾을 수 있을 거로 생각했지만 높은 서가가 시야를 가로막아서 도서관은 마치 미로 같았다. 와루츠 씨는 좀체 보이지 않았다.

"아…."

이윽고 꼿꼿한 자세의 뒷모습을 발견하고 카미오는 안도했다. 큰 목소리로 부를 수는 없어 가까이 다가갔는데, 와루츠 씨는 미동도 하지 않았다. 선 채로 책을 읽는 것 같았다. 바로 뒤에서 멈춰 섰는데도 돌아보지 않기에 조심스럽게 입을 열었다.

"와루츠… 씨?"

"으악!"

어깨를 움찔거리며 탁, 하고 책을 덮는 소리와 함께 와루츠 씨가 반사적으로 뒤를 돌았다. 가슴 앞에는 방금까지 읽던 책을 소중히 끌어안고 있었다.

"죄, 죄송해요."

와루츠 씨가 순간적으로 사과를 했다. 아무것도 아닌 말에 너무 놀란 게 미안했다.

"저야말로 죄송해요…."

카미오가 사과를 하자 와루츠 씨가 무척 당황해하면서 고개를 꾸벅 숙였다.

와루츠 씨의 뺨은 붉게 물들어 있었다. 그런 귀여운 모습에 카미오는 웃고 말았다.

"책 읽고 계셨어요?"

와루츠 씨는 책을 끌어안은 채 몸을 더 작게 움츠렸다.

"일하고 있었는데요…."

그러고는 손가락을 입에 대면서 작은 목소리로 부탁했다.

"사토미 씨한테 비밀로 좀 해주실 수 있을까요?"

"그럼요. 저를 믿으세요."

카미오는 자기 가슴을 두드리며 말했다.

"그런데 와루츠 씨는 책이 그렇게 좋으세요? 책을 참 좋아하시는 것 같아요."

새삼스러운 질문이긴 했다. 하지만 사실 직업이라는 게 좋아하는 일과 꼭 직결되지는 않는다. 좋아하는 일을 직업으로 삼을 수 있다면 그보다 좋을 수는 없겠지만, 세상일이라는 게 늘 마음처럼 되진 않는 법이니까. 취직을 하고 나서야 그 일을 좋아하게 되거나 좋아하지 않는 일을 억지로 계속하는 사람이 대부분이다. 후자에 가까운 카미오는 와루츠 씨가 부러웠고, 동시에 너무 멋져 보여서 감격스러울 지경이었다.

와루츠 씨는 활짝 피어나는 꽃처럼 미소 지었다.

"네. 이 도서관의 장서는 제 보물이에요."

보물이라는 게 꽤 거창한 표현이긴 했지만, 카미오는 굳이 토를 달지 않고 고개를 끄덕이는 것으로 대답을 대신했다.

"이거…."

그리고 샌들이 들어 있는 에코백을 내밀며 고개를 숙였다.

"감사했습니다. 덕분에 집에 편하게 갔어요."

"뭘요."

와루츠 씨가 받아넘겼다. 카미오는 오늘 학생 시절에 자주 신던 단화를 신고 있었다.

"책은 좀 읽었어요?"

와루츠 씨가 물었다. 하루 만에 물어보는 성급함에 놀라는 동시에 웃음이 나와서, 카미오는 엄지와 검지 사이로 약간의 공간을 만들어 보이며 대답했다.

"아주 조금요."

"아, 그럴 만하죠."

와루츠 씨도 자신의 성급함을 깨달았는지 난처한 듯 웃으며 고개를 끄덕거렸다. 그런 몸짓도 귀여워 보였다.

카미오는 아까 이와나미 씨에게 했던 질문을 와루츠 씨에게도 해보기로 했다. 이와나미 씨의 대답은 이해하기 힘들었던 터라 이번엔 조금 다른 방식으로 물어보았다.

"책을 읽을 때 요령 같은 게 있을까요?"

"요령…?"

와루츠 씨는 눈을 깜빡거렸다. 옅은 색의 천연 속눈썹이 팡팡 하는 소리를 내는 것 같았다.

"음…."

와루츠 씨는 가만히 천장을 올려다보다가 문득 생각났다는 듯 시선을 내리며 말했다.

"아, 화장실이요."

"화장실이요?"

카미오는 어리둥절했다. 그러자 와루츠 씨가 진지하게 고개를 끄덕거렸다.

"화장실에 미리 가두는 게 좋을 거예요. 한참 재밌게 읽다가 갑자기 끊기면 답답하니까요."

독서를 방해받지 않는 요령을 물어본 게 아니었는데…. 카미오는 자기도 모르게 웃고 말았다.

전혀 도움은 안 됐지만 멋진 대답이라는 생각이 들었다. 단말기는 한 손으로 사용할 수도 있고 방수 처리도 되어 있으니까 장소를 가리지 않는다. 그러나 책은 종이와 잉크로 되어 있으니 무겁기도 하고, 장소의 제약도 있다.

"알겠습니다."

카미오가 대답하자 와루츠 씨는 갑자기 뭔가 생각난 듯 어깨를 살짝 들썩였다. 그리고 주머니에서 단말기를 꺼냈다.

"손님이 오셨나 봐요."

카미오는 자신이 와루츠 씨의 업무를 방해하고 있었다는 걸 깨달았다.

"죄송해요. 제가 시간을 너무 많이 빼앗았네요."

"아니에요."

와루츠 씨가 예쁘게 미소 짓더니 들고 있던 책을 책장에 신중히 꽂고는….

"그럼 책 재미있게 읽으세요. 좋은 독서 되기를."

그리고 멀어져갔다.

좋은 독서. 카미오가 그 말에 놀란 이유는 독서에 좋고 나쁨이 있다는 생각을 해본 적이 없었기 때문이다. 그와 동시에 독서라는 걸 좀 더 진지하게 해봐야겠다는 생각이 들었다. 카미오는 등을 꼿꼿이 펴며 자세를 똑바로 했다.

어쨌든 지금은 시간을 보내야 하니 책을 좀 읽어봐야겠다고 카미오는 생각했다. 신발은 내일 사고. 그런데 무슨 책을 읽지? 전혀 감이 잡히지 않아 한 걸음 앞으로 가 와루츠 씨가 아까 끌어안고 있던 책을 찾았다. 하얀 표지에 금색 글자였으니까, 분명….

'이 책이야.'

카미오는 손으로 잡고 힘을 주어 꺼내려다가 손을 멈췄다.

'《뇌신경외과의 권위와 초상》…? 이건 대체 어떤 내용일까?'

뭐가 뭔지 모르겠지만, 꺼내든 책은 무거웠고 내용도 상당히 무거울 거라는 사실은 분명했다. 좋은 독서로 나아가는 길은 꽤 험난해 보였다.

휴일에 날씨까지 좋다 보니 도서관 이용객은 점점 늘어났다. 대부분 카미오보다 훨씬 나이가 많은 사람들이라 이따금 어린아이가 시야에 들어오면 카미오는 자기도 모르게 시선을 붙박고 쳐다보았다. 방금 저쪽으로 뛰어갔던, 서로 닮아 보이는 아이들은 남매였을까? 쫓아가 확인하기도 뭣해서 그 의문은 의문으로만 남았다.

이용객들은 도서관이 꽤 익숙해 보였다. 각자 책을 찾거나 빌리거나 읽고 있었다. 카미오는 서가 사이를 이리저리 걸어 다니며 책 종류가 정말 다양하구나, 하고 무척 평범한 생각을 했다. 오래된 학술서나 역사서, 대문호가 쓴 소설만 책인 것은 아니었다.

책들을 쭉 보고 있자니 아는 얼굴들이 떠올랐다. 더 정확히 표현하자면, 책이 너무 많다 보니 누군가를 떠올리게 하는 책에만 눈

길이 갔다. 원예 서적을 보며 아버지를 떠올리고, 요리 서적을 보며 어머니를 떠올리고, 역사소설을 보며 이와나미 씨를 떠올렸다. 《도서관의 역사》라는 책이 꽂힌 서가에서 카미오는 걸음을 멈추고 책 한 권을 뽑아 들었다.

목차에 '특별 보호 사서관'이라는 글자가 보이기에 카미오는 그 페이지를 찾아보았다. 사서의 변천사와 종류, 그리고 특별 보호 사서관을 정의하는 조문과 그 권한에 관한 내용이 적혀있었다. 나머지는 국립 도서관을 예로 들며 데이터 운용 방법을 설명하는 내용이었다. 상상했던 것보다 훨씬 이과적인 내용이라 카미오는 많이 놀랐다. 와루츠 씨도 이런 데이터를 다룬다는 거잖아…. 카미오는 감탄하며 책을 서가에 다시 꽂아놓았다.

그때, 앞에서 걸어가던 여성이 카드를 기계에 꽂아 자동문을 열고 계단을 내려가는 모습이 보였다. 두꺼운 뿔테 안경에 구겨진 운동복을 입은, 어딘가 촌스러운 인상의 여성이었다. 카미오는 황급히 지갑에서 자기 카드를 꺼내 앞서 내려간 여성과 똑같이 기계에 꽂아 넣었다.

와루츠 씨가 처음에 설명해준 적이 있었다. 지하는 서고로 쓰인다고, 오래된 책들이 보관되어 있다고. 지상보다 책이 더 많다는 사실이 신기하기도 해서 들어가 보고 싶었지만 혼자서는 무서웠다. 모르는 사람이라도 누군가 함께 들어간다면 괜찮을 것 같았다.

까만 미끄럼방지 패드가 깔린 가파른 계단을 내려가자 지상과는 전혀 다른 공기가 카미오의 몸을 감쌌다. 지상도 충분히 쾌적했는데, 지하는 그 이상으로 최적의 온도와 습도로 맞춰놓은 것 같았다. 사람이 아니라 책을 위해서.

열화되기 시작한 종이와 잉크, 접착제 냄새가 코의 점막을 자극했다.

'아, 책 냄새구나.'

카미오는 그것이 책 냄새라는 걸 바로 알아챘다.

'그런데 왜 이러지? 뭔가….'

그립다…는 느낌이 들었다. 비슷한 장소에 와 본 적도 없는데 향수가 솟구쳤다. 그런 감정을 자극하는 냄새였다.

계단을 다 내려가자 지독하게 폐쇄된 세계가 나왔다. 지상이 낮이라면 지하는 밤이다. 자연광도 조금도 스며들지 않는 공간은 강한 압박감을 주었고, 아주 고요했다. 모든 존재가 숨을 죽이고 있는 것 같았다. 지상에 비해 천장이 낮고 좁은 공간에 꽉 들어찬 책이 모든 소리를 흡수하고 있다는 원리를 카미오는 알지 못했다. 지상의 책이 살아 있는 책이라면, 이곳의 책은 마치 잠들어 있는 것 같다고 생각했다. 앞서 들어갔던 여성은 이미 숲처럼 늘어선 서가 뒤쪽으로 사라졌지만 작은 발소리와 기척은 느껴졌다.

카미오는 가장 가까이 있는 서가를 바라보았다. 마치 나무 같았다. 나뭇결이 선명하고 단단한 목재는 매끄럽게 잘 손질되어 있었고 따뜻한 느낌이었다. 서가 옆면을 어루만지는데 음각으로 새긴 뒤 옻칠을 한 글자가 보였다.

'기쇼義昭… 문고…?'

한자를 맞게 읽은 건지 확신은 없었다. 출판사 이름인가? 처음 들어본다고 카미오는 생각했다. 물론 아는 출판사라고 해 봐야 몇 안 되지만.

신기한 건 서가의 책들이 지상보다 훨씬 어수선하게 정리되어 있었다. 전부 등표지가 보이도록 꽂혀 있긴 했지만, 공간이 부족해서인지 곳곳에 가로로 눕혀 빈틈에 끼워 넣거나 앞쪽에 쌓아놓은 책도 보였다. 난잡하다기보다는 오히려 자유로움이 느껴졌다.

"우와…."

카미오는 슬쩍 한 권 손에 들었다가 빛바랜 겉표지와 누렇게 변색한 종이 때문에 좀 놀랐다. 조금 지저분한 것 같기도 했지만 숨겨진 보물 같다는 인상도 받았다.

'할아버지 같은 책이네.'

카미오는 생각했다. 가족이라곤 부모님밖에 없는 카미오에겐 할아버지라는 존재가 조금 낯설기도 했지만 그래도 부정적인 느낌은 없었다.

박물관의 유리 케이스 너머로만 볼 수 있을 만한 물건을 직접 만지고 있다는 게 신기했다. 카미오는 입을 멍하니 벌린 채 걸어가며 서가를 쭉 훑어보았다. 잡다하게 놓인 책들이 마치 누군가를 기다리는 듯했다. 그 누군가는 카미오일 수도 있었다.

"꺄앗."

발밑에 뭔가가 걸리면서 카미오는 비틀거렸다. 서가 위쪽에 책을 넣고 빼기 위해 놓아둔 발판이었다. 카미오는 균형을 잃으며 서가를 붙잡았다. 그러자 쌓여 있던 책들이 요란한 소리를 내며 순식간에 발밑으로 떨어졌다.

"악!"

카미오는 무심결에 비명을 지르며 쪼그려 앉았다.

"이런, 이런."

떨어진 책은 모두 네 권이었다. 황급히 책을 주워들던 카미오의 얼굴이 창백해졌다. 낡은 책 한 권의 두꺼운 표지가 본문과 무참히 분리되어 있었다.

"어쩌지?"

머릿속이 새하얘졌다.

"아이코."

소리를 듣고 온 것이리라. 뒤쪽에서 카미오를 보며 그렇게 중얼거린 사람은 아까 앞서 서고로 내려왔던 안경 쓴 여성이었다. 기다란 검은 머리를 단정히 묶고 졸려 보이는 눈을 더욱 가늘게 뜨며 카미오를 바라보았다.

"잠깐만요! 여기 있어 봐요. 와루츠 씨를 불러올게요."

카미오의 그렁그렁한 눈물을 보고 여성이 말했다. 단호한 말투와 뿔테 안경이 마치 교사 같았다. 거침없이 서고 안쪽으로 걸어가는 걸 보면 교사가 아니라 무슨 연구 같은 걸 하는 사람인 것 같기도 했다. 몇 걸음 가더니 다시 돌아와 서고 사이로 얼굴을 쏙 내밀며 덧붙였다.

"딴 데로 도망가진 말고요."

카미오의 등이 꼿꼿이 펴졌다. 도망 안 쳐. 무슨 도망이야. 주차장에서 사고 났을 때도 안 도망쳤는데….

카미오는 눈물로 흔들리는 시야로 표지가 탈피하듯 벗겨진 책을 바라보았다. 종교 관련 책 같았다. 표지에서 풀려나온 실이 쓸쓸해 보였다. 책이 망가져 버렸다. 내가 망가뜨리고 말았다. 어쩌다 이런 돌이킬 수 없는 일을 저지른 걸까? 어제 와루츠 씨가 책을 분실하거나 파손해도 배상을 요구하지 않는다고 하긴 했다. 그렇다면 대체 어떤 조치를 할까?

서고에 깔린 빨간 양탄자에 주저앉아 어찌할 바를 모르고 있는데 타다닥 하는 경쾌한 발소리가 들렸다. 불쑥 나타난 와루츠 씨의 얼굴을 보니 그녀가 올 것을 알고 있었음에도 두려움에 어깨가 떨렸다.

"제, 제, 제가 발이 걸려서 너, 너, 넘어지는 바람에…."

망가진 책을 든 손이 부들부들 떨렸다. 와루츠 씨가 말없이 손을 내밀기에 그녀에게 책과 떨어져 나간 표지를 건넸다.

"죄송합니다…."

하염없이 눈물이 흘러나왔다. 조용히 책을 살펴본 와루츠 씨의 표정이 살짝 흐려지는 게 보였다. 그녀의 반응을 보자 가슴이 조여왔다.

"카미오 씨는…."

갑자기 자기 이름을 부르자 카미오는 깜짝 놀랐다. 어제 등록할 때 딱 한 번 이름을 밝혔을 뿐인데 정확히 기억하고 있다는 게 신기했다. 자신의 가슴엔 명찰도 없는데 말이다. 어제부터 계속 폐만 끼치는 것 같아 미안할 따름이었다.

와루츠 씨는 고개를 살짝 갸웃거리더니 눈썹을 살짝 치켜올리며 말했다.

"혹시 조금 덜렁대는 편이세요?"

"아니요!"

자기도 모르게 큰 소리가 나왔다. 자주 듣는 소리였기 때문이다. 하지만 바로 실수했다는 걸 깨닫고 말을 이었다.

"어쨌든 죄송합니다…."

덜렁댄다는 걸 부정하고 싶지만 지금은 혼이 나도 어쩔 수 없는 상황이었다. 겁먹은 얼굴로 사과하자 와루츠 씨는 살짝 웃었다.

"네."

그러고는 고개를 끄덕이며 쪼그려 앉더니 카미오의 어깨를 툭툭 두드려 주었다.

"괜찮아요. 그러니까 일어나요."

카미오는 초췌해진 얼굴로 비틀거리며 일어섰다. 와루츠 씨가 화를 내는 것 같진 않았다.

"이 정도라면 저도 고칠 수 있고, 만약 안 되면 의사 선생님한테 와 달라고 하면 돼요."

"의사 선생님이요…?"

카미오가 묻자 와루츠 씨는 싱긋 웃으며 뽐내듯 말했다.

"책을 고치는 의사 선생님이요."

카미오는 책을 수선해주는 사람일 거라고 막연히 생각했다. 고문서를 전문적으로 복원하는 사람도 있다 하니 책을 전문적으로 수선하는 '의사 선생님'이 있다는 것도 이상하지는 않다. 자동차를 수리하는 사람이 있는 거나 마찬가지겠지. 또한, 방법만 안다면 전문가가 아니라도 시도해볼 수 있을지 모른다. 이와나미 씨처럼.

와루츠 씨는 시선을 내리깔고 책표지를 사랑스럽게 어루만지며 말했다.

"여기 있는 책은 오래된 것들이라 이런 경우가 많아요. 혹시 보다가 망가질 것 같은 책이 눈에 띄면 알려주세요. 수선 맡기게요."

카미오는 고개를 끄덕이는 게 고작이었다. 그래도 도저히 가만히 있을 수가 없어서 한 번 더 사과했다.

"죄송합니다."

"네."

와루츠 씨는 대답하며 웃었다. 카미오를 비난하진 않았지만, 당신 잘못이 아니라고 옹호해주지도 않았다. 고개를 끄덕이는 것. 그게 결국 용서한다는 의미인 것 같았다.

"위층에 이와나미 씨가 와 계시던데요. 차 수리가 끝났을 수도 있겠네요. 어제 그 장소에서 책을 읽고 있겠다고 하셨어요. 어서 그쪽으로 가보세요."

와루츠 씨는 떨어진 책들을 원래 위치에 돌려놓고 망가진 책을 끌어안은 채 안쪽으로 가버렸다. 안쪽에는 일반 이용객은 사용할 수 없는, 사무실 쪽으로 이어지는 계단이 있는 것 같았다.

등을 꼿꼿이 세운 와루츠 씨의 뒷모습을 바라보며 카미오는 넋이 나간 채 고서가 숨 쉬는 숲속에 혼자 서있었다.

카미오의 파란색 차는 깔끔하게 수리되어 있었다. 흠집이 났었다는 게 전혀 믿기지 않을 정도였다. 게다가 광도 났다. 의사가 따로 없다고 카미오는 생각했다. 그리고 뒤늦게 어떤 사례도 준비하지 못했다는 걸 깨달았다. 사례는커녕 어제 사고에 대한 보상조차 준비하지 못했다.

"사례는 다음에 꼭 해드릴게요!"

"됐어요. 내 차 하는 김에 한 건데 뭘."

이건 다 자신이 일으킨 사고 때문에 벌어진 일이다. 돈은 절대로 받지 않을 것 같았으나 어떤 식으로든 사례와 보상을 하고 싶었다. 하지만 연락처를 물어보는 것도 조심스러웠다.

"도서관에 또 오시겠죠?"

이와나미 씨는 고개를 끄덕였다.

"그럼요. 책도 빌리고 반납도 해야 하니까."

맞는 말이었다.

"그럼 여기서 또 봐요."

"그래요."

재회를 약속한 카미오는 번쩍거리는 파란색 차를 타고 집으로 돌아왔다. 굳이 따지자면 우울한 파란색 같은 휴일이었지만, 그래도 번쩍거리는 파란색이었다.

새 신발을 신고 나선 월요일. 황소자리 A형은 아침 운세에서 압도적인 행운을 약속받았다. 하지만… 기분 좋게 집에서 나온 카미오는 회사에서 커다란 실수를 범했다. 너무나 초보적인, 데이터 저장 실수였다. 팀장과 타이밍이 어긋나 연락이 늦게 된 것도 일을 키웠다. 점심시간 내내 매달려서 복구 작업을 마쳤을 때는 잘못된 순서로 문제를 처리했다는 사실을 깨달았다.

"대체 회사는 뭐 하러 와?"

팀장은 평소처럼 사나운 목소리를 내진 않았다. 다만 어이가 없다는 듯한 낮은 목소리로 가만히 선 카미오에게 독설을 날렸다.

"언제까지 온실 속 화초처럼 살 건데? 일하기 싫어? 일이 적성이 안 맞아?"

카미오의 눈앞이 흐려졌다. 오후 내내, 조금이라도 건드리면 눈물이 왈칵 쏟아질 것만 같았다. 팀장은 그런 카미오를 지긋지긋하다는 듯 바라보며 말했다.

"가 봐."

퇴근 시간을 겨우 몇 분 앞둔 때였다. 지독하게 차가운 목소리에 카미오는 몸이 얼어붙었다.

"오늘은 그만 가. 남아 있어 봤자 일도 안 될 테니까."

그 말에 어떻게 대답해야 했을까? 괜찮습니다? 죄송합니다? 열심히 하겠습니다? 카미오는 어떤 말도 꺼낼 수 없었다.

"먼저 가보겠습니다."

고개를 숙이고 출퇴근 카드를 손에 든 채 필사적으로 사무실에서 뛰어나와 번쩍번쩍 광이 나는 파란 차에 탔다.

"아, 따가워…."

발밑을 보니 새 구두 때문에 뒤꿈치 피부가 벗겨져 속살이 보일 정도였다.

'구두가 안 맞아.'

그렇다. 전부 뭔가 안 맞았다.

"아파…."

카미오는 차 문을 잠근 채 엉엉 울었다.

산소가 부족한 느낌에 얼굴을 들자 해가 뉘엿뉘엿 지고 있었다. 운세 같은 건 이제 안 믿을 거라 다짐하며 퉁퉁 부은 눈으로 도서관 쪽으로 핸들을 꺾었다.

지난번과 달리 사에즈리 도서관은 어두웠다.

'너무 늦게 왔나? 아, 오늘 월요일이지.'

월요일은 도서관 휴관일이었다. 그래도 이왕 왔으니 카미오는 길 위에 차를 세워둔 채 발을 절뚝이며 사에즈리 도서관으로 다가가 보았다. 복층 유리 표면에 손을 얹으며 안을 들여다보니 불빛이 켜진 곳이 있다. 휴관일인데도 사무실에 사람이 있는 것 같다. 어쩌면 와루츠 씨인지도 모른다. 멀리 보이는 세피아 톤의 전등 불빛이 불현듯 카미오의 향수를 자극했다.

카미오가 독립해서 회사에 다니겠다고 했을 때 부모님은 모두 반대했다. 조금 허술한 구석이 있는 못 미더운 외동딸이라 그랬을까. 반대를 무릅쓰고 독립해 나왔지만 카미오의 부모님은 늘 집으로 돌아오라고 했다.

"너 한 사람 정도는 우리가 먹여 살릴 수 있단다. 가족이라곤 우리 세 식구뿐이잖니?"

맞는 말이었다. 게다가 부모님은 소중한 분들이고, 카미오가 부모님을 미워하는 것도 아니었다. 하지만 셋이 꼭 붙어 있어야 할까? 그렇게 쭉 같이 산다면 나는 어떻게 되는 거지?

혼자 힘으로 큰 건 아니다. 그래도 혼자 힘으로 살아갈 수 있는 사람이 되고 싶었다. 그런 미래도 가능하다고 믿고 싶었다. 이런 삭막한 시대에, 서로 부대끼며 살아가는 게 맞다 해도, 그 사실을 외면한 채 도망치고 있을 뿐인지 몰라도, 할 수 있는 게 아무것도 없더라도, 아무리 굼뜨더라도 미래를 꿈꾸지 않고 살 수는 없었다.

유리에 비친 카미오의 충혈된 눈에서 눈물 한 방울이 흘러 떨어졌다.

"카미오 씨."

갑자기 누군가가 자신의 이름을 부르자 카미오는 당황하며 고개를 돌렸다. 와루츠 씨가 그녀의 뒤에 서 있었다. 쉬는 날인데도 유니폼 조끼를 단정하게 입고 머리도 묶은 모습이다. 온화한 표정으로 미소를 지으며 그녀가 말했다.

"무슨 일 있어요?"

카미오는 다급히 어둠을 틈타 눈가를 닦아냈다.

"아, 아무것도 아니에요."

고개를 꾸벅 숙이고 한심하게 도망치려 했을 때였다. 와루츠 씨의 시선은 카미오의 얼굴에 남은 눈물 자국이 아니라 애매하게 꺾어 신은 한쪽 구두를 향하고 있었다.

"들어오세요."

와루츠 씨가 아무렇지도 않게 말했다.

"오늘도 샌들 빌려드릴게요."

너무나 따뜻한 배려였다. 카미오는 코를 훌쩍이며 고개만 계속 끄덕였다.

특별한 용건 없이 그냥 왔다고 하자 와루츠 씨는 자기를 따라오라고 했다. 샌들로 갈아신고 사에즈리 도서관의 뒷문을 통해 들어간 곳은 지하 공간이었다. 이용자 카드가 필요 없는 사무실 계단을 통해 내려가자 '관계자 외 출입금지'라 적힌 육중한 문이 나왔다. 그 안에 작은 방이 있었다. 와루츠 씨가 자기 카드를 대서 문을 열자 책 냄새에 섞인 기묘한 향이 코를 자극했다. 마치 약초처럼 달콤하면서도 쌉싸름한 냄새였다.

방은 카미오의 자취방보다 작았다. 벽은 전부 목제 책장으로 채워져 있고 서고에서 본 것보다 훨씬 다양한 종류의 책들이 꽂혀 있었다. 라벨이 붙어 있는, 한눈에 봐도 오래된 책들이다. 책과 책 사이에 빈틈이 있는 곳도 있지만, 그사이가 전혀 보이지 않을 만큼 빽빽한 곳도 있었다. 사다리처럼 여러 단으로 된 발판도 보였고. 책장 외에는 램프처럼 생긴 전등이 놓인 책상 하나만 있었다.

와루츠 씨는 전자동 에스프레소 머신 스위치를 누르며 말했다.

"미안해요. 방이 정신없죠?"

"여긴…?"

기묘한 온기가 느껴지는 곳이었다. 와루츠 씨가 뒤를 돌아보며 웃었다.

"저와 사토미 씨는 그냥 작업실이라고 불러요."

낯익은 책이 펜이나 자 같은 도구들에 둘러싸여 있는 게 보였다. 토요일에 자신이 서고에서 망가뜨린 책이었다. 벗겨졌던 표지는 책 몸체에 단단히 고정되어 있었다.

"다 고쳐진 건가요?"

"네, 한번 볼래요? 아직 풀이 완전히 마르지 않았을 수도 있으니까 조심하세요."

카미오는 책을 조심스럽게 확인한 다음, 옆에 놓인 조금 특이한 골동품 같은 도구를 바라보았다.

"담뱃대네…."

자기도 모르게 중얼거렸다. 그곳에는 꽤 오래되어 보이는 담뱃대 세트가 놓여 있었다. 가지고 다닐 수 있도록 손잡이가 달린 목제 바구니 안에 재떨이와 잘게 썬 담뱃잎 상자가 있고, 그 위로 가느다란 담뱃대가 놓여 있었다. 철 담배통과 물부리, 그리고 바로 옆에는 낡은 성냥갑도 보였다.

"이거 쓸 수 있는 건가요?"

사극에서나 볼 법한 물건이었기에 무심결에 물었다.

"네, 제가 쓰는데요."

대수롭지 않다는 듯한 말투에 카미오가 놀라며 돌아보았다.

"와루츠 씨가…?"

이런 구시대적인 물건으로 담배를? 뒷말은 마음속으로만 생각했다. 오래 이어진 혐연嫌煙 풍조가 애연가 대부분을 멸종시킨 지 오래였다. 그런데 심지어 이런 골동품 같은 담뱃대로 담배를 피운다니.

와루츠 씨는 살짝 난감하다는 듯 웃으며 작은 목소리로 말했다.

"가끔요. 사실 도서관에서 화기는 엄금이니까요."

혹시 이 방에 들어올 때 나던 향이 이 담뱃잎 냄새였을까? 카미오는 상상이 잘 가지 않았다. 하지만 이 방은 서고와는 별도로 습도와 온도를 조절하는 듯했다. 흡연자가 들어오는 경우까지도 가정하고 만들어진 공간일 수 있었다.

지금은 담뱃잎 냄새보다 카페인의 부드러운 향이 강하게 풍겼다. 토도도독 하는 경쾌한 소리와 함께 에스프레소 머신이 거품 가득한 카푸치노를 뿜어냈다. 와루츠 씨가 책상 위에 머그잔을 내려놓으며 불쑥 중얼거렸다.

"알렉산드리아를 잊지 마라."

"네?"

카미오가 되물었다. 와루츠 씨는 눈썹을 치켜올리며 자기가 한 말을 얼버무리려는 듯 미소 짓더니 의자에 앉으라고 권했다.

"아무것도 아니에요. 여기 앉으세요."

"네, 커피도 감사합니다."

카미오는 작은 머그잔에 입을 댔다. 설탕과 우유가 이미 들어 있었다. 약간의 달콤함이 목 안쪽으로 스며들고서야 카미오는 자신이 상당한 갈증을 느끼고 있었다는 걸 깨달았다.

"뭘요."

와루츠 씨도 의자에 앉아 머그잔을 기울이며 대답했다.

"휴관일인데 일하고 계셨어요?"

“네, 쉬엄쉬엄하고 있어요.”

와루츠 씨는 씩 웃으면서 살짝 고개를 갸웃거리며 물었다.

“카미오 씨는 퇴근하고 집에 가는 길이에요?”

“네.”

카미오는 끄덕이던 고개를 푹 숙이고 말았다. 그러고는 물결이 흔들리는 머그잔 표면을 바라보며 천천히 말을 꺼냈다. 자신은 뭘 해도 잘 안 풀린다고. 뭔가 문제가 생길 때마다, 하나를 보면 열을 안다는 생각으로 다 글렀다는 생각이 든다고. 그런 생각이 들면 세상일도, 사람들도 전부 싫어진다고.

부질없는 푸념이었다. 하물며 알게 된 지 얼마 되지도 않은 도서관 사서에겐 더할 수 없는 민폐이리라. 그러나 와루츠 씨는 조금도 귀찮아하는 기색을 보이지 않고 카미오의 고민을 끝까지 듣고 나서는 위로도 비난도 하지 않고 조용히 말했다.

“책을 한번 읽어보세요.”

카미오가 머그잔에서 눈길을 들었다.

“그런 마음이 들 때는 특히 더 책이 좋거든요. 울적할 때도 좋고, 즐거울 때도 좋고. 책은 언제든 다 좋지만.”

그러고는 다 괜찮다고, 그럴 수 있다고, 아무 문제 없다고, 그렇게 말했다.

카미오는 집에 돌아와 재빨리 저녁을 먹은 다음 화장실도 미리

가고 손도 씻고 소파에 앉았다. 그리고 몇 페이지 읽다 잠들어 버린 뒤로 그대로 방치해둔 사에즈리 도서관의 책을 펼쳤다.

다시 한번 처음부터 읽기 시작하자 신기하게도 온몸이 반응했다. 눈으로 입력된 활자가 머리 안쪽을 타고 목 깊숙한 곳, 그리고 손끝으로 퍼져나갔다. 살짝 두꺼운 종이를 넘길 때는 코로 숨을 들이마셨다. 책 속, 이야기 속의 공기가 폐를 가득 채웠다. 이해하기 어려운 부분은 그냥 넘어가도 상관없었다. 단어와 단어를 쫓으며 불쑥불쑥 나타나는 장면과 그때그때 느껴지는 감정을 삼키는 것으로 충분했으니까.

이 책의 주인공은 어린 여자아이였다. 그 아이가 천천히 외톨이가 되어가는 과정이 자신의 모습과 겹쳐졌다. 불쌍하네. 그런데 누가 불쌍하지…? 이 아이? 그러니까 이야기 속 허구 인물? 아니면 나? 빨갛게 부어오른 눈물샘에선 둑이 터진 것처럼 하염없이 눈물이 흘러나왔다. 하지만 불쾌한 눈물이 아니었다. 아이가 소중한 것을 잃을 때마다, 그리고 잃었던 것을 되찾을 때마다 가슴에 따뜻한 기운이 차올랐다. 책을 읽으면 멀리까지 날아갈 수 있다던 와루츠씨의 말이 이제야 이해가 됐다.

점점 무거워지는 오른손과 점점 가벼워지는 왼손. 이야기의 결말이 가까워졌다. '끝'을 상징하는 작은 삽화 뒤에는 작가의 짧은 후기가 실려 있었다. 마지막 마침표까지 읽고 나서 카미오는 책을 덮었다.

"후…."

소파에 등을 기댔다. 카미오는 그제야 자신이 계속 엎드린 채 책을 읽었다는 걸 깨달았다. 가벼운 두통이 일었다. 피로감은 하루 내내 숫자만 입력할 때와 비슷했지만 기분이 완전히 달랐다.

시계는 어느새 자정을 넘어가고 있었다.

"아, 드라마를 못 봤네…."

독서 말고도 할 일이 있었다는 생각을 하면서 다 읽은 책을 휘리릭 넘겨보는데, 앞쪽 부분이 좀 벌어진 느낌이 들었다. 물끄러미 그 부분을 보다가 어쩌면 자기가 그렇게 만들었을지도 모른다는 생각이 들었다. 빌려 온 첫날 저 페이지를 펼친 채로 잠들어버렸으니까. 아무래도 그때 책이 벌어진 것 같았다.

"미안."

카미오는 작은 목소리로 사과했지만, 책은 읽을 때마다 마모되는 것이다. 실체가 있으니 망가지기도 하는 것이다. 전자 형태로 만들어진 잡지에는 절대 있을 수 없는 일이다.

카미오는 세수와 양치를 하며 생각했다.

'난 외톨이야. 하지만 책 속 어린 더벅머리 소녀도 외톨이면서 자기가 사는 마을을 구해냈잖아. 난 그 아이처럼 천사처럼 착하지도 않고 덜렁이일 뿐이고, 할 줄 아는 게 아무것도 없지만, 그 아이도 열심히 노력했으니 나도 내일부터 힘내서 다시 한번 열심히 살아보자.'

그러고는 자리에 누워 늪에 빠져들 듯 잠들었다.

“와루츠 씨.”

주말을 앞둔 금요일. 신중하게 차를 세운 카미오는 사에즈리 도서관 안에서 와루츠 씨를 찾아내 말을 건넸다.

“지난번에도 고마웠어요.”

머리를 깊이 숙인 뒤 내민 것은 두 번째로 빌린 샌들과 채소가 든 에코백이었다.

“이건…?”

“부모님이 갑자기 가져오셨어요. 본가 마당에서 채소를 키우시거든요. 저 혼자 다 먹기 힘들어서 나눠드리는 거예요.”

화요일 아침에 전화를 드렸더니 부모님이 그날 구두와 채소를 들고 나타났다. 택배나 퀵서비스가 아니라 직접 차를 몰고서. 이런 거 안 가지고 와도 된다고, 잘살고 있다며 두 분을 바로 돌려보내고 혼자 집에 있자니 왠지 모르게 웃음이 나왔다.

“필요 없으실지도 모르지만 괜찮다면 받아주세요.”

엄마가 준 베이지색 구두는 좀 구식이라 처음엔 싫었는데, 발에 딱 맞았다. 이제 뒤꿈치에 반창고를 붙인 채 출근하지 않아도 되었다.

“필요 없다니, 그럴 리가요.”

와루츠 씨는 눈을 내리깔며 살짝 고개를 숙였다.

"감사히 잘 먹을게요."

"저희 부모님이 '적당히'를 모르셔서…."

"걱정되니까 그러시는 거죠."

와루츠 씨가 말끝을 자르더니 카미오가 뭐라 대답하기도 전에 말을 이었다.

"카미오 씨가 걱정되는 거예요. 자식을 걱정하지 않는 부모가 어딨겠어요?"

그 말을 듣자 카미오는 자연스레 반성하듯 고개가 끄덕여졌다.

와루츠 씨는 안심한 듯 웃더니 카미오를 빤히 바라보았다. 살짝 불안해하는 것 같기도, 걱정하는 것 같기도 한 얼굴이었다.

"그나저나 책은 진도가 좀 나갔나요?"

카미오는 고개를 들며 이번만큼은 힘차게 고개를 끄덕였다.

"방금 데스크에 반납하고 왔어요. 너무 재밌었어요."

와루츠 씨의 얼굴이 밝아졌다.

"오, 정말 기쁘네요."

자기가 무슨 대단한 일을 한 게 아니라 빌린 책을 읽었고, 그 책이 재밌었다고 했을 뿐인데도 어찌나 좋아하는지 카미오는 조금 쑥스러운 기분이 들었다. 하지만 거짓말이나 아부가 아니라는 것을 잘 알았기에 다시 말을 꺼냈다.

"괜찮은 책이 있으면 또 좀 추천해주실래요?"

"그럼요! 같은 작가가 쓴 재미있는 단편집이 있어요. 이 책은 살짝 어른 취향이에요. 약간 낡아서 서고에 보관 중이지만 문고본이라 대여 가능하니까 꼭 한번 읽어보세요. 지금 서적 데이터를 알려드릴게요."

신이 나서 말하는 와루츠 씨에게 카미오가 물었다.

"아, 와루츠 씨. 이와나미 씨는 오늘도 오셨나요?"

"별일 없으면 오셨을 텐데요. 제가 찾아볼까요?"

"아뇨, 괜찮아요. 제가 찾아볼게요!"

카미오는 활기차게 대답하고 와루츠 씨에게서 서적 데이터를 받아 서고로 내려갔다. 건네받은 라벨 번호와 대조하며 책을 찾아내기까지 시간이 조금 걸리긴 했다. 얇은 문고본이라는 말을 듣지 못했다면 그냥 지나쳐버렸을지도 모른다. 하지만 찾아낸 순간, 이 책의 숲속에서 잠든 공주님처럼 자신을 기다려준, 자신을 기다리던 책이라는 생각이 들었다.

카미오는 표지가 두껍지 않고 얇고 가벼운 책을 조심스레 집어 들고 경쾌하게 계단을 올라갔다. 1층 서가를 지나 2층에 있는 소파로 향하니 그곳에는 여느 때처럼 작업복 차림의 이와나미 씨가 앉아 있었다.

"안녕하세요."

"네, 안녕하세요."

이와나미 씨는 책에서 살짝 얼굴을 들며 가볍게 눈인사를 했다. 카미오는 대화가 길어져 책 읽는 데 방해가 될까 봐 채소가 든 에

코백을 내밀며 빠르게 말했다.

"이거 받으세요. 여러 가지로 감사했습니다."

"네?"

이와나미 씨는 에코백에 든 내용물을 확인하더니 조금 난감한 표정을 지었다.

"뭘 이런 걸 가져와. 아마추어가 심심풀이로 한 일인데요."

"아니에요. 사과 겸 감사 표시로 받아주세요."

카미오는 아직 대여 절차를 밟지 않은 작은 문고본 책을 품에 안은 채 말했다.

"이와나미 씨가 제 차를 고쳐주겠다고 하지 않으셨다면 전 평생 책을 안 읽고 살았을 거예요."

이와나미 씨는 카미오의 말에 바로 대답하지 않고 가슴에 품고 있는 문고본 책을 가리키며 물었다.

"그건…?"

카미오는 웃으며 표지를 보여주었다.

"오늘 빌려 갈 책이에요. 며칠 전에 빌린 책은 다 읽었거든요."

이와나미 씨가 놀라며 눈을 가늘게 뜨자 눈가의 주름이 더욱 두드러졌다.

"음, 재밌던가요?"

"네!"

카미오는 자신 있게 고개를 끄덕였다.

"아…."

이와나미 씨는 천천히 한숨을 내쉬며 무릎 위에 올려둔 책을 덮었다.

"아가씨 같은 젊은 사람도 책에서 재미를 느낄 줄이야…."

절절한 떨림이 전해져 오는 중얼거림이었다.

"우리 딸은 책 한 권도 읽지 않고 죽어버렸는데…."

갑작스러운 고백이었다. 심장이 조이며 아파 왔다. 미와나미 씨의 압도적인 슬픔 앞에서 카미오는 숨이 막히는 것 같았다. 피부가 거무스름하게 그을린, 열정적이면서도 사려 깊고 손재주가 좋은 노인에게서 그런 슬픈 말을 듣게 될 줄은 상상도 하지 못했다. 어쩌다 그런 일이 있었던 거냐고 차마 물어볼 수 없었다. 물어보는 편이 좋을지도 모르지만, 그렇다 하더라도 그 뒤로 어떻게 대화를 이어나가야 할지 막막했다.

지나친 집착은 병이라는 이와나미 씨의 말이 떠올랐다. 세상엔 수많은 질병이 있다. 그리고 질병이 될 수 있는 슬픔도 엄청나게 많다. 신중히 몇 번 심호흡을 한 뒤에 카미오는 최대한 온화하고 밝은 목소리로 말했다.

"저희 할아버지는 정말, 정말 오래전에 돌아가셨어요. 제가 태어나기도 전에…."

"그랬군요."

이와나미 씨는 이마를 살짝 찌푸리며 혼잣말처럼 중얼거렸다.

"살아 있는 존재는, 적어도 훌륭히 살아야 하는데 말이지…."

"맞는 말씀이십니다. 맞아요."

카미오가 대답하며 부드럽게 웃었다. 그때였다.

"그게 무슨 소리냐!"

도서관에 어울리지 않는 호통이 아래층에서 울려 퍼졌다. 카미오는 황급히 2층 난간을 붙잡고 1층 홀을 내려다보았다. 홀 중앙에 위치한 안내데스크 앞에서 흰 가운 같은 것을 걸치고 지팡이를 짚은 노인이 사토미 씨를 향해 소리를 치고 있었다. 카미오는 이와나미 씨와 눈빛을 교환한 뒤 종종걸음으로 계단을 내려갔다. 소란한 일이 벌어졌다고 냉큼 구경을 가는 게 고상한 행동이 아니라는 건 알았지만.

"도서관에선 조용히 하셔야 합니다."

"책임자 부르라니까. 지하 서고 목록도 내놓고!"

"이용자 등록부터 해주세요. 이용자 카드가 있어야 서고에 들어갈 수 있습니다. 단말기로 자유롭게 검색도 할 수 있고요. 대여 권수는 최대 다섯 권이고 대여 기간은 2주입니다."

사토미 씨는 사무적인 태도로 흔들림 없이 또박또박 설명했다.

"그게 구시대적인 방식이란 걸 모르는 거냐!"

노인이 더 크게 호통을 쳤다.

노인은 특수한 보조 안경을 쓰고 있었다. 선진 시대에 나온 것으로 보이는 안경은 두 눈을 완전히 감싸는 고글형이었기에 그의 시선이 어디를 향하는지 알 수 없었지만, 얼굴에 새겨진 주름과 치아 색으로 그가 얼마나 늙었는지는 알 수 있었다.

사회생활 2년 차인 카미오는 어느 곳이든 말도 안 되는 트집을 잡는 손님이 있다는 걸 잘 알았다. 그리고 이런 고객은 냉철한 직원에게 약하다는 것도.

사토미 씨는 눈썹 하나 까딱하지 않는 프로다운 모습을 보여주었다.

"책임자는 곧 나올 겁니다. 뒤에 계신 고객님, 먼저 처리해드릴게요."

그 고객이 노인의 대각선 뒤쪽에 서 있던 자신이라는 걸 깨닫고 카미오는 화들짝 하며 앞으로 나왔다. 자신이 조금이라도 사토미 씨에게 도움이 되길 바라면서.

"저기, 이 책을 빌려 가려고…."

들고 온 낡은 문고본을 데스크에 내려놓으려는데, 얼굴이 벌게진 노인이 책을 낚아챘다.

"아니…!"

뭐 하는 거예요, 하고 목소리를 높이려 했을 때였다. 하지만 그보다 더 큰 목소리에 파묻히고 말았다.

"네가 이 책이 어떤 책인지나 알아?"

노인은 책에 구멍이 뚫릴 만큼 눈을 가까이 대며 글자를 스캐닝했다. 기계가 신분증을 읽을 때와 동일한 방식으로. 그리고 카미오를 다그쳤다.

"이 책의 가치를 알기나 하냐고? 이 책은 전쟁 전의 염가 대중본, 그것도 초판본이야. 원판은 이미 이 나라에서 사라졌고 염가판도 온전한 책은 거의 남아 있지 않아! 너처럼 어린 녀석이 가볍게 다뤄도 되는 그런 물건이 아니라고!"

어찌나 고함을 치는지 당장이라도 혈관이 터질 듯했다. 카미오는 움츠러들면서도 화가 솟구쳤다. 그녀가 좀 더 기민한 사람이었다면 이미 거세게 반격했을지도 모른다. 움찔하며 가만 서 있는 사이 경비원이 자신의 업무 구역인 주차장을 벗어나 황급히 도서관 안으로 들어왔다. 얼굴이 상기되어 있었다.

"고객님, 진정하세요. 잠깐 저랑 같이 나가서 밖에 나가서 저랑 차근차근 얘기 좀 하세요."

경비원이 재촉하자 노인은 지팡이를 들어 올리며 뿌리쳤다.

"감히 어딜 건드려!"

고령의 경비원이 균형을 잃고 넘어지며 엉덩방아를 찧었다. 통증이 느껴지는 얼굴을 보며 카미오가 우왕좌왕하는 사이 사토미 씨가 나섰다. 쪼그려 앉아 경비원을 위로하면서 얼음처럼 차가운 말투로 경고했다.

"경찰을 부르겠어요."

하지만 돌아온 건 비웃음이었다.

"얼마든지 불러. 그런 녀석들이 뭘 할 수 있다고! 내 얼굴과 이름을 알면 나한테 손 하나 까딱 못 할걸! 이런 정신 나간 시설은 지금 당장 폐쇄해버려야 해!"

지금 정신 나간 사람이 대체 누구냐고, 머리끝까지 화가 난 카미오가 소리치려 했을 때였다.

"도서관에서는 조용히 해주시기 바랍니다."

지하 쪽에서 구두 뒷굽 소리가 경쾌하게 울리며 와루츠 씨가 나타났다. 사토미 씨보다 훨씬 냉정하고 침착한 목소리였다. 팽팽하던 긴장감이 살짝 누그러진 대신 노인의 뒤틀린 심보가 더욱 고약해졌다는 걸 옆에 있던 카미오는 느낄 수 있었다.

또박또박 걸어온 와루츠 씨는 노인에게 손을 내밀며 담담히 말했다.

"실례지만 고객님, 그건 이분이 먼저 빌려 가기로 한 책입니다. 제가 안내해드렸지요. 대여를 희망하시면 예약 신청이 가능합니다. 이용자 카드를 보여주시겠어요?"

"너는 또 뭐야?"

노인은 데스크에 앉아 있던 사토미 씨보다 훨씬 젊은 와루츠 씨를 이해할 수 없다는 듯 노려보았다.

"책임자 나오라고 하지 않으셨던가요? 제가 사에즈리 도서관의 대표입니다."

와루츠 씨는 건조하고 무덤덤한 목소리로 자신을 소개했다.

"대표…라고? 너처럼…."

더 이상의 막말은 안 된다는 듯이 와루츠 씨가 끼어들었다.

"이용자 카드를 제시해주세요. 혹시 청각 보조용 데이터 통신기가 필요하신가요?"

노인의 얼굴이 또다시 벌겋게 달아올랐다. 귀가 먹었냐는 뜻이나 마찬가지였다. 게다가 노인은 시각 보조용 특수 안경을 쓰고 있었기에 그 말이 한층 강력한 도발이 된 것 같았다. 뼈마디가 불거진 손이 데스크를 내리쳤다.

"네 녀석처럼 물건의 가치도 모르는 인간이 책임자를 맡고 있으니 문화에 대한 모독과 학살이 일어나는 거다! 대표가 어떻고 책임자가 어째? 너 같은 애송이가 전쟁 이전의, 순수한 '종이책'의 가치를 얼마나 안다고 떠드는 게냐!"

노인이 침을 튀겨대며 비난하자 와루츠 씨가 조용히 대답했다.

"목록을 보고 싶다고 하셨죠? 사토미 씨, 서고 데이터 좀 보여주시겠어요?"

사토미 씨는 예상했다는 듯 재빨리 손에 든 단말기 화면을 데스크 위로 내려놓았다. 막대한 양의 도서 목록이 입체 디스플레이에 표시되어 있었다. 노인이 고글 버튼을 조작해 디스플레이와 동기화시키더니 헉하고 작게 숨을 삼켰다. 카미오는 기척만으로 그걸 알아챘다.

와루츠 씨는 지난번에 이용자 안내를 해줄 때처럼 노인에게도 막힘없이 설명했다.

"서고에 보관된 전쟁 이전의 서적은 약 12만 5천 권입니다. 염가 대중본이 절반 이상이며, 완전한 책의 전자 데이터가 공유 네트워크에 존재하지 않고 본 도서관에서만 보유하고 있는 책도 4만 권이 있습니다. 상태가 좋지 않아 도서관 내에서 관람만 가능한 책이 1만 2천 권인데, 그 가운데는 1501년 이전에 유럽에서 활판 인쇄된 초기 인쇄본도 몇 권 있어요. 전부 이제는 가격을 매길 수조차 없는 물건들이죠. 그러니 저 역시 이 책의 가치를 정확히 알지는 못합니다."

와루츠 씨는 건조하게 말한 뒤 노인을 똑바로 쳐다보았다.

"이 도서관은 바로 그런 곳입니다."

와루츠 씨가 설명을 마친 뒤에도 등 뒤의 입체 디스플레이에는 여전히 데이터가 계속 표시되고 있었다. 파도처럼 빠르게 나타났다 사라지는 그 문자열에, 그 정확한 가치를 모르는 카미오도 압도당하고 있었다.

"헛짓거리하지 마! 설령 전자 데이터로 내용이 보존되어 있다고 해도 책을 아무한테나 쉽게 빌려줘선 안 돼! 이미 대부분의 책이 소실되어 남은 서적은 귀중한 문화재가 되었단 말이다! 그걸 모르는 것도 아니면서, 대체 무슨 생각으로 이런 짓을…!"

노인은 화를 낸다기보다 한탄하듯 와루츠 씨를 다그쳤다.

"지난 100년, 불과 100년이었다! 얼마나 많은 책이 불타고, 얼마나 많은 책이 사라졌는지! 그리고 얼마나 많은 사람이 이런 책을 원하면서도 얻지 못한 채….”

노인이 쏟아내는 말에도 와루츠 씨는 움츠러들지 않았다.

“빌려 가고 싶어 하는 사람들이 있으니까요.”

까만 보조 고글을 쓴 그의 눈을 똑바로 바라보며 말했다.

“읽고 싶어 하는 사람들이 있으니까요.”

“새파랗게 어린 게 뭘 안다고!”

노인은 또 한 번 떨리는 주먹을 치켜들려고 했다. 카미오는 불길한 예감을 느끼며 목소리를 높였다.

“와루츠 씨!”

사토미 씨는 이미 경비원을 데리고 나가 그 자리에 없었다. 와루츠 씨를 지킬 사람은 아무도 없었다. 하지만 그 목소리에 먼저 반응한 것은 노인이었다.

“와루츠…?”

쥐어 짜내는 듯한 낮은 목소리로, 믿을 수 없다는 것처럼 조용히 중얼거렸다.

“와루츠… 라고?”

보조 고글 때문에 눈을 움직일 수 없는 노인은 망가진 인형처럼 고개를 이리저리 돌리며 말했다.

“와루츠가… 어디…?”

목소리는 떨리고 있었다. 지팡이를 쥔 손도 마찬가지였다. 겁을 먹은 듯이, 당혹스럽다는 듯이.

와루츠 씨는 무언가를 알아차렸는지 중얼거렸다.

"역시… 제 아버지를 아시나 보군요."

그제야 노인은 와루츠 씨의 가슴에 달린 이름표에 얼굴을 가까이 댔다. 천천히 고글의 초점을 맞추는 동안 침묵의 시간이 흘렀다.

"말도 안 돼…."

갈라진 목소리로 중얼거렸다.

"기쇼에게 딸은 없었어!"

그러더니 격분한 채 덤벼들 것처럼 와루츠 씨 쪽으로 몸을 기울였다.

"네 녀석은 대체 어디서 나타난 거냐! 기쇼의 재산을, 그 녀석의 수집품을 가로채 전부 망치려는 거냐!"

"와루츠 씨."

그때 낮은 목소리가 크게 울렸다. 카미오가 돌아보니 이와나미 씨가 서 있었다.

"그 양반 좀 쫓아내면 안 되나? 내가 더 이상 참을 수가 없어서 말이야."

이와나미 씨는 어깨를 들썩이며 스스로를 진정시키려는지 몇 번 심호흡을 하며 적대감이 깊게 실린 목소리로 말했다.

"여긴 와루츠 씨의 도서관이잖아. 그 정도 권리는 있지 않아?"

"이와나미 씨…."

와루츠 씨가 아주 조금 망설이는 표정을 지었다.

"누굴 쫓아내?"

노인은 몸을 부들부들 떨었다.

"최선을 다해서 망하게 해주마. 무슨 수를 써서라도, 내 남은 모든 재산을 다 써서라도 이 도서관을 사버리겠다! 잘 들어. 이런 모독은 용납할 수 없다. 기쇼가 남긴 유품은 시 한 편도, 누구에게도 넘겨줄 수 없어! 여기 있는 책은 전부 합당한 장소에서, 시설에서 엄격하게 관리되어야만 한다고!"

그의 광기 어린 말에도 와루츠 씨는 동요하지 않았다.

"아무리 큰돈을 주셔도 도서관을 넘겨드릴 수는 없습니다."

협상할 생각 따윈 없다는, 간결하면서도 단호한 대답이었다.

와루츠 씨는 우아함마저 느껴지는 몸동작으로 팔을 뻗었다.

"출구는 저쪽입니다."

그리고 눈을 살포시 내리깔았다.

"가시기 전에 그 책은 돌려주시고요."

노인은 아직도 카미오에게서 빼앗은 문고본을 손에 들고 있었다. 와루츠 씨를 비웃듯 어깨를 으쓱하며 말했다.

"싫다면 어쩔 거지?"

"용납하지 않겠습니다."

조금의 망설임도 없이 빠른 대답이었다. 분노도 흥분도 교만도 없이, 그저 똑바로 노인을 바라보며 와루츠 씨는 조용히 선언했다.

"저는 이 도서관의 특별 보호 사서관입니다. 당신이 사에즈리 도서관의 책을 돌려주지 않는다면, 제가 세상 끝까지라도 쫓아갈 겁니다."

그녀의 기백과 거침없는 말에 노인은 멈칫하는 눈치였다. 하지만 허세를 부렸다. 이내 뺨을 씰룩이며 와루츠 씨를 비웃었다.

"특별 보호 사서관이라고? 그런 건 구시대의 사라져가는 유물일 뿐이지. 이렇게 쥐꼬리만 한 도서관의 허약한 네트워크는 바이러스를 침투시킬 필요도 없어. 케이블 하나만 끊어도 다 먹통이 되어버릴 테니까. 네트워크가 만능이던 시대는 이미 끝났다고."

그건 사실이었다. 공공 서버는 아무리 시간이 지나도 복구되지 않았고, 지방 서버의 상태 이상이나 액티브 바이러스, 시스템 버그, 그리고 좀 더 원시적인 이유인 전력 공급 부족으로 네트워크는 자주 다운되었다. 기술자도 극단적으로 줄어든 지금은 정비도 바로바로 이루어지지 않았다. 일부가 다운되면 전체 시스템도 휘청였다.

하지만 와루츠 씨는 웃으며 말했다.

"고작 그 정도로 와루츠 요시아키라의 기억 회로와 통신 네트워크를 정지시킬 수 있다고 생각하시나요?"

그녀는 단단한 목소리로 다시 한 번 선언했다. 긍지를 갖고, 자신의 존재와 역할을.

"제 이름은 와루츠 유이. 이 도서관의 특별 보호 사서관입니다."

과연 그 말은 노인에게 어떤 울림으로 다가갔던 것일까? 와루츠라는 이름을 처음 들었을 때처럼, 망연자실하게 서 있었다.

"설마…."

노인이 갈라진 목소리로 중얼거렸다.

"네가 기쇼의…."

말은 더 이상 이어지지 못했다. 와루츠 씨는 천천히 노인에게 다가가 조용한 동작으로 손을 내밀었다.

"책을 돌려주시겠어요?"

와루츠 씨의 말이 대체 어떤 작용을 일으킨 건지 카미오는 알 수 없었다. 하지만 노인에게선 조금 전까지 격렬히 타오르던 불꽃이 완전히 꺼져버린 것처럼 보였다. 천천히 떨리는 손으로 와루츠 씨에게 책을 돌려주었다.

"정말로… 기쇼의… 딸인 거냐?"

노인의 말은 비난이나 의혹이 아닌 애원처럼 들렸다. 딱히 부정해달라는 의미도 아닌 것 같았다.

"정말로 그 녀석이, 살아 있을 때 가족을 얻었단 건가."

제발 그렇다고 대답해달라는 말로 들리기도 했다.

와루츠 씨는 눈을 슬며시 내리깔며 다시 한번 중얼거렸다.

"알렉산드리아를 잊지 마라."

언젠가 카미오가 들었던 말이었다.

노인이 숨을 삼켰다. 와루츠 씨는 조금 울 것 같은 얼굴로, 희미하게 미소를 지었다.

"아빠의 말버릇이었어요."

상실한 것을 아쉬워하듯, 자신에게 소중한 것을 드러내듯 와루츠 씨가 말하자 노인은 부자연스러운 동작으로 자신의 눈가를 감싸며 말했다.

"아… 매정한 놈 같으니라고."

그 자리에 있던 사람을 향한 말은 아닌 것 같았다. 이곳에 없는 누군가를 힐난하는 말이 공중에 흩어져 사라져갔다.

타이르는 것처럼, 위로하는 것처럼 와루츠 씨가 노인을 바라보았다.

"고객님이 제 아버지와 아버지의 수집품을 소중히 여기신다는 건 잘 알겠습니다."

그리고 이어 말했다.

"하지만 죄송합니다."

와루츠 씨는 어린아이 달래듯 조용한 목소리로 말했다.

"아버지의 책은 전부 제가 물려받았습니다."

얼굴을 든 노인은 딴 사람이 된 양 힘없이 양손을 뻗었다.

"알고 있는 게냐?"

그리고 와루츠 씨에게 매달리듯 말했다.

"이대로 가면 이 세계는…."

노인은 떨고 있었다. 그 떨림의 의미를 카미오는 알지 못했다.

그러나 검버섯투성이인 얼굴에 선명한 공포의 표정이 떠올랐다. 노인은 목소리를 쥐어 짜냈다.

"책은 죽게 된다."

마치 구원을 바라는 것 같은 목소리였다.

와루츠 씨는 가슴에 책을 끌어안으며 안심시키듯 자신 있게 대답했다.

"책은 죽지 않아요."

그러더니 아름답게 미소 지으며 이어 말했다.

"다들 이렇게나 책을 사랑하고 있잖아요?"

인류의 역사에 책이 등장한 지 수천 년의 시간이 흘렀다. 종이라는 반려伴侶를 만나기까지 많은 우여곡절을 거쳤지만 책은 오랜 세월에 걸쳐 그 자체가 하나의 완성형으로서 인간의 곁에 존재해왔다. 심지어 전자원년電子元年으로 불리는 반환점을 몇 번이나 거치면서도 책이 사라지는 일은 없었다. 책이 사라지는 극단적인 일은 벌어지지 않았다. 그 가치와 의미가 바뀌었을 뿐.

카미오는 빌리려 했던 문고본을 이와나미 씨에게 잠시 맡기고 사에즈리 도서관을 뛰쳐 나왔다. 비틀거리는 발걸음으로, 와루츠 씨를 대신해 비에 젖은 고양이처럼 어깨를 축 늘어뜨린 채 사에즈리 도서관을 나간 노인의 뒷모습을 뒤쫓았다. 폐관 시간이 가까워서 와루츠 씨는 다른 손님들을 상대해야 했다.

카미오는 목소리를 높였다.

"어르신!"

주차장에 세워둔 차에는 운전기사가 대기하고 있는 듯했다. 손을 슬쩍 갖다 대기만 했는데 문이 열렸다. 카미오가 타고 다니는 그런 저가의 자동차가 아니었다. 자가용차라는 단어를 사용하지 않았던 선진 시대의 개인 차량이다. 아마도 저 차 한 대면 집 열 채는 살 수 있을 것이다.

노인은 차에 타기 전에 천천히 카미오를 돌아보았다.

"저, 저기…."

지금 자신이 하려는 말이 쓸데없는 참견일 거라는 건 카미오도 충분히 자각하고 있었다. 그래서 망설여졌다.

그때 노인이 한숨처럼 작은 목소리로 말했다.

"미안해."

카미오는 자기도 모르게 눈을 동그랗게 떴다.

"실례를… 했군."

노인이 머리를 숙였다. 신사적인 몸동작이었다. 진심으로 사과하는 태도였다. 노인의 몸집이 왠지 아까보다 훨씬 작아 보였다.

카미오는 갑자기 가슴이 먹먹해져 빠르게 말을 쏟아냈다.

"저기, 어르신. 사에즈리 도서관은 이용자 카드만 있으면 누구든 책을 빌려 갈 수 있어요. 그러니까 언제든 와주세요!"

와루츠 씨라면 분명 이렇게 말했으리라.

하지만 노인은 그저 웃을 뿐이었다. 입 끝을 아주 살짝 올리며 자조하듯 대답했다.

"아가씨, 고마운 제안이지만… 내 눈으로는 이제 종이책을 읽을 수 없어."

카미오는 놀라며 고개를 든 노인의 까만 고글을 바라보았다. 그리고 아까 글자를 읽는 것처럼 행동하던 모습을 떠올렸다.

노인의 고글은 최신식 같았다. 그저 시력 보정만 해주는 게 아니라 영상을 데이터로 스캐닝할 수 있었다. 그것은 개인 차량과 마찬가지로 확실한 부의 상징이기도 했다.

"아쉽게 됐군."

노인은 슬픈 미소를 지었다. 허공을 올려다보는 노인의 옆얼굴에서 아득한 동경심이 떠올랐다. 한때 많은 사람이 그랬던 것처럼 지금도 분명 한 줌의 사람들이 그런 동경심을 품고 책을 갈구하고 있으리라.

"젊었을 때는 그렇게도 독서를 꿈꿨지. 잔뜩 돈을 벌어 책을 수집해서 마음껏 읽을 생각뿐이었어. 언젠가 각자 소장한 책을 서로 자랑하자는 약속을 했던 벗도 있었네."

카미오에겐 독서도 도서관도 생소했다. 친구들, 지인들, 동창들도 그럴 것이다. 학창시절, 학교에 도서관이 있긴 했지만 그곳에 보관된 책은 마치 표본처럼 케이스에 보관되어 장갑을 낀 교사가 조심스럽게 다루는 장식품이었다. 쉽게 독서를 꿈꾸고 수집하는 시대, 책이 저렴하고 만인의 것이던 시대는 끝난 것이다.

"데이터라면 얼마든지 있네. 우리 집 네트워크에서 어떤 전자책이든 읽을 수는 있어."

노인의 고글은 역시 스캐닝 기능도 탑재된 것이리라. 그렇다면 뇌에 직접 데이터를 전송할 수도 있을 것이다.

노인은 차에 타며 허공에 대고 한탄하듯 깊은 한숨을 쉬더니 말했다.

"하지만… 나는 종이책이 좋아."

카미오는 아무 말도 할 수 없었다.

최근에야 처음 책을 읽게 된 그녀였다. 처음엔 인쇄된 글자가 밋밋하게 느껴져서 지루함에 잠들어버렸을 정도다. 책을 좋아하는 사람은 선생님이나 연구자, 아니면 돈이 썩어나는 별종들뿐이라 믿었다. 하지만 책을 좋아하는 사람들이 있었다. 책에 대한 진입장벽이 훨씬 높아진 지금도 읽고 싶어 하는 이들이 있었다.

그러나 지나친 집착은 병이라고 하지 않던가. 노인의 경우가 꼭 그랬다. 지나치다고 할 만큼, 병이라고 할 만큼 종이책을 사랑하고 있다는 게 느껴졌다.

"아가씨는 책을 좋아하나?"

조수석에 앉아 고개를 푹 숙인 노인이 불쑥 카미오에게 물었다. 카미오는 망설였다. 와루츠 씨나 이와나미 씨처럼 좋아한다고는 할 수 없으니까. 노인에게 자신 있게 말할 수 있을 정도의 감정인지 본인도 알 수 없었다.

카미오가 입을 열었다.

"잘 모르겠어요. 그래도… 책은 재미있는 것 같아요."

"그렇군."

노인의 목소리가 한숨과 함께 흘러나왔다. 그러더니 고개를 살짝 끄덕거렸다.

"그래…. 그런 사람한테 읽혀야 책도 더 행복하겠지."

개인 차량의 문이 닫히며 안전벨트가 자동으로 채워졌다. 노인은 차창을 열며 여기까지 따라와 준 카미오에게 마지막 인사를 건넸다.

"좋은 독서 되길 바라네. 그러면 기쇼도… 내 벗도 기뻐할 테니."

그 말에 담긴 의미에 대해 더 자세히 물어보고 싶었지만, 노인은 그대로 차를 출발시켜 붉게 물든 가로수 사이를 지나 석양 속으로 사라져갔다. 더 이상 노인을 좇아갈 수 없었던 카미오는 가만히 서서 노인을 배웅할 뿐이었다.

"알렉산드리아…가 뭘까요?"

그로부터 얼마 뒤, 사에즈리 도서관에서 이와나미 씨와 재회한 카미오는 소파에 앉아 물었다. 와루츠 씨와도 도서관에 올 때마다 마주쳤지만 지난번 소동에 관해 서로 입 밖에 꺼내지 않았다. 혼잣말처럼 꺼낸 질문이었기에 대답을 기대하진 않았다. 하지만 이와나미 씨는 펼친 책을 계속 내려다보면서 천천히 말을 꺼냈다.

"알렉산드리아 도서관을 말하는 게 아닐까?"

고개를 갸웃거리는 카미오에게 이와나미 씨는 친절하게, 거듭 설명해주었다.

"오래된 도서관이에요. 기원전 옛날, 귀중한 문서들과 함께 불타 버렸다는."

관련 지식이 없는 카미오에겐 딱히 와닿지 않았지만, 알렉산드리아라는 이름의 도서관이 존재했다면 그 말이 맞을 것 같았다. 물론 그렇다고 해서 그 말에 담긴 의미까지는 알 수 없지만.

'도서관….'

도서관이 구시대의 유물이라는 노인의 말은 틀린 말이 아니다. 일개 개인이 책을 이렇게 많이 소유하거나 관리할 수도 없고. 그래서 카미오는 이와나미 씨가 소장한 전집 중 한 권이 얼마만큼의 가치를 지니는지조차 모른다. 그런데도 도서관으로 지어진 건물이 있고, 도서관으로서 숨 쉬고 있다.

"저기, 어르신. 기쇼라는 분은…."

이 질문에 대한 답은 명확했다.

"이 도서관의 창립자겠죠. 와루츠 요시아키라. 지하 서고에 있는 장서에 보면 요시아키라 문고라고 붙어 있잖아요. 그 사람이 개인적으로 수집했다는 표시로."

그제야 카미오의 머릿속에서 기쇼(義昭, '기쇼' 또는 '요시아키라'라고 읽는다_역자주)라는 한자가 선명히 떠올랐다. 지하 서가에 새겨진 이름이다. 온기가 느껴지는, 잠들 듯 보관된 고서들.

"와루츠 씨의… 아버지셨군요?"

"확실한 건 몰라요."

이와나미 씨는 설명을 이어나갔다.

"와루츠 요시아키라가 고명한 과학자이자 뇌신경외과 의사였다는 건 확실해. 이건 기록으로도 남아 있으니까."

그리고 평생 결혼을 하지 않았다는 기록도 있다고 했다.

"뇌신경외과 의사…."

카미오는 중얼거리며 혼자 생각해보았다. 그 기쇼라는 사람과 와루츠 씨가 어떤 관계인지는 확실히 알 수 없다. 그래도 이 많은 책을 와루츠 씨가 물려받은 건 사실이다. 와루츠 씨는 이 모든 책이 자신의 보물이라고 했다.

"와루츠 씨가 아니었다면 우리가 이렇게 마음껏 책을 읽진 못했겠죠."

이와나미 씨는 펼쳐놓았던 책을 사랑스럽게 어루만지며 부드러운 목소리로 말했다.

"고마운 일입니다."

"맞아요."

카미오는 진심으로 동의한 다음 자리에서 일어났다.

"그럼 저는 오늘 빌려 갈 책을 찾으러 가볼게요."

그러고 자리에서 일어나 걸어가는데 “카미오 씨.” 하고 이와나미 씨가 불러 세웠다. 돌아보니 이와나미 씨가 말했다.

“좋은 독서 되시길.”

“네.”

카미오도 웃으며 똑같은 인사를 했다.

“어르신도 좋은 독서 되시길요.”

사에즈리 쵸[町]라고 불리는 곳이 있다.

도시에서 멀리 떨어져 있는,

신록이 우거진 평온한 그곳에는

그 풍경에 잘 어울리는 아름다운 도서관이 있고

아름다운 도서관에는 그곳과 잘 어울리는 멋진 사서가 있다.

‘특별 보호 사서관’인 그녀는 오늘도

도서관을 찾아올 사람들을 기다리고 있다.

제2화
사에즈리 도서관의 코토 씨

"엄마는 남의 집 애들한테만 신경 쓰잖아."

딸이 말했다. 늘 호방한 척하는 코토도 그 말에는 마음이 꺾일 수밖에 없었다. 크게 상처를 받았지만, 어차피 영상 통화라 감정의 동요가 전해지진 않을 것이다. 그러니까 결국 충격을 받지 않은 것과 다를 게 없다.

일 때문에 같이 쇼핑 가기로 한 약속을 미룬 게 어느새 3주째다. 남의 집 애들만 신경 쓴다는 말이 영 틀린 말은 아니었다.

유사 카페인이 아닌, 원두에서 뽑아낸 진한 커피를 가지고 단말기 앞에 다시 앉았다. 코토는 건강에 좋은 음식을 먹어야 한다는 말이 싫고, 위선 덩어리 같은 유사 카페인은 더더욱 싫었다. 시대착오적이라느니 어쩌니 하지만 담배도 피운다. 그래도 일을 할 때는 보호자들 앞에서 화학 물질 섭취가 좋지 않다는 말을 자신 있게 한다. 매사에 예민한 어머니들은 코토의 말에 열심히 고개를 끄덕인다.

그게 코토에겐 특별히 모순되는 행동은 아니었다. 코토도 임신과 수유 중엔 카페인과 니코틴, 타르를 철저히 멀리했으니까. 그렇게 성심을 다해 낳고 키웠는데도 아이는 "엄마는 뭐든 대충 대충이야."라고 한다. 그러다 보니 직장 때문에 서로 떨어져 살게 된 남편에게 딸을 빼앗기는 꼴이 되고 말았는지도 모르지만.

"어른들한텐 어른들의 사정이 있는 거…지."

커피를 후, 하고 마시며 중얼거렸다. 이런 한심한 소리는 딸 앞에서도, 학생들 앞에서도, 보호자 앞에서도 꺼낼 수 없다.

코토는 일요일마다 발행되는 도서 신문을 펼쳤다. 그녀는 자기가 하는 일 때문에 일간지 외에도 매우 마이너한 도서 신문까지 구독하고 있었다. 도서 신문에는 최근의 출판 추세와 전자책 정보, 그리고 '전 세계의 진귀한 책' 소개 등이 실려 있다.

이번 주 도서 신문의 1면은 별로 좋은 내용이 아니었다. 중동에서 또 대규모 내전이 발발해 석유 수급에 문제가 생기는 바람에 펄프 가격이 상승했다고 한다. 코토는 책상 주변에 흩어진 인쇄용지를 둘러보며 몸을 부르르 떨었다.

실리를 추구하는 코토가 유일하게 소비하는 사치품이 업무에 쓰는 이 인쇄용지였다. 업무에 필요하다는 핑계를 대긴 하지만, 나이에 비해 조숙한 딸은 탐탁잖은 표정을 짓곤 했다. 종이 없이도 일할 수 있지 않냐고 지적한다면 코토도 딱히 할 말은 없었다.

'아, 종이 냄새를 맡고 싶다. 무한 재활용이 가능한 대체용지가 아닌, 진짜 종이 냄새.'

교사가 된 뒤로 10년 넘게 입어 온 낡은 팥죽색 체육복 차림으로 자리에서 일어났다. 머리를 뒤로 묶고 뿔테 안경을 걸쳤다.

딸과 보내기로 한 약속과 휴일을 내팽개치면서까지 오늘 중에 끝내야만 하는 업무가 있는데, 도무지 진척이 없다. 하지만 그 사실은 일단 덮어두고 카페인 향 섞인 숨을 토해내며 책상 위에 놓인 액자를 바라보았다. 순간 아무래도 딸에게 같이 쇼핑가자고 전화를 하는 게 나을까, 하는 생각도 들었다. 하지만 해야 할 일을 생각하면 그럴 수 없었다.

시계를 보니 마침 도서관 개관 시간이었다. 자신은 엄마 자격이 없는 것 같다는 생각을 하며 코토는 자전거에 올라탔다. 녹이 슨 페달을 밟자 끼익, 하는 둔탁한 소리가 났다.

사에즈리 도서관까지는 코토가 사는 집에서 자전거로 15분 정도 걸렸다. 지금 일하는 학교에 발령받아 왔을 때 동네를 둘러보다 가장 놀랐던 시설이었다. 도서관이라는 구시대적인 건물이 있을 줄이야. 그것도 구시대의 형태를 그대로 간직한 채로.

코토의 집에도 몇 권의 책이 있기는 하다. 할아버지의 윗세대부터 물려내려 온 유산이자 직접 돈을 벌게 된 뒤로 악착같이 돈을 모아 수집한 귀중품이다. 그녀가 근무하는 학교에서도 도서실은 열쇠 하나까지 매우 엄중히 관리되었다.

코토는 책이 좋았다. 할아버지는 커다란 백과사전 한 권을 가지고 있었는데, 그녀는 그 책이 너무너무 좋았다. 코토는 다다미 바닥에 엎드린 채 마음에 드는 항목을 공책에 옮겨 적는, 무척 내향적인 놀이를 즐기는 아이였다. 그 백과사전은 지금도 코토의 책상 위 잘 보이는 곳에 놓여 있다. 그 책을 보물에 비유한다면, 사에즈리 도서관은 정말이지 보물 창고였다.

보물 창고 관리인의 이름은 와루츠 씨였다. 그녀가 자신보다 겨우 몇 살 아래라는 걸 알았을 때 코토는 기절초풍할 뻔했다. 게다가 밝고 친절하고 부지런해서 교육자이면서도 허점투성이인 코토에겐 무척 대단해 보였다.

'와루츠 씨는 오늘도 나와 있겠지?'

자전거 주차장에 자전거를 세워두는데 요란한 소리가 들렸다.

얼굴을 든 코토의 눈썹이 치켜 올라갔다. 투박하게 생긴 낡은 오토바이가 자전거 주차장으로 진입해왔다. 오토바이도 그렇지만 타고 있는 사람의 복장도 무척 눈에 띄는 스타일이었다. 새까만 라이더 재킷을 입고 양손에 가죽 장갑을 끼고 있었다. 턱 끈만 대충 걸쳤을 뿐 헬멧도 제대로 쓰지 않았고, 한눈에 봐도 탈색한 금발을 위로 세운 채 귀에는 여러 개를, 입술에는 한 개의 피어싱을 하고 있었다. 지나칠 만큼 개성적인 청년이었다.

'와우!'

어쨌든 교육자 나부랭이인 코토는 도서관과는 다른 의미로 구시대적인 젊은이를 바라보았다.

"얘!"

젊은이에게 일부러 그렇게 말해보았다. 뼈밖에 없다 할 만큼 삐쩍 마른 젊은이는 눈을 번득이며 코토를 바라보았다. 눈빛이 얼굴을 다 깎아 먹네. 코토는 생각했다.

"이륜차 주차장은 저쪽인데."

코토가 입구 쪽을 가리켰다. 평소엔 저녁까지 나와 있는 주차장 경비원의 모습이 보이지 않았다.

개성이 넘치는 이 젊은이는 쓸데없이 사나운 눈매로 코토가 가리키는 손끝을 보고 나서 오토바이를 움직일 생각이 든 것 같았다. 신록에 둘러싸인, 이 평화롭고 아름다운 도서관과는 도무지 안 어울린다는 생각을 지울 수 없다. 무단 주차를 하러 온 것 같지도 않다. 자동차라면 모를까, 오토바이라면 어디에 세우든 주차 위반에 걸리지 않을 테니까. 사람을 겉모습만 보고 판단해선 안 될 테지만 책과 친해 보이는 모습도 전혀 아니다.

'뭐, 개인의 자유지.'

그렇게 생각하며 코토가 도서관에 들어가려 했을 때다.

"아줌마."

평소에 변성기가 오지 않은 학생들을 상대하다 보니 이렇게 젊은 남자의 둔탁한 목소리를 들을 기회가 없었다. 호칭에는 굳이 신경 쓰진 않기로 했다. 자신도 '얘'라고 불렀으니 피차일반이었다.

젊은이는 오토바이를 세우고 헬멧을 벗었다. 그러고는 심드렁한 말투로 물었다.

"사무실이 어디예요?"

코토는 조금 놀랐다. 도서관 사무실에 볼일이 있다면 일반 이용객은 아니라는 의미니까.

"저 안에 있어. 들어가서 안쪽에."

물어보는 게 쉽지 않았을 텐데 직접 안내해줄까, 하고 코토가 생각한 순간 등 뒤에서 자동문 열리는 소리가 들렸다.

"탄고 군?"

안에서 나온 사람은 와루츠 씨였다.

그녀는 금세 코토도 발견하고는 "코토 씨, 오셨어요?" 하고 상큼한 미소를 보내더니 젊은이 쪽으로 손을 흔들었다.

"탄고 군, 기다렸어."

젊은이는 오토바이를 세워놓고 가만히 서 있었다.

"탄고 군…."

코토가 중얼거리자 와루츠 씨가 돌아보며 설명해주었다.

"새로 온 경비원이에요. 여기서 일하셨던 경비원 할아버지의 손자예요."

그리고 젊은이 쪽을 돌아보았다.

"반가워. 난 사에즈리 도서관 대표이자 특별 보호 사서관인 와루츠 유이라고 해."

늘 똑같이 반복하는 자기소개 문구였다. 젊은이는 미심쩍은 표정으로 와루츠 씨 앞까지 걸어가더니 불쑥 웅얼거렸다.

"왈츠?"

와루츠 씨가 일본 여성 평균 정도의 키지만 팔다리와 몸통이 가는 편이라 그런지 머리 하나는 더 커 보이는 젊은이랑 같이 있으니 유난히 더 작아 보였다.

"그래, 탄고 히데토 군. 잘 부탁해."

탄고가 젊은이의 성씨인 모양이다.

"할아버지 허리가 좀 나으면 좋으련만. 탄도 군이 와줘서 정말 다행이야. 고마워."

와루츠 씨가 하얗고 날렵한 손을 내밀었다. 탄고 군은 순간적으로 가죽 장갑 낀 손을 내밀려다가 움찔했다. 하지만 와루츠 씨는 손을 계속 내민 채 부드럽고 감미로운 목소리로 말했다.

"멋지다. 나는 왈츠고 넌 탱고네."

"도서관이 무슨 댄스 클럽도 아니고요…."

탄고 군의 말에 와루츠 씨가 쿡쿡 웃었다. 얼굴을 돌리는 젊은이의 눈매는 아까만큼 매섭지는 않았다.

'아….'

생각지도 못한 곳에서 재미있는 구경을 했다고, 코토는 소박

한 생각을 했다.

일요일의 도서관은 아침부터 성황이었다. 여기저기서 인기척이 느껴졌다. 코토는 조용한 도서관도 좋아하지만 사에즈리 도서관에 오는 사람들도 좋았다. 사람들에게 읽히는 책은 사료관에 전시된 책들과는 달리 살아 있는 느낌이 든다.

늘 창가 소파에서 역사소설을 읽는 노인과 조금 덜렁거리는 회사원에게 인사를 한 뒤, 서가 사이를 걸어가는데 안쪽에서 갑자기 어린아이의 그림자가 툭 튀어나왔다.

"어이쿠!"

걸음을 멈추며 한걸음 물러나 부딪치기 직전에 아이의 어깨를 잡았다. 순간 코토는 깜짝 놀랐다. 아이의 피부색과 머리카락 색 때문이다. 어깨 길이로 다듬어진 머리카락은 금발이었는데, 같은 금발이라 해도 아까 본 오토바이 젊은이와는 전혀 다른 색조였다. 타고난 금발이었다. 머릿속 피부만 아니라 목덜미도 새하얬다. 아이는 열 살 정도 되어 보였다.

"도서관에서 뛰면 안 되지."

코토가 쪼그려 앉자 여자아이의 회색 눈동자가 보였다.

"이브!"

그때 등 뒤에서 변성기가 오지 않은, 남자아이 특유의 감미로운 목소리가 들렸다.

머리카락과 피부 색깔이 같은, 비슷한 키의 남자아이가 뛰어왔다. 남자아이는 코토 앞에서 얼어 있는 여자아이의 팔을 꾹 잡아당기더니 자신의 등 뒤로 숨겨주었다. 코토는 그 모습을 기특하게 바라보며 천천히 말했다.

"도서관에선 조용히 해야지."

일본어를 알아듣지 못할까 봐 조금 걱정되었지만, 남자아이가 고개를 끄덕였다. 회색 눈동자가 흔들렸다.

"너희 혹시 남매야? 쌍둥이?"

코토가 호기심에 물어보았다.

사에즈리 도서관이 있는 사에즈리 쵸는 관광차 올 만한 곳은 아니었다. 특별한 볼거리가 없기도 했지만, 외국에서 오기엔 교통편이 너무 불편했다. 다만 이 도서관이 특이하고 귀중한 건물이기 때문에 외국에서 이곳만 보러 찾아온다 해도 이상한 일은 아니라고 코토는 생각했다. 하물며 보통 사람은 국회 도서관에도 들어가기 힘든 지금, 이곳은 자유롭게 드나들 수 있는 데다 이곳에만 볼 수 있는 책이 산더미처럼 많기도 하고.

일본도 종이책 전자화가 이제 완료되긴 했지만, 세계적으로 보면 매우 늦게 이뤄진 편이다. 종이책의 질도 나쁠뿐더러 가격도 훨씬 비쌌다.

두 아이는 경계하듯 입을 다문 채 코토를 가만히 바라보았다. 남자아이는 과학책을 소중히 끌어안고 있었다. 큼지막한 것이 무슨 입문서 같았는데, 아이한테는 조금 어렵겠다고 코토는 생각했다.

그런데 문득 남자아이가 자신을 노려보는 듯한 기분이 들었다. 자신이 무슨 생각을 하는지 알 리가 없는데…. 코토는 아이를 안심시키려는 듯 웃으며 말했다.

"책 망가뜨리기면 안 되잖아."

그리고 손을 뻗어 아이의 머리를 쓰다듬으려 했다. 그러자 남자아이가 한 손엔 책을, 그리고 다른 한 손엔 자신과 닮은 여자아이의 손을 잡고 도망치듯 서가 사이로 달려가 버렸다. 높은 서가 사이에 섞여들자 두 아이는 금세 보이지 않았다.

금발에 하얀 피부, 회색 눈동자의 어린아이는 이곳에서 보기 쉽지 않다. 그러다 보니 어린아이에 대한 환상 같은 건 전혀 없지만, 마치 호수에서 유니콘을 만난 것 같달지, 꿈처럼 아름다운 도서관에서 그림책을 뚫고 나온 아이들을 만난 것 같달지 코토는 초현실적인 기분이 들었다. 무릎을 쭉 펴며 일어났더니 일요일 오전의 햇살이 눈부시게 반짝이고 있었다.

코토는 도서관 안을 돌아다니다가 서가 사이에서 와루츠 씨의 뒷모습을 발견하고 걸음을 멈추었다.

"와루츠 씨!"

이름을 부르자 그녀가 돌아보았다.

"네, 코토 씨."

아까 도서관 현관 앞에서 헤어졌던, 와루츠 씨에게 다가가며 코토가 물었다.

"아까 그 젊은 남자는 어디 갔어요?"

오토바이에 타고 있던, 조금 시대착오적인 젊은이. 하지만 이 말은 하지 않았다.

"아, 지금 유니폼으로 갈아입느라…."

와루츠 씨의 목소리가 평소와 달리 어두웠기에 코토는 가만히 그녀를 보았다.

"무슨 일 있어요?"

코토는 다른 사람의 감정은 잘 알아차리는 편이었다. 아마도 그 금발 청년이랑 좋지 않은 일이 있었던 것 같았다.

와루츠 씨는 작게 한숨을 쉬며 말했다.

"탄고 군은…."

이어지는 말은 예상 밖이었다.

"책이 싫대요."

'흐음….'

책이 싫다고? 이 세상에 책을 싫어하는 사람이야 널리고 널렸겠지만 하필이면 도서관에 일을 하러 와서, 하필이면 와루츠 씨에게 그런 말을 하다니. 배짱 한번 좋다고 코토는 생각했다. 아니나 다를까, 와루츠 씨는 조금 망연자실하기도 하고 풀이 죽은 느낌이다.

코토는 와루츠 씨의 어깨에 손을 얹으며 격려하듯 말했다.

"이제부터 좋아하게 될 수도 있죠."

사실 깊이 생각하지 않고 그냥 무난하고 평범한 위로의 말을 건넸을 뿐인데도 와루츠 씨는 천천히 고개를 들더니 간절한 눈빛을 보내며 말했다.

"맞아요. 그렇게, 그렇게 되겠죠…?"

코토는 힘있게 고개를 끄덕였다. 남의 이야기를 들어줄 때는 상대의 마음에 공감하고, 상대가 마음의 마음을 편하게 해주는 게 중요하다. 우리가 교육을 시키고 교육받는 것도 결국은 소통을 위한 것이다. 어른이자 교사인 코토는 그 사실을 잘 알고 있었다.

"그럼요. 다른 곳이면 몰라도 이 도서관에서 어떻게 책을 좋아하지 않을 수 있겠어요? 그렇게 안 되면 그게 이상한 거예요."

"그렇죠?"

와루츠 씨는 눈을 빛내며 코토에게 확신을 달라는 듯 힘차게 고개를 끄덕거렸다.

이 건물의 최고 책임자인 이 젊은 도서관 사서가 지나치다고 할 만큼 책을, 특히 이 도서관의 장서를 사랑한다는 사실을 단골 중에 모르는 사람은 없었다.

"그럼요, 그럼요."

코토도 힘 있게 끄덕이며 와루츠 씨의 어깨에 얹은 손으로 토닥여주었다. 그리고 히죽 웃었다.

"그나저나 제가 자료를 좀 찾아야 하는데 잠깐 도와주시겠어요?

저는 잘 못 찾겠어요."

"아…."

와루츠 씨의 표정이 아주 살짝 흐려진 건 못 본 체하기로 했다.

"한 시간만요."

와루츠 씨는 언제나처럼 먼저 가능한 시간을 알려주었다. 근무 시간 중 한 시간을 한 명의 이용자에게 할애해주다니 참 멋진 사서라고, 코토가 와루츠 씨에게 말한 적이 있었다. 그러자 "선생님도 학생 한 명을 위해 한 시간 정도는 쓸 수 있지 않으세요?" 하는 대답이 돌아왔다. 그런 걸 보면 와루츠 씨는 참 여간내기가 아닌 뚝심 있는 직업인이다.

사에즈리 도서관에는 이용자를 위해 소파 외에도 여기저기에 커다란 테이블과 의자가 놓여 있다. 코토는 그중 한 곳에 자리 잡고 앉았다.

"이번엔 무슨 책을 찾으시나요?"

와루츠 씨가 작지만 또박또박한 목소리로 물었다.

"모차르트."

코토가 대답했다.

"모차르트요?"

와루츠 씨가 복창했다.

"모차르트가 쓴 곡? 아니면 모차르트 음악의 역사적 의의? 아니면 모차르트 개인에 대해서요?"

"전반적으로, 개요부터."

"알겠습니다. 잠시만 기다려주세요."

종종걸음으로 테이블에서 멀어져간 와루츠 씨가 열 권 정도의 책을 끌어안고 돌아왔다. 걸린 시간은 불과 3분 정도였다.

"일단 최근 간행물 중에서 개요가 잘 정리된 것부터 가져와 봤어요. 서고에서도 찾아볼 테니 그동안 이것부터 읽고 계세요."

코토는 서고에서 꺼내온 책을 그대로 빌려 가는 경우가 거의 없었다. 일단 내용을 보고, 비슷한 내용의 책들을 좀 더 본 다음 빌려 갈 책을 정했다.

와루츠 씨가 가져온 책들은 대개 호화스러운 올컬러 호화본으로 모차르트뿐만 아니라 바로크부터 고전파 음악가까지 총망라해서 소개해주고 있었다. 뒷면에 적힌 가격을 보니 코토의 수입으로는 한 달에 한 권 사기도 쉽지 않았다.

코토는 다음 책을 기다리며 의자에 앉은 채 다리를 꼬았다. 담배를 피울 수 없는 답답함에 손톱을 깨물면서 글자를 읽고 페이지를 넘겼다.

코토가 사에즈리 도서관을 이용하는 이유는 순수하게 독서를 즐겨서만은 아니었다. 종이 페이지를 넘기며 단어를 머리에 집어넣고, 상상하고, 주변 글자도 함께 섞어 하나의 지식으로 소화하는 재미가 쏠쏠했다.

코토에게 독서란 단순히 지식을 머릿속에 집어넣는 것이 아닌, 마음속 의문점을 찾는 작업이었다. 코토가 선생님이 된 것도 책과 관련이 있다. 코토는 어릴 때부터 공부가 좋았다. 책이 좋고 지식을 접하는 게 좋았고, 그걸 누군가에게 전달하는 게 좋았다. 그래서 지금의 직업을 선택했다.

와루츠 씨가 이번엔 서고에서 낡은 책을 한 아름 끌어안고 돌아왔다. 그것도 10분도 지나지 않아서. 책을 여러 권 들어보면 책이 나무로 만들어졌다는 걸 확실히 실감하게 된다. 종이와 잉크의 질량 때문에 팔이 저릴 정도니까. 하지만 와루츠 씨는 가뿐하게, 별일 아니라는 듯 날렵한 동작으로 들고 왔다.

코토는 새로 받은 책을 물 흐르는 듯한 동작으로 한차례 쭉 넘겨보았다.

"모차르트가 살던 시대의 자세한 유럽 종교사를 다룬 책하고, 교우관계 특히 그에게 영향을 받았지만 유명해지지 못하고 사라진 음악가에 관해 알고 싶은데요."

코토가 다시 주문했다.

"알겠습니다."

와루츠 씨는 그대로 되돌아가 문화, 역사, 그리고 당시에 살았던 인물들까지 열심히 검색해서 찾아다 주었다. 코토는 최종적으로 다섯 권의 책을 골랐다. 그녀의 옆에는 족히 30권은 넘을 듯한, 비슷한 종류의 책이 산더미처럼 쌓여 있었다. 코토는 이 정도의 장관도, 이렇게 사치스러운 시간도 없을 거라 생각했다.

"정말 고마워요, 와루츠 씨."

정확히 한 시간 뒤, 와루츠 씨는 이마의 땀을 닦는 시늉을 하며 푸념하듯 말했다.

"데이터베이스도 한번 활용해 보세요."

와루츠 씨의 말이 지당했다. 데이터베이스에 검색어를 입력하면 알고 싶어 하는 답은 금세 나올 것이다. 지식의 집합체인 데이터베이스에서는 '누군가'가 알고 있는 사실이라면 뭐든 찾을 수 있다. 하지만 그건 아름답지 않다. 가슴에 와닿지 않는다고 코토는 생각했다.

"그야 그렇지만… 데이터베이스를 검색하면 딱 내가 검색한 내용만 알 수 있잖아요. 저는요, 와루츠 씨…."

코토가 말했다.

"내가 아는 것, 찾는 것, 내게 당장 필요한 것 말고 다른 것들도 알고 싶어요."

와루츠 씨는 놀란 듯 손을 멈췄다. 코토는 눈을 가늘게 뜨며 말을 이었다.

"이 시대의 교육은 전부 커리큘럼화되어 있잖아요. 불필요한 지식을 채워 넣을 공간이 없는 거죠. 하지만 교육에도 군살은 필요해요. 그렇지 않나요?"

그 말에 와루츠 씨가 따뜻하게 웃었다.

"코토는 정말 좋은 선생님일 것 같아요."

"좋은 선생님… 저는 아닌 것 같아요. "

코토는 부모로서도, 선생님으로서도 자신이 어정쩡하다고 생각했다. 겸손이나 자기비하가 아니라 솔직한 마음이었다. 하지만 와루츠 씨는 또다시 웃으며 일축해버렸다.

"이렇게 열심히 책 읽는 선생님은 좀처럼 찾기 어려울 거예요."

"그건 책이 좀처럼 없어서 그렇지 않을까요?"

코토는 쓴웃음을 지었다. 그러고는 쑥스러워서 얼버무리듯 덧붙였다.

"확실히 학교에서 책을 읽고 있으면 학생들이 존경하는 눈빛으로 보긴 해요. 평소엔 얄밉게만 구는 녀석들인데. 그건 좀 좋아요."

"어머, 그럼 다음엔 학생들도 데려오세요."

와루츠 씨가 눈을 빛내며 말하자 코토가 말했다.

"아이들에겐 아직 이른 것 같아요."

그렇다. 예를 들면 알코올이나 니코틴처럼 책도 적합한 나이가 있을 것이다. 책은 보물이니까 철저히 자물쇠를 채워 합당한 나이까지 기다리게 해야 한다. 코토는 그렇게 생각했다.

"아니에요!"

얼마나 빠르고 강렬한 반박인지 코토는 순간 멈칫했다. 도서관 안에서 삼가야 할 큰 목소리에 놀란 건 와루츠 씨 본인도 마찬가지인 듯했다.

"죄송합니다."

와루츠 씨는 겸연쩍게 사과하더니 평소처럼 온화한 목소리로 중얼거렸다.

"우리 인생에서 책이 이른 때는 없어요."

그러고는 꺼내온 책을 정리해주며 코토에게 부드러운 미소로 인사했다.

"그럼 좋은 독서 되시길."

자전거 주차장으로 가려는데, 도서관 주차장 입구에 훤칠한 경비원이 보였다.

"어우, 잘 어울린다."

코토는 굳이 다가가서 말했다.

유니폼과 모자를 쓴 탄고 군은 대놓고 입술을 찌푸리며 불쾌한 티를 냈다. 그런 얼굴마저도 앳돼 보였기에 코토는 씩 웃으며 조금 더 대화해 보기로 했다.

"책이 싫다고 했다면서? 웬만하면 와루츠 씨한테 그런 말은 하지 마. 미움받을라."

비밀을 알려주듯 목소리를 낮추자 탄고 군은 모자를 깊숙이 눌러썼다.

"어른이…."

누굴 죽이기라도 할 것처럼 으르렁대는 목소리였다.

"뭘 그렇게 다 아는 척이에요? 그러면 미움받아요!"

탄고 군은 그대로 등을 돌려 어딘가로 가버렸다. 코토는 그가 남기고 간 말에 놀랐다. 제법 재치 있고 날카로운 반격이라고 생각했다. 화를 내거나 무시해버릴 수도 있었을 텐데 그는 멋진 말로 대꾸했다. 그가 다시 보였다.

어른답게 행동하는 건 늘 어렵다고 생각하며 코토는 자전거 페달을 밟았다. 책 무게 때문에 핸들이 쏠리지 않도록 주의하며, 천천히.

몇 시에 자도 6시 알람보다 먼저 눈이 떠지는 건 나이 탓일까, 아니면 스트레스 탓일까? 침대 위에 쓰러진 무거운 몸뚱이를 간신히 일으켜 세우고 몽롱한 머리로 책상을 바라보았다. 보다 잠들어 여전히 켜져 있는 단말기, 어질러진 종이와 펜, 여기저기 놓인 책들.

결국 업무는 끝내지 못했다. 이대로라면 다음 주에도 딸과 쇼핑 가긴 힘들 것이다. 가을옷을 사기 전에 겨울이 와버리는 생활은 이제 지긋지긋했다. 코토는 세수하고 빵을 먹고 대충 화장을 한 다음 체육복을 입었다. 머리를 묶고 안경을 쓰면 평소와 똑같은 외출 복장이 완성되었다. 조금 망설이다가 중간까지 읽은 사에즈리 도서관의 책도 한 권 가방에 넣고 집을 나섰다.

자전거로 학교까지는 30분쯤 걸렸다. 아직 학생들이 등교할 시간은 아니다. 코토는 하품이 나왔다. 작지만 새로 지은 학교에 도착하니 수위 아저씨가 "매일 일찍 나오시네요."라고 인사했다. 코토는 교무실 책상에 앉아 단말기를 켜고 공지사항을 확인했다.

사에즈리 쵸는 평화로운 동네지만, 나라 안 곳곳에서는 흉흉한 사건들이 빈번하게 발생했다. 그중 아이들이 희생되었다는 뉴스를 보면 가슴이 너무 아팠다. 긴급 정전 때는 학생들을 배려해서 무리하게 등교시키지 말라는 전달 사항을 읽으며, 경비 시스템에 너무 의존하는 것도 문제가 있다고 코토는 진지하게 생각했다.

하지만 그렇다고 계속 세상 돌아가는 걱정만 하고 있을 수는 없다. 업무는 늘 산더미처럼 쌓여 있으니까. 학기 초부터 학기 말까지 매일 바쁘게 돌아가다 보니 해마다 아이들을 어떻게 다음 학년으로 진급시키는지 모를 정도다.

'그러고 보니… 우리 딸이 내년에 중학생이네.'

또 한 번 부모로서 실격이라는 생각에 아찔해졌다. 그 생각을 머릿속에서 최대한 밀어내고, 자잘한 업무를 마무리한 뒤 담배 케이스, 수업 도구와 책을 들고 자리에서 일어섰다.

"선생님!"

교무실 앞에서 학생과 마주쳤다. 그녀가 맡은 학년의 다른 반 학생이었다.

"안녕하세요!"

아침부터 우렁찬 목소리의 인사다. 코토는 이런 시원시원한 인사가 좋았다. 교사가 되길 잘했다고 느끼는 순간이기도 했다.

"응, 안녕."

고개를 끄덕이며 흡연실로 향했다. 좁은 흡연실에는 이미 누가 있었다. 이 학교에서 담배를 피우는 사람은 코토와 교감 선생님 정도다. 테이블 위에 수업 준비물을 내려놓고 불을 붙이자 교감이 코토에게 말을 건넸다.

"책인가요?"

코토는 얼굴을 들었다. 먼저 말을 걸어왔다는 게 의외였다. 흡연실에선 서로 혼자만의 시간을 보내는 느낌으로 있다 보니 여기서 대화하는 건 처음이다.

"아, 네."

"사에즈리에서…?"

"네."

이 동네에 살고, 어느 정도의 교양을 갖춘 사람이라면 그 특이한 도서관을 모를 리가 없었다.

"잠깐 좀 봐도 될까요?"

"네, 보세요."

코토가 대답했다. 애초에 그녀의 책도 아니었으니까. 담배를 비벼 끈 교감 선생님이 손가락으로 책을 쭉 넘겼다.

"제가 어렸을 때는 교과서를 썼어요."

"네…."

코토가 대답했다. 종이책이 사라지고 디지털화된 것은 딱 코토

세대부터였다.

"실러버스syllabus의 어원이 뭔지 아세요?"

책을 들여다보던 교감 선생님이 갑작스레 물었다.

"아뇨…."

코토가 고개를 가로저었다. 그 단어가 연간 수업 계획을 의미한다는 것 정도밖에 몰랐다.

"원래는 양피지의 라벨을 뜻하는 말이에요."

교감 선생님의 말투에 자기 지식을 자랑하는 느낌은 없었다.

"이젠 교육과정에서 한 장의 종이도 쓰지 않지만요."

"그러네요."

책을 내려놓고 흡연실을 나가는 교감 선생님에게 고개를 숙이며, 코토는 문득 과거를 그리워하는 게 좋은 일만은 아니라는 생각이 들었다. 다시 되찾을 수 없는 것들은 뭐든 그저 아름답게 보이는 법이니까. 그런 맥락에서도 종이와 잉크, 책이 무조건 최고라고는 할 수 없지만….

코토는 흡연실 창문 너머로 아침 하늘을 올려다보며 아주 잠시 업무를 잊고 몽상에 잠겼다.

'만약 내가 시절에 책을 접하지 못했다면 나는 어떤 어른이 되었을까?'

선생님이라는 말에 기뻐하는 바보. 코토는 교사가 된 뒤 몇 번이나 그런 생각을 했다. 교사가 학생들에게 가르침을 주고 존경받는 시대는 이미 끝난 지 오래다. 지금 그 역할은 실러버스로 불리는 전자 커리큘럼이 담당하고 있다. 책상엔 연필과 공책 대신 학습용 단말기가 놓여 있다. 각 학생의 학습 성취에 맞춰 완벽한 지원이 이뤄지므로 교사 같은 건 있든 없든 큰 차이가 없을지도 모른다.

오랫동안 지속된 저출생 경향이 최근에 상승세로 돌아섰다지만, 총 아동 수는 20년 전보다 확연히 줄었기에 어느 학교든 한 반에 10명이 채 되지 않는 소수 체제다. 어려워하는 과목이나 성취가 떨어지는 부분이 있으면 그 학생만 몇 단계 앞으로 되돌아가 다시 배울 수도 있다. 시험조차도 자동 생성된 문제를 다듬어서 내기만 하면 되니까 그렇게 편할 수 없다.

실기 과목은 음악과 가정, 미술과 체육, 그리고 초등학교에는 글자 습득이 포함되어 있다. 오랜 유산인 일본어와 한자를 잊어버리지 않기 위해서다. 중요한 수업이라는 생각은 하지만 굳이 이런 수업을 해야 한다는 게 좀 서글펐다. 그런데 기묘하게도 코토가 가장 교사답게 가르칠 수 있는 것도 이 수업이었다.

코토는 어릴 때부터 그렇게 덜렁거리는데도 글자 하나는 예쁘게 쓴다는 칭찬을 들었다. 서예 대회에서 입상한 적도 있고 오래된 문서도 잘 읽었다.

"선생님, 한자 써주세요."

글자 수업에서 학생들이 언제나처럼 말했다.

"무슨 한자?"

코토가 묻자 아이들은 학습용 단말기를 펼치며 떠들어댔다.

"으음, 장미!"

"간장!"

"후추!"

"알았어, 알았어."

코토가 전자 칠판에 한 글자 한 글자 완성할 때마다 환호성이 들렸다.

"선생님은 어떻게 그렇게 한자를 잘 써요?"

한 학생이 물었다.

"어릴 때부터 글자 쓰는 걸 좋아했거든."

"왜요?"

"글쎄. 왜 그랬을까?"

코토는 건성으로 대답했다.

확실히 어른이 된 뒤로 손글씨를 쓸 기회는 거의 없었다. 코토의 반에도 글자 쓰기를 특히 싫어하는 학생이 두 명 정도 있었는데, 숙제를 내면 입을 비죽 내밀며 "글자 쓸 줄 몰라도 읽을 수만 있으면 되는 거 아니에요?"라고 말하곤 했다.

분명 읽을 수만 있다면, 아니, 읽지 못해도 단말기 사용법만 알면 곤란할 일은 없을지도 모른다. 수업 중엔 학습용 단말기를 사용하지만 초등학교 입학과 동시에 개인용 소형 단말기도 지급된다.

모든 지식은 이미 그들의 손안에 있으며 학교에서 가르치는 건 주로 그 사용법이었다.

"그래도 단말기 없이 글을 읽을 때 필요하잖니?"

"단말기 없이 글을 읽을 때?"

코토의 손이 멈췄다. 잠시 생각하다 교탁 서랍에서 책 한 권을 꺼냈다. 사에즈리 도서관에서 빌려온 낡은 음악사 책이었다.

"예를 들어서 이런 걸 읽을 때 말이야."

아이들이 몸을 앞으로 내밀었다.

"책이다!"

코토는 자기가 왜 그런 말을 꺼냈는지 알 수 없었다.

"읽어볼래?"

아이에게 건네주자 다른 아이들도 자리에서 일어나 구경하러 왔다. 수업 중엔 일어서지 말라고 타이르려다가 이내 그만두었다.

지금 책은 한 권밖에 없다. 보기 위해선 사람이 움직여야 하는, 책은 불편한 도구다.

학생들은 자기들끼리 책을 한 바퀴 돌리며 요리조리 살펴보고 두꺼운 표지를 어루만졌다. 자기 부모님은 어떤 책을 갖고 있다느니 하는 자랑을 늘어놓으며 한 장 한 장 책장을 넘기기도 했다. 관심을 끄는 내용이라도 있었는지 책장 사이로 손을 넣어 끼어들 듯 읽는 아이도 있었다.

"책 찢으면 안 돼!"

코토는 그렇게 말하며 살짝 웃었다.

'이해도 안 될 텐데.'

하긴. 재미있다면 됐다. 아이들이 나무 블록 같은 장난감을 다 이해하고 갖고 놀진 않으니까.

나라가 망해도 국어는 남는다는 말을 오래된 작가가 남겼다고 한다. 책이 지금보다 활발히 살아 숨 쉬던 시대였다. 물론 지식을 접하는 게 좋고, 전달하는 게 좋아서 교사가 되기로 했지만, 할아버지에게서 들은 그 말이 결정적인 역할을 했다. 나라가 망했을 때도 남는다니. 국어란 대체 무엇일까.

어차피 수업 진행이 잘 안 될 것 같아서 코토는 일단 학생들을 자리에 앉히며 이렇게 말했다.

"책은 돌아가면서 보고 마음에 드는 부분을 한 문장씩 똑같이 써서 제출하세요. 끝나면 옆 사람한테 넘기고."

흥미롭게 책을 넘기는 아이들의 모습을 보며 어린 시절 자신은 그 백과사전을 어떤 눈으로 바라보았는지 생각해보았다. 하지만 아득히 멀기만 한 기억이라 정확히 떠올릴 수는 없었다.

코토의 라이프스타일은 건강을 해치기에 딱 좋았다. 그래도 학교에 출근하는 주중엔 아주 규칙적으로 생활했다. 매일 저녁 8시쯤 집에 돌아와서 남은 업무를 처리하다 늪에 빠지듯 잠이 들었다. 그날도 그랬다. 그런데 새벽에 눈을 떴을 때 평소라면 켜져 있어야 할 전자기기가 전부 꺼져 있었다. 불길한 예감이 들었다.

역시나. 단말기가 대기 전력 모드로 전환되어 있었다. 예감은 확신으로 바뀌었다. 책상 옆에 떨어져 있던 안경을 걸치고 메일함을 확인하자 제일 위에 이런 글자가 보였다.

긴급 정전으로 오전 임시 휴교

코토는 한숨을 쉬었다. 교내 네트워크가 전부 마비된 것일까? 전기가 복구될 때까지 자택에서 대기해 달라고 적혀 있었다. 아이들은 기뻐할 것이다. 정전이 되면 교내 보안 장치도 멈추기 때문에 아이들을 등교하게 할 수는 없었다. 아이들에겐 더할 나위 없는 임시 휴교였다. 이런 정전이 몇 달에 한 번꼴로 발생했기 때문에 당연히 교과 커리큘럼도 이를 전제로 구성되어 있었다.

코토 집의 데이터베이스 단말기는 대기 전력으로 간신히 살아남았지만, 그것도 언제까지 버틸지 알 수 없었다. 그럴 리는 없겠지만 정전이 장기화될 때를 대비해 집 안을 돌아다니며 불필요한 전원은 전부 꺼두었다.

맑은 가을날이라 다행이었다. 집에서 할 수 있는 업무도 잔뜩 있지만, 코토는 도서관 카드를 확인했다. 액정 패널은 도서관의 공지사항이 표시되도록 만들어져 있다. 평일 오후인데 사에즈리 도서관은 정전에도 굴하지 않고 개관한 것 같았다. 코토는 도서관 개관 시간에 맞추려고 아침부터 담배를 연속으로 몇 개비 피웠다. 그리고 빌린 책을 전부 읽어버린 뒤 자전거 열쇠를 들고 집을 나섰다.

어깨에 보조 가방을 멘 코토는 개관 시간과 거의 동시에 도서관에 도착했다. 입구 쪽에 탄고 군의 모습이 보였다.

"좋은 아침이야!"

코토가 인사하자 턱을 비죽 내밀며 건성으로 고개를 숙였다.

"일찍 왔네. 보기 좋아."

코토는 꼰대처럼 인사를 하고는 사에즈리 도서관으로 들어갔다. 평소엔 자동으로 열리는 문이 오늘은 활짝 열려 있었다. 도서관 안의 조명은 거의 꺼져 있었지만 자연광이 잘 들어오는 구조라 책을 읽는 데는 지장이 없었다.

문득 교감 선생님 얼굴이 떠올랐다. 그분이라면 옛날 우리 조상들은 달빛에 의지해 책을 읽었다는 말을 할지도 모른다.

"오셨어요, 코토 씨?"

코토는 이리저리 바쁘게 돌아다니던 와루츠 씨와 조우했다.

"정전이라 일반 이용자 분들은 서고로 내려갈 수 없는데, 괜찮으세요?"

걱정스러운 얼굴로 묻기에 괜찮다고 대답하며 코토는 웃었다. 모처럼 생긴 평일 반차라 와본 것뿐이었으니까. 와루츠 씨는 걸음을 멈추며 말했다.

"찾는 책이 있으면 말씀해주세요."

코토는 눈썹을 치켜올리며 물었다.

"상황이 이런데, 가능해요?"

그러자 밝은 미소와 대답이 돌아왔다.

"네, 물론이죠. 여긴 도서관이잖아요."

그리고 와루츠 씨는 그대로 걸어가 버렸다. 언제 봐도 프로페셔널한 사람이라고 생각하며 코토는 도서관 안을 이리저리 걸어 다녔다.

평일이고 개관 직후 시간인 데다가 정전까지 되어서 사람이 적을 수밖에 없었다. 그런데 어린이책 쪽, 낮은 소파와 매트가 있는 곳에서 지난번에 봤던 두 외국인 아이가 엎드려서 책을 읽고 있었다. 창밖의 빛을 받아 반짝거리는 금빛 머리카락이 눈부셨다.

"좋은 아침."

말을 건네자 두 아이가 반사적으로 코토 쪽을 돌아보았지만, 이번에도 남자아이만 입을 열었다.

"네… 좋은 아침… 입니다."

조용한 목소리였다. 평소에 학교에서 듣는 인사와는 전혀 다른 느낌이지만, 틀림없이 유창한 일본어였다.

"근처에 사니?"

남자아이는 고개를 끄덕거렸다. 이브라고 불렀던 여자아이는 입을 다문 채 책만 보고 있었다.

"학교는?"

코토 입장에선 자연스러운 질문이었다. 주민 등록이 어떤 식으로 되어 있는지는 몰라도 주소가 이 근처라면 일시적으로라도 코토의 초등학교에 다녀야 할 나이였다. 하지만 이어지는 대답은 코토의 예상에서 벗어났다.

"안 가봤어요."

코토의 눈이 휘둥그레졌다. 코토는 자기도 모르게 소파 등받이를 짚으며 몸을 앞으로 내밀고는 시선만으로 빠르게 두 아이의 손목을 확인했다. 의무 교육이 시작과 동시에 지급되는 소형 단말기를 차고 있지 않았고, 단말기를 찬 상태로 햇빛에 그을린 자국도 없었다.

"왜?"

안 간 게 아니라 안 가봤다는 건 대체 무슨 뜻일까? 혹시 피부색과 머리카락 색깔, 그러니까 선천적인 문제와 관계가 있으려나? 나이에 비해 총명해 보이는 남자아이는 급하게 책으로 시선을 돌리며 말했다.

"아빠가 너희는 안 가도 된다고 했어요."

많이 받아본 질문이라는 듯 담담한 말투였다.

"왜?"

코토가 거듭 물었다. 물을 때마다 자꾸만 몸이 앞으로 나가는 바람에 중간에 낀 여자아이가 거북하다는 듯 남자아이 쪽으로 몸을 기댔다.

이어지는 남자아이의 대답은 역시나 주저 없으면서 담담했다.

"어차피 너희는 오래 못 살 거라면서요. 도서관에 가서 좋아하는 책이나 읽으라고 했어요."

그 말이 코토의 가슴을 깊이 후벼팠다. 이렇게 예쁘고 천사 같은 아이들에게 어떻게 그런 말을 할 수 있단 말인가?

"무슨 말이야!"

코토는 자기도 모르게 목소리가 커졌다.

여자아이가 겁먹은 듯 어깨를 움찔했다. 코토의 안 된다는 말에는 강한 분노가 담겨 있었다. 그렇게 하면 안 됐다고, 나중에야 코토는 반성했다. 아이는 자기를 다그치는 것 같은 느낌이 들었을 것이다. 하지만 코토는 적지 않게 동요하고 있었다. 자기도 모르게 목소리를 높일 만큼 아픈 곳을 찔렸기 때문인지도 모른다.

이렇게나 어린아이들이, 그리고 앞으로 태어날 많은 생명이 어떤 방식으로 살아가고 어떤 결말을 맞을지는 아무도 모른다. 비관적인 시각은 시대착오적이라고들 하지만, 그건 종말론에 싫증 난 사람들이 하는 말일 뿐이다. 미래를 믿는 게 자유라면 미래를 믿지 않는 것 역시 자유다. 그러나 그걸 인정하고 싶지 않은 마음이 코토에게도 있었다. 코토는 한 아이의 엄마이자 교육자인 동시에 무언가를 미래에 남기고자 하는 의지가 있는 사람이니까. 이 세상에 미래가 없다고 믿고 싶진 않았다.

"너희들은…."

코토가 말을 하는데 여자아이가 벌떡 자리에서 일어나더니 옆에 있던 책 한 권을 들고 카펫이 깔린 바닥을 뛰어가 버렸다.

"이브!"

남자아이가 일어나 뒤쫓아갔다. 코토는 두 아이의 뒷모습을 그저 바라볼 수밖에 없었다.

"저기요!"

코토는 사에즈리 도서관 뒤뜰 배수로 옆에 쪼그려 앉아 담배를 피우다 손을 내렸다.

"뭐 하시는 거예요, 코토 씨!"

사에즈리 도서관의 특별 보호 사서관인 와루츠 씨가 허리에 손을 짚은 채 코토를 내려다보고 있었다. 코토는 겸연쩍어하면서도 토라진 양 고개를 돌렸다.

뒤뜰에 숨어 담배를 피우다니, 마치 그 경비원처럼 어디로 튈지 모르는 20대가 된 것 같았다.

자기가 생각해도 참 못난 짓이었지만 마음대로 풀리지 않는 세상에 그저 순응하고 싶진 않았다. 어른이 되어도, 마흔에 가까운 나이가 되어도 반항하고 싶어질 때는 있다.

"코토 씨…?"

와루츠 씨가 다시 한 번 불렀다.

그 목소리에 코토는 양심이 찔렸다. 유치한 좌절감과 무력감을,

이 성실하고 착한 사람에게 쏟아내는 건 분명 잘못이다.

바로 휴대용 재떨이에 담배를 비벼 끄고 "미안합니다."라고 사과했으면 좋았을 테지만, 와루츠 씨는 그 전에 먼저 사무실 쪽으로 빠르게 가 버렸다. 그러더니 뭔가를 들고 뒤뜰로 돌아와 나무 그늘에 있는 테이블 위에 내려놓았다.

"이걸 쓰세요."

고풍스러운 담뱃대 세트였다. 골동품이나 다름없는 나무 바구니에 은색 담뱃대 하나와 담뱃잎 상자 등이 담겨 있었다. 그걸 보며 코토는 놀랄 수밖에 없었다.

"도서관은 원래 화기엄금이니까 오늘만이에요."

와루츠 씨가 말했다. 그런 데 쪼그려 앉지 말고 편하게 앉으라는 말에 코토는 조금 눈시울이 뜨거워졌다.

흰색 금속 의자에 앉아 천천히 주변을 둘러보니, 따뜻한 햇볕이 주변을 감싸고 상쾌한 바람이 푸른 나뭇가지를 흔들고 있다. 전기가 끊겼다고 침울해하는 게 어리석다고 느껴질 만큼 야외에서 책을 읽기에 딱 좋은 날씨였다.

"이건 누구의…?"

코토는 새 담배를 꺼내며 와루츠 씨에게 물었다. 담뱃대 세트를 담아 온 나무 바구니는 아주 섬세하고 아름다웠다. 그저 장식품은 아니라는 뜻이다.

"…."

청소라도 하려는 건지 빗자루를 꺼낸 와루츠 씨는 코토의 질문에 잠깐 침묵하다 말했다.

"제 거…예요."

코토가 눈썹을 치켜올렸다. 와루츠 씨는 새침한 얼굴로 낙엽을 모으고 있었다.

"오…."

오래된 나무를 코팅한 듯 번들거리는 담뱃대 세트를 유심히 바라보며 코토는 천천히 말을 이었다.

"남매… 쌍둥이 있죠? 일본인이 아닌."

"아담이랑 이브 말인가요?"

코토는 입이 쩍 벌어졌다. 아담과 이브라면 태초에 창조된 첫 남녀의 이름이다.

"그런데 걔들은…."

코토가 입을 열자마자 와루츠 씨가 말을 이었다.

"아이들 아버지는 연구자예요."

와루츠 씨 목소리 외엔 빗자루 쓰는 소리만 들렸다. 와루츠 씨는 따사로운 햇살을 그러모으듯 빗자루를 움직이며 말을 이었다.

"저희 아버지와 오랜 지인이에요. 두 아이가 태어난 뒤로는 쭉 일본에 계셔요. 요즘은 아이들을 오후에 도서관에 맡기고 연구에 매진하고 있고요."

와루츠 씨는 별일 아니라는 듯 말했다. 코토는 미간을 가볍게 찡그리며 말했다.

"아이들은 학교에 가야죠."

그러나 와루츠 씨는 고개를 살짝 갸웃거릴 뿐이었다.

"나름의 교육 철학이 있나 보죠."

코토는 계속 타고 있는 담배를 든 채 강한 어조로 말했다.

"저는 교사예요."

좀전의 분노가 머리 한구석에 아직 남아 있다는 걸 코토는 깨달았다. 엉뚱한 사람에게 화풀이를 해봐야 소용없다는 걸 알면서도 말을 꺼내지 않을 수 없었다.

"알아요."

와루츠 씨가 대답했다. 얼굴을 들고 온화하게 웃어 보이면서.

"하지만 저도 학교에 가본 적이 없는걸요."

그 말은 코토의 입을 틀어막기에 충분했다. 코토가 받은 충격을 없애주려는 듯 와루츠 씨는 빗자루를 쓸며 말을 이어나갔다.

"제 생각에 코토 씨는 정말 좋은 선생님이에요. 하지만 그 두 아이의 아버지가 자식들을 그렇게 키우고 싶어 한다면, 아버지 생각대로 해야 하지 않을까요?"

코토는 조용히 담배를 피웠다. 미각이 마비되어 가는 입안에 씁쓸함이 번졌다.

와루츠 씨의 아버지는 이 도서관의 창립자라고 했다. 요즘 시대에, 이런 땅에 도서관을 지은 사람이라면 당연히 보통 사람과는 거리가 멀 것이다. 그리고 와루츠 씨는 이 도서관을 사랑하고 있다. 그건 곧 아버지에 대한 애정일지도 모른다.

호박색으로 변한 이 담뱃대 세트처럼 대를 이어 전해지는 것이 있다. 코토는 자신이 학생들에게 뭔가를 남겨줄 수 있을까를 늘 생각했다. 그리고 딸아이에겐 뭘 남겨줄 수 있을까? 또 미래 세대에는, 이 세계에는 뭘 남길 수 있을까?

코토가 천천히 잿빛 연기를 뿜어내며 말했다.

"그런데 와루츠 씨도…."

코토의 뺨에 나뭇잎 그림자가 드리워 있었다. 와루츠 씨는 빗자루 쓸던 손을 멈추며 돌아보았다. 근처에 보이진 않지만 금목서金木犀 향이 났다.

"자랄 때 전자책을 아예 안 본 건 아니잖아요?"

"전자책… 이요?"

"네."

코토가 담담하게 말을 이었다.

"저도 종이책을 꽤 좋아하지만 책은 기호품이잖아요. 사치스러운 취미랄까요. 책에 적힌 내용, 그러니까 데이터야말로 영혼이라고 할 수 있지 않을까요? 데이터는 지식이자 언어이자 감정이자 수치이자 진실이라고 생각해요. 그런 것들이 굳이 종이책의 형태일 필요는 없지 않나요? 아니면 설마…."

코토는 입가를 짓궂게 일그러뜨리며 웃었다. 살짝 심술을 부려

보고 싶은 기분이었다.

"데이터는 책을 대신할 수 없다고 생각하는 건가요? 사에즈리 도서관의 와루츠 씨는?"

와루츠 씨는 가만히 서서 고개를 갸웃거렸다. 대답하기 어려워서라기보다 지금까지 그런 생각을 한 번도 해본 적이 없는 표정이었다. 왜 꼭 책이어야 하는가? 코토의 그 당돌한 질문에 신중히 단어를 고르며 와루츠 씨가 답했다.

"데이터가 영혼…이라는 점은 동의해요."

코토는 그런 모습을 진지하게 지켜보았다.

"전자책은 무엇보다 공간을 차지하지 않고, 복사도 간편하고, 다른 자원을 사용하지도 않고, 종이책이 할 수 없는 많은 것들을 가능하게 하죠."

그렇다면 어째서 지금 이 시대에 도서관을 운영하는가? 코토가 물으려 할 때였다.

"하지만…."

와루츠 씨가 중얼거렸다.

"하지만 저는 이곳에 보관된 게 데이터가 아닌 종이책이라 다행이라고 생각해요."

그러고는 코토 옆에 놓여 있던 책을 한 권 슬며시 가져와 가슴에 안아 들었다.

"영혼만 존재한다면 이렇게 끌어안을 수는 없으니까요."

와루츠 씨는 쏟아지는 햇살처럼 웃었다.

"어째서 종이책이어야 하는지, 그 질문에 뭐라고 딱 부러지게 대답하긴 어렵네요. 그래도 저는 제 보물이 책이라서 다행이라고, 그렇게 생각해요."

그 눈부신 미소를, 코토는 아련해진 가슴으로 눈을 가늘게 뜨고 바라보았다. 사람이든 물건이든 이렇게 사랑하고, 누구에게 이런 사랑을 받을 수 있다면 얼마나 행복할까? 누군가가 '무언가를 지나치게 좋아하는 건 병'이라는 말을 남겼다고 하는데, 병이라는 생각이 들 만큼 뭔가를 좋아할 수 있다면 얼마나 행복할까? 코토가 그런 생각을 하고 있을 때였다.

"와루츠 선생님!"

숨을 헐떡이며 달려온 건 아담이었다. 하얀 얼굴은 창백하고 이마에는 땀방울이 맺혀 있었다.

"이브 못 보셨어요?"

"이브?"

와루츠 씨가 쪼그려 앉아 눈높이를 맞췄다.

"같이 책을 읽고 있던 것 아니었어?"

"그랬어요. 그랬는데, 이브가 어딘가로 가버렸어요."

아담이 빠르게 말을 쏟아내는 걸 보고 코토는 막 불을 붙인 담배를 비벼 끄며 일어섰다.

"아예 안 보여?"

진지한 목소리로 묻자 아담이 망설이듯 시선을 피했다. 코토는 숨을 들이마셨다가 내쉬며 억지로 마음을 진정시켰다.

"단말기는…."

그러고는 말을 도로 삼켰다. 이 두 아이에게는 사고나 범죄 방지를 위한 발신기가 달린 소형 단말기가 없었다.

"밖으로 나갔어, 아니면 도서관 안에서 딴 데로 갔어?"

"모르겠어요."

와루츠 씨가 땅에 한쪽 무릎을 대며 부드럽게 묻자 아담은 고개를 살짝 가로저었다. 코토의 가슴속에서 예감이 마구 예감이 소용돌이쳤다.

'어린이를 대상으로 하는 사건이….'

학교 단말기로 바로 얼마 전에 본 공지사항이 뇌리를 스쳤다.

'긴급 정전 시에는 특히 세심한 주의를….'

"찾아보자. 멀리는 안 갔을 거야. 와루츠 씨는 도서관 안을 맡아 줘요. 저는 밖에 나가볼게요."

코토가 급하게 말했지만 와루츠 씨는 코토의 팔을 잡으며 고개를 가로저었다. 명확한 제지의 몸짓이었다. 그러더니 코토는 다시 한 번 쪼그려 앉으며 아담에게 물었다.

"이브도 책 보고 있었지? 무슨 책이었어? 제목 알아?"

정확히 기억은 안 나지만 '*****의 책'이라고 적혀 있었던 것 같다고 했다. 와루츠 씨는 아무 말 없이 입술을 만지더니 남자아이의 팔을 잡고 일어서며 말했다.

"밖이에요. 가요."

조금의 망설임도 없는 말투에 코토는 의아한 듯 미간을 찡그리며 물었다.

"확실해요?"

"네."

와루츠 씨는 고개를 끄덕이며 말했다.

"저는 이 도서관의 특별 보호 사서관이잖아요."

그건 코토도 당연히 알고 있는 사실이었다. 특별 보호 사서관으로 불리는 사람은 도서관 장서의 위치 정보 열람 권한을 갖고 있다. 하지만 정전이 벌어진 지금은 최소한의 대기 전력만 돌아가고 있고, 애초에 와루츠 씨는 단말기를 건드리지도 않았다. 그런데도 그녀는 마치 책을 골라서 꺼내올 때처럼 확신에 차 있다.

"사에즈리 도서관의 책을 갖고 있다면 어디에 있든 반드시 찾을 수 있어요. 가죠."

와루츠 씨를 선두로 코토와 아담이 도서관 밖으로 달려 나왔다. 아담이 말을 쏟아냈다.

"이브는 자기가 곧 죽을 거라고 생각해요. 그래서 가끔 울면서 숨어버릴 때가 있어요. 그리고 그때마다 꼭 책을 가져가요."

코토는 그 마음을 이해할 수 있었다. 차이는 있지만, 아이들은 초등학교 저학년에서 중학교로 올라갈 무렵 처음으로 죽음을 자각

한다. 남자아이들보다는 여자아이들이 조금 더 빠른 편이다. 자신과 자신 외의 것들이 죽는다는 걸 이해하고 공포에 사로잡히는 아이들을 실제로 몇 명이나 봤고, 딸도 그런 시기를 거쳤기 때문에 코토는 잘 알았다.

이럴 때 어른들은 교묘한 거짓말을 한다. 언젠가는 죽지만 지금은 아니라는 거짓말이다. 하지만 이브와 아담의 아버지는 그러지 않는 것이리라. 자신이 죽을 것이며, 남은 시간이 많지 않다는 사실과 직면했을 때 어떤 아이가 감당할 수 있을까?

"나는 오빠니까…."

총명한 아담은 감정을 억누른 목소리로 중얼거렸다.

"이브의 오빠니까… 내가 지켜줘야 하는데…."

코토가 아담의 머리를 쓰다듬어 주었다.

"걱정하지 마. 이브는 안 죽어. 괜찮아."

정말 그럴까…? 혹시 내가 거짓말을 한 건 아닐까, 코토는 생각했다.

사에즈리 도서관 옆에는 커다란 공원이 있었다. 거침없이 앞서는 와루츠 씨를 따라 녹지를 가로질러 가는데, 저 앞 어딘가에서 울음소리가 들렸다. 여자아이였다.

코토는 가슴이 철렁했다. 그건 아담도 마찬가지였는지 반사적으로 속도를 높이며 뛰어갔다.

"이브!"

그곳에 이브가 있었다. 책을 끌어안은 채 커다란 소리로 울고 있는 여자아이의 뒷모습과 여자아이의 옷을 잡고 있는 키 큰 사람의 형체가 보였다. 아담은 그 형체를 향해 있는 힘껏 몸을 부딪혔다.

"놔!"

"으억…."

살짝 비틀거리며 옷을 놓은 건 경비복을 입은 사에즈리 도서관의 경비원 탄고 히데토 군이었다.

"옷 놓으세요!"

코토는 자기도 모르게 목소리를 높였다. 탄고 군은 놀란 표정을 지으며 코토를 보다가 마찬가지로 놀란 표정의 와루츠 씨 쪽을 돌아보았다.

"아니, 그야…."

얼굴을 돌리며 우물우물 말했다. 그러고는 요란하게 울어대는 여자아이 쪽을 가리켰다.

"누가 책을 갖고 도망치면…."

탄도 군은 조금 토라진 듯, 잘생겼으면서도 약간 험상궂은 얼굴을 찡그렸다.

"잡는 게 제 일 아닌가요? 저는 경비원이잖아요."

그 말을 들은 코토는 와루츠 씨와 얼굴을 마주 보며 웃음을 터뜨리고 말았다. 이브는 어지간히 무서웠는지 오빠인 아담에게 딱 붙어 울고 있었다. 울음을 그칠 기미가 보이지 않았다. 이브는 품에 사에즈리 도서관의 책을 소중히 껴안고 있었다.

"책이 그 아이들에게 구원이 되었으면 좋겠어요."

와루츠 씨가 코토에게 그렇게 말한 건 얼마 후의 일이다. 부드러운 햇빛이 스며드는 그 도서관에서였다.

"지금은 아이들이 살아가기 힘든 시대잖아요. 그 아이들한테도 불안하고 두려운 마음이 늘 있을 거예요."

저 작고 예쁜 아이들이 죽음의 공포를 어떻게 받아들일지, 그리고 아이들이 죽음의 공포에 시달릴 때 어떻게 도울 수 있을지 코토가 묻자 와루츠 씨는 온화한 말투로 노래하듯 대답했다.

"힘든 시대에 태어나 힘들게 살고 있지만, 그렇다고 아이들이 예전 시대처럼 오래 살 수 있는 것도 아니잖아요. 그래서 두 아이의 아버지가 아이들이 오래 살 수 있도록 매일, 계속 연구를 하고 있어요. 무서운 일로 가득한 이 세상에… 책이 잠시나마, 한순간이나마 불안과 공포를 잊게 해주는 구원이 되었으면 해요. 원래 책이란 그런 거잖아요? 읽으면서 이곳이 아닌 어딘가로 떠나는 것. 멀리 날아오르는 것. 한 번이라도 멀리 떠나본 기억은 그 아이들의 마음속에서 절대 영원히 사라지지 않을 거예요."

코토는 그 말을 들으며 자신이 교사라는 직업을 왜 선택했는지 다시 한번 생각했다. 이렇게나 살기 힘든 시대에 아이까지 낳았으면서 왜 하고 싶어 하는 일들을 포기하지 못할까? 왜 능력도 안 되면서 여러 마리 토끼를 잡으려고 하는 걸까?

코토는 엎드린 채 열심히 책을 읽던 과거의 자신이 떠올랐다. 그런 시절이 없었다면 지금의 자신은 없을 것이다.

와루츠 씨는 따뜻하게 웃으며 말했다.

"책이 키운 그 아이들은, 책을 사랑하는 어른이 될 거예요."

코토는 그 말의 의미를 음미했다. 불 켜는 것도 잊은 채 깜깜해진 방에 흩어진 인쇄용지며, 단말기 안에서 춤추는 글자들이며, 그 속에서 폭풍처럼 떨리던 몸과 마음을 떠올렸다. 코토는 어금니를 악물고 몸을 떨며 책을 끌어안고 있던 이브의 작은 손을 떠올렸다.

그 아이들에겐 책이 있다.

책은 질량이 있다.

책에는 영혼이 있다.

언어가, 글자가, 지식이, 이야기가 살아 있다.

모차르트의 교향곡이 들렸다. 코토는 번쩍 눈을 떴다. 시곗바늘은 어느새 정오를 가리키고 있었다. 일요일이라 새벽까지 일하다 책상에서 잠들어버린 모양이다.

코토의 노화 억제 계획은 이미 엉망진창이었다. 이번 일만 끝나면 밖에 많이 돌아다녀야 할 테니 반드시 돈을 들여 예뻐질 거라는 생각을 하며, 안경 자국이 남은 눈가를 비비고 오디오를 끈 뒤 근처에 놓아둔 휴대용 단말기를 집어 들었다. 그리고 먼 곳에 사는 딸에게 전화를 걸었다.

딸은 일요일 내내 집순이 신세일 거라는 생각 때문인지 약속을 또 어긴 것에 대해 집요하게 따져댔다. 코토는 연신 미안하다고 사과했다.

"정말로 미안해."

딸의 태도가 누그러질 즈음 코토는 본론을 꺼냈다.

"너 이제 중학교에 올라가지?"

"응."

코토는 '휴, 다행히 안 틀렸네.' 하고 이번에도 엉성한 부모다운 생각을 했다.

"책 사줄까?"

"응?"

딸이 단말기 너머에서 놀라는 표정으로 되물었다.

"응, 책 말이야. 데이터 말고."

코토가 확인해주었다.

"입학 선물로 책을 주고 싶어서. 어떤 책이 좋아?"

입학 선물로 책이라니. 책은 최신 간행물이라 해도 상당히 고가라 중학생이 되는 아이 선물로는 어울리지 않을 수도 있다. 차라리 옷이나 단말기를 사주는 게 훨씬 싸고 유용할 것이다. 그런데도 코토는 책을 주고 싶었다.

갑작스러운 제안에 딸은 한동안 침묵하다가 작은 목소리로 말했다.

"엄마 책이 좋아."

"응?"

이번엔 코토가 놀라며 되물었고, 딸이 다시 한번 확인해주었다.

"엄마가 쓴 책이면 좋겠어."

코토가 눈을 깜빡거리며 책상 위에 놓여 있는 자신의 백과사전을 바라보았다.

그래, 그랬다. 이 책과 만난 덕분에 자신은 지금 여기에 있다. 일이 무엇보다 소중해서 엄마 노릇은 잘 못 하지만, 그래도 이게 자신이 살아가는 방식이었다. 그런 엄마가 딸에게 줄 수 있는 선물 중에 이보다 더 좋은 건 없겠다고 코토도 생각했다.

"그럴게."

전화를 끊은 뒤 코토는 일을 마무리하려고 다시 책상에 앉았다.

그렇게 시간은 흘렀다. 오늘도 사에즈리 도서관 대표이자 특별 보호 사서관인 와루츠 씨의 아침은 일찍 시작된다. 도서관 내의 설비를 점검하고 문제없이 전원이 들어오는지 확인한 다음 단말기를 켜서 야간 네트워크상의 대출 연장 신청을 승인한다. 단말기가 승인 작업을 하는 동안 책상에 앉아 무카페인 커피를 마시는 것이 와루츠 씨의 습관이다. 특히 와루츠 씨는 오늘 같은 일요일을 좋아했다. 도서 신문이 간행되는 날이기 때문이다. 여러 출판 소식을 모은 이 신문을 읽는 것이 와루츠 씨에겐 가장 큰 즐거움이었다.

와루츠 씨는 커피잔을 입을 대며 도서 신문을 열었다. 올컬러로 되어 있는 건 전자 신문이라 가능한 일이다. 도서 신문 1면을 장식한 것은 어떤 작가의 최신작이 전자책뿐 아니라 종이책으로도 간행된다는 소식이었다.

"오오."

와루츠 씨는 전자 단말기 앞에서 감탄사를 내뱉었다. 전문서가 아닌 일반 서적, 그것도 대중에 널리 읽힐 목적으로 내놓는 신작 소설이 종이책의 형태로, 그것도 단순한 기념품이 아닌 상품으로 발매까지 되는 경우는 정말 흔치 않았다. 최근에 중요한 문학상을 받은 작가가 수상 이후 내놓는 첫 작품이라고 했다. 기사에는 책을 들고 있는 작가의 사진이 실려 있었다. 굵은 웨이브가 들어간, 긴 머리의 기품 있고 아름다운 코토 씨였다.

신작은 18세기 유럽을 무대로 한 음악 소설이며, 궁정 음악가들의 재능과 좌절, 그리고 삶을 그려낸 픽션이지만 정밀한 시대 고증에 기반한 스토리와 인간애가 매력이라고 적혀 있었다. 인터뷰에서 코토는 특수한 간행 형태에 대해서 이렇게 언급했다.

"중학교에 진학하는 딸을 위해 실체가 남는 형태로 만들고 싶어서 이런 간행 방식을 택했어요. 제가 꼭 그렇게 하고 싶다고 출판사에 부탁했어요. 아직 딸아이에겐 이를지도 모르지만, 물리적인 형태가 있는 책을 손에 건네줄 수 있게 되어 무척 기쁩니다."

와루츠 씨는 인터뷰를 여러 번 반복해서 읽으며, 기사에 실린 모습과 체육복을 입은 코토의 모습을 겹쳐 보았다.

"세상에."

와루츠 씨가 중얼거리며 커피잔을 들었다가 다시 내려놓았다. 그리고 출납용 단말기를 켰다.

"우리 도서관에도 한 권 들여놔야겠네."

연간 도서관 예산과 구입 예정 목록을 확인하기 시작했다.

사에즈리 도서관 대표이자 특별 보호 사서관인 와루츠 씨의 아침은 일찍 시작된다.

느긋하게 있을 시간은 없다.

도서관에는 매일 누군가가 찾아오니까.

혼이 담긴, 살아 있는 책을 찾아서.

제3화

사에즈리 도서관의 모리야 씨

새로 지어진 도서관에서 여자아이가 책을 읽고 있었다. 긴 머리를 묶지 않고 자연스럽게 풀어놓은 채로. 지팡이를 짚은 노인이 다가와 무릎을 굽히며 물었다.

"무슨 책이야?"

아이는 얼굴을 들지 않고 작은 목소리로 대답했다.

"그냥 책이요."

노인이 웃었다.

"책이 좋아?"

또 묻자 아이는 얼굴을 들어 고개를 갸웃거릴 뿐이었다.

고개를 갸웃할 때마다 커다란 책의 책장이 몸을 뒤척이듯 촤르르 넘어갔다.

하얀 책장과 수많은 글자들.

아이의 세상에선 오직 그것만이 전부였다.

한여름이 가까웠다. 평일이라 습관적으로 양복을 입고 넥타이까지 매고 나왔다. 하지만 기차 냉방이 그다지 신통치 않아 모리야는 아까부터 후회하고 있다. 사설 기차역에 내리자 반사광에 눈이 멀어버릴 것 같았다. 안경 유리엔 자외선 차단 기능이 있었으나 계속 올라가는 기온은 어쩔 수가 없었다.

넥타이를 살짝 느슨하게 푼 모리야는 재빨리 택시에 올라탔다. 뒷좌석에 앉자 에어컨 찬바람이 뺨을 어루만져 간신히 숨통이 트였다.

"어디로 갈까요?"

모리야는 품에서 꺼낸 단말기를 리더기에 갖다 댔다. 금세 위치 정보가 전송되었다.

"아, 사에즈리 도서관에 가시는군요."

"잘 아세요?"

모리야가 물었다.

"글쎄요. 손님을 자주 태워드리긴 했는데, 저는 한 번도 안 들어가 봤어요."

기사가 핸들을 꺾으며 웃었다. 차 안은 새것처럼 깔끔했지만, 택시 자체는 구형인지 커브를 돌 때마다 삐걱대는 소리가 났다.

"책은 많이 비싸죠?"

택시 기사의 말에 모리야씨는 훗 하고 웃었다. 별로 호의적이라 할 수 없는, 조소에 가까운 웃음이었다. 그러고는 안경을 치켜올리며 가로수가 쭉 이어지는 차창 밖을 바라보며 말했다.

"책 같은 건 사치스러운 취미죠."

모리야는 입을 다물고 단말기로 경제 잡지를 보기 시작했다.

이윽고 택시는 커다란 주차장으로 들어섰다. 택시에서 내린 모리야는 은색 007 가방을 들고 사에즈리 도서관 외관을 올려다보았다. 둥근 형태의 채광이 잘되는 건물이다. 얼핏 봐선 오래된 책이 대량으로 보관되었을 거 같지 않아서 영 안 어울린다는 생각이 들었다. 동시에 조금 불쾌하기도 했다. 하얀 벽이 사람의 시체를 연상시켰기 때문이리라. 그리고 그게 완전히 뚱딴지같은 느낌이 아니라는 걸 모리야는 알고 있었다.

입구에는 키가 크고 호리호리한 경비원이 서서 진입하는 차를 안내해주었다. 그런데 모자 밑으로 드러난 머리카락이 탈색되어 있었기에 흑발을 단정하게 자른 모리야는 조금 놀랐다. 게다가 너무 어리다고 할 만큼 꽤 젊었다. 서른 살까지 이제 1년도 남지 않은 모리야는 시력이 안 좋은 편이라 곧 교정 수술을 할 수도 있지만, 지금은 도수 높은 안경을 쓰고 있었다. 그래서 경비원의 귀걸이가 선명히 보이는 것마저 불가사의한 기분이 들었다. 최신 도서관에 젊은 양아치 같은 경비원이라.

매미 소리가 멀리서 들려왔다. 그 소음 속으로 나아가는 걸 잠시 머뭇거리자….

"도와드릴까요?"

누군가가 갑자기 말을 걸어와서 모리야는 고개를 돌렸다. 이렇다 할 특징이 없는 평범한 여성이 자신을 올려다보고 있었다. 어깨까지 내려오는 머리에 단순한 디자인의 하얀 셔츠와 하늘색 멜빵바지 때문에 좀 어린가 싶었지만, 실제 나이는 자신과 비슷하거나 조금 어릴 것 같았다. 가까이에 세워져 있는 파란색 차에서 내린 듯했다. 여성은 친절을 베풀려는 건지 사에즈리 도서관을 가리키며 말했다.

"여긴 사에즈리 도서관이에요."

하지만 그 친절을 모리야는 괜한 참견으로 받아들였다.

"압니다."

몰랐다면 애초에 이런 촌구석까지 굳이 올 일도 없었을 것이다. 하지만 그런 사정까지 설명할 이유는 없었다. 여성은 당황했는지 자신을 두고 그냥 가 버렸다.

2중으로 된 자동문을 지나자 쾌적한 공기가 온몸을 감쌌다. 양복을 입은 모리야에겐 좀 덥게 느껴졌지만, 도서관에 장시간 머무는 사람들에게 맞게 조정된 온도일 것이다.

모리야는 홀 중앙의 안내데스크로 쭉 걸어갔다. 데스크에 앉아 있는 사람은 이제 곧 노년에 접어들 것 같은 백발의 여성이었다. 맡은 일은 똑 부러지게 해낼 듯한 표정에 모리야는 비교적 좋은 인상을 받았다.

모리야는 살짝 숨을 들이마신 뒤 딱딱한 목소리로 말했다.

“관장님과 이야기하고 싶습니다. 안 계시다면 기증 업무 관련 직원이라도 괜찮고요.”

“기증 담당이 이 도서관의 책임자입니다만.”

직원은 바로 대답하며 단말기를 꺼냈다.

“성함이…?”

“모리야….”

모리야는 잠시 망설인 뒤 낮은 목소리로 말했다.

“모리야 신고로의 손자입니다.”

이게 가장 중요한 부분이니까 나중에 이야기하느니 처음부터 말을 해놓고 시작하는 게 나을 것이다.

“네.”

특별 대우를 해줄 거란 기대는 하지 않았다. 상대방은 단말기를 집어 들더니 누군가와 통화를 했다.

“와루츠 씨, 여기 손님이 와 계세요. 모리야 신고로 씨의 친족이시라네요.”

그러고는 잠시 몇 마디 나누다가 통화를 끝냈다.

“지금 오신답니다. 이쪽에서 기다려주세요.”

직원은 데스크 옆을 가리켰다.

"그리고 뒤에 계신 분, 처리해드릴게요."

좀 있자니 어깨에 힘을 주며 한 여성이 걸어왔다. 아까 모리야가 쌀쌀맞게 대했던 그 여성이었다. 그녀는 양손 가득 들고 있던 책을 데스크에 내려놓았다.

슬쩍 표지를 보니 오래된 해외 판타지 소설이었다. 단말기를 사용할 줄 모르는 것도 아닐 텐데 저런 걸 굳이 책으로 읽을 필요가 있나, 하는 생각을 지울 수 없었다. 어지간히 책이 좋은가보다 싶으면서도 지나친 사치라는 생각에 모리야는 속이 메슥거렸다.

그의 시선을 느꼈는지 고개를 돌린 여성과 눈이 마주쳤다. 눈을 피하기 전에 상대 여성이 살짝 메롱, 하는 걸 보고 모리야는 어안이 벙벙해졌다.

'뭐야. 애도 아니고.'

그때였다.

"많이 기다리셨죠?"

이번에도 젊은 여성이었다. 단정하게 유니폼을 입고 친절해 보이는 미소를 지으며 종이 명함 한 장을 내밀었다.

"제가 이 사에즈리 도서관의 대표, 특별 보호 사서관인 와루츠유이입니다."

"와루츠…."

모리야가 갈라진 목소리로 되뇌었다.

"와루츠, 요시아키라."

밝은 빛이 도서관 안을 비추고 있었다. 와루츠 씨가 빙긋 웃으며 대답했다.

"네."

온화하고 단아한 표정이었다.

"제가 요시아키라 씨의 딸입니다."

그리고 자랑스럽게 말했다.

"사에즈리 도서관에 잘 오셨습니다."

행복해 보이는 미소가 그녀의 얼굴에 떠올랐다. 그 미소는 모리야의 신경을 지독하게 긁어놓았다.

안내를 받아 들어간 사무실의 소파는 너무 편안했다. 하지만 그게 오히려 외부자인 모리야를 거북하게 만들었다. 자신이 대표라던 와루츠 씨는 직접 차를 타서 테이블 위에 내려놓고 모리야 맞은편에 앉았다.

"어떤 일로 오셨나요?"

"할아버지의 책 때문입니다."

모리야는 최대한 사무적으로 말했다.

그에 대한 와루츠 씨의 대응은 빨랐다. 근처에 놓인 단말기를 조작해서 데이터를 불러냈다. 입력부터 출력까지 걸리는 시간을 통해 모리야는 그것이 어느 세대의 처리 단말기인지 바로 알 수 있었다. 틀림없이 지금은 생산이 중단된 선진 시대의 물건이었다. 고장 나면 쉽게 수리하지도 못할 물건이었다. 와루츠 씨는 모리야의 시선을 신경 쓰지 않고 데이터만 주시하며 말했다.

"신고로 문고 말씀이시군요."

모리야는 자기 할아버지의 책이 그렇게 불린다는 사실을 처음 알았다.

"아직 남아 있습니까?"

"물론이죠."

와루츠 씨가 미소와 함께 고개를 끄덕였다.

"한 권도 빠짐없이 서고에 보관되어 있어요."

모리야가 안도하며 짧게 한숨을 쉬었다. 일단 최악의 사태는 피한 것 같았다. 물건은 이곳에 있다. 그렇다면 상태는?

"예전 그대로, 변함없이… 말입니까?"

모리야가 양손을 깍지 끼고 살짝 몸을 내밀며 묻자 와루츠 씨는 고개를 조금 갸웃거렸다.

"예전 그대로… 라는 건 무슨 뜻인가요?"

와루츠 씨가 목록을 불러내며 말을 이어나갔다.

"신고로 문고에는 특히 고전 시집과 현대 시집이 많아요. 자주 대출되는 책은 손때가 묻기도 하고, 그것과 상관없이 세월에 따른 열화 현상이 일어나기도 해요. 책에 손상된 부분이 있으면 수리를 보내기도 합니다. 지금 전 권이 다 도서관 내에 있지 않을 수는 있지만 어쨌든 기본적으로 모두 이 도서관에 소장 중이에요."

모리야는 소파에서 가볍게 자세를 고치고 테가 얇은 안경을 살짝 치켜올리며 낮은 목소리로 말했다.

"부탁드릴 일이 있습니다."

그리고 드디어 본론을 꺼냈다.

"그 모든 책의 대출을 중지해 주셨으면 합니다."

모리야의 말에 와루츠 씨는 미간을 찡그렸다.

"대출 중지…요?"

"할아버지가 이곳에 장서를 기증하시면서 작성한 계약서를 봤습니다. 계약한 대로 할아버지의 장서는 이 도서관의 소유입니다. 그러니 그 책을 돌려달라고 하는 것은 아닙니다. 할아버지께서 이미 모든 내용에 동의하신 거니까요. 하지만…."

모리야가 논리정연하게 말했다.

"모리야 신고로의 손자로서 부탁드립니다. 할아버지의 소장본을 일시적으로 대출 중지해 주시기 바랍니다."

"대출 중지…."

와루츠 씨는 다시 한번 앵무새처럼 되뇌고는 긴 손가락을 뺨에 갖다 댔다.

"아니요."

그녀는 잠깐 생각하더니 고개를 가로저었다.

"장서 관리 권한은 이 도서관에 일임되어 있습니다. 기증자의 친족이라 해도 장서 관리에 대한 참견은….”

모리야가 재빨리 반격하듯 끼어들었다.

“그렇다면 제가 책을 전부 대출 예약을 할 수는 있습니까?”

“네…?”

와루츠 씨의 입에서 당혹감 섞인 반응이 흘러나왔다.

“전부 예약….”

멍하니 중얼거리다 다시 고개를 세차게 가로저었다.

“불가능해요. 예약은 한 사람당 한 번에 세 권까지로 정해져 있으니까요. 사에즈리 도서관의 장서를 보고 싶다면 이용 규칙을 엄수하셔야 합니다.”

와루츠 씨의 태도는 단호했다.

“그럼 어떻게 해야 할아버지의 책을 전부 확보할 수 있습니까?”

“장서를 전부 확보한다고요…?”

되묻는 와루츠 씨의 시선이 흔들리고 있었다.

와루츠 씨는 무척 뛰어난 사서였다. 그럴 의무가 없더라도, 이용자의 요청에는 최대한 응하는 게 사명이라 여겼다. 하지만 그러기 위해 규정을 어길 수는 없었다. 안 된다고 말하는 건 쉽지만 와루츠는 그렇게 말하고 싶지 않았다. 적절하지 않은 것 같았다. 와루츠 씨는 이유를 알려달라고 말했다. 그래야 혹시라도 있을 대안을 찾아낼 수 있을 테니까.

“장서를 전부 확보해서… 뭘 하시려는 건가요?”

"그야 뻔한 것 아닌가요?"

모리야는 상대에 대한 경멸감을 숨긴 채 안경을 치켜올리며 차가운 시선에 낮은 목소리로 말했다.

"읽을 겁니다."

모리야의 조부인 모리야 신고로가 모든 장서를 기부한 것은 모리야가 열 살도 되기 전이었다. 당시에 읽지 못했던 책을 지금이라면 읽을 수 있다. 죽고 없는 할아버지를 잘 알려면 이 방법밖에 없다고 모리야는 담담히 말했다.

"저는 할아버지의 책을 누구보다 빨리 읽고 싶습니다. 한 권도 빠짐없이 전부 말입니다. 도와주실 수 없겠습니까?"

와루츠 씨는 잠시 말이 없더니 신중하게 단어를 고르며 단호하게 대답했다.

"그럴 만한 방법이 떠오르지 않네요. 앞서 말씀드렸다시피 어떤 책이든 이 도서관에 기증된 시점부터는 사에즈리 도서관의 방침대로 관리합니다. 전쟁 후에 출간된 책은 지상에, 전쟁 전에 출간된 책은 지하 서고에 보관하고, 책을 대량으로 기증받을 경우는 기증자의 이름으로 문고를 개설하는데, 파손이 심하거나 자료 가치가 높은 책 외에는 전부 이용자에게 대출해 드립니다."

모리야는 와루츠 씨의 설명에서 기민하게 말꼬리를 잡았다.

"책의 자료 가치는 누가 평가합니까? 혹시 당신이…?"

"지금은 그렇습니다."

와루츠 씨가 진중하게 대답하자 모리야가 즉시 반격했다.

“그럼 당신의 권한으로 대출 불가능 서적으로 구분해주시면 되겠군요. 제 할아버지의 장서는 전부 귀중한 책들입니다. 당신이 그 가치를 결정하게 두고 싶지 않습니다.”

어느새 모리야의 말투는 비난에 가까워졌다. 하지만 와루츠 씨는 의연한 태도로 모리야의 눈을 마주 보며 말했다.

“이 도서관의 대표자는 저입니다.”

“하!”

모리야가 어이없다는 듯 어둡게 웃으며 고개를 숙인 채 안경을 고쳐 썼다. 그리고 조용히 말했다.

“역시 그 사기꾼한테서 재산을 물려받은 사람답군요.”

와루츠 씨가 할 말을 잃었다는 걸 모리야도 알 수 있었다. 그는 조소하듯 웃었다.

“이렇게 직접 부탁하러 오면 조금은 성의를 보여줄 줄 알았는데, 기대하면 안 될 것 같군요. 뭐, 당연하겠죠.”

어깨를 으쓱거리며 모리야가 말했다.

“애초에 당신 아버지는 인지 장애가 있는 노인을 꼬드기는 사기 수법으로 저희 할아버지에게서 책을 빼앗았으니까요.”

그 말에 와루츠 씨의 눈빛이 바뀌었다.

“사기라니….”

하지만 모리야는 바로 말머리를 자르며 와루츠 씨를 비난했다.

"정당한 방법으로 받았다고 말하고 싶겠죠. 그게 정당했다고 생각하는 건 당신들뿐입니다. 적어도 나는…."

안경 안쪽의 눈빛을 칼날처럼 매섭게 내보내며 모리야는 잠깐 쉬었다 말을 이었다.

"당신 아버지가 한 행동은 너무나도 악질적인 사기라고 생각합니다."

와루츠 씨의 하얀 얼굴이 창백해져 있었다. 말문이 막혀버린 와루츠 씨를 그대로 내버려 둔 채 모리야는 자리에서 일어났다.

"할아버지의 책을 보러 가겠어요. 저 역시 이 도서관의 이용객 중 한 명이기도 하니까요."

그러고는 사에즈리 도서관의 사무실을 나가버렸다.

손목시계를 보니 2시가 조금 넘었다. 모리야가 찬 손목시계는 별로 무겁거나 크진 않았지만, 선진 시대의 고급 브랜드였다. 처음 취직했을 때 구입한 시계였다. 무엇보다 실용적이라는 점이 모리야의 마음에 들었고, 매일 몸에 착용하는 물건이 고가일수록 그 사람의 가치도 올라간다는 게 모리야의 지론이었다.

모리야는 가난이 싫었다. 왜냐고? 비참하니까. 가난해도 마음은 부자라고 하면 듣기는 좋겠지만, 그런 말은 어지간히 머리가 꽃밭인 인간이나 자신을 괴롭히기 좋아하는 마조히스트에게나 어울린다고 모리야는 생각했다. 그리고 청빈이란 단어는 부자들이 만들어낸 거짓 미덕일 것이다. 자기보다 어렵게 사는 이들을 자비로운 척 비웃는 건 꽤나 짜릿했으리라. 모리야는 다신 비웃음을 당하는 쪽에 서지 않겠다고 마음먹었다. 굳이 서야 한다면 비웃는 쪽이어야 했다.

데스크 직원의 안내에 따라 카드를 만들고 신고로 문고의 위치를 묻자 서고 입구 근처라고 알려주었다. 역시나 선진 시대의 물건인 리더기에 카드를 대고 서고로 내려가 보니 그곳엔 그곳엔 입이 떡 벌어질 만한 광경이 펼쳐져 있었다.

가지런하게 늘어선 서가는 마치 보석함 같았다. 모리야에게 장식용 돌멩이는 아무 가치도 없지만, 돈으로 환산하면 엄청난 금액일 것이었다. 감탄과 한숨, 그리고 동시에 구역질이 나왔다. 불쾌하고 화가 치솟았다. 대표라는 그 여성은 분명 아버지인 와루츠 교수에게서 이 재산을 물려받았으리라.

나무 서가 중에서 가장 잘 보이는 위치에 '요시아키라義昭 문고'라는 글자가 보였다. 정말 훌륭한 서가였다. 전부 종이책이 활발히 출판되던 시대에 만들어진 것이었다. 창립자인 와루츠 요시아키라가 엄청난 책벌레였다는 건 헛소문이 아니었던 것 같다. 하지만 이게 정말 그의 장서였는지는 알 수 없지 않은가? 정상적인 입수 경로로 정당한 대가를 지불하고 책을 수집했는지 그 누가 알겠는가. 이제 와선 그걸 확인할 방법도 없으니 말이다.

'사기꾼!'

사람의 가장 약한 부분을 파고들어 재산을 가로챘으니, 전쟁 후의 혼란기만 아니었다면 분명 누군가가 입건해서 유치장에 처넣었을 것이다. 아니면 그럴 생각조차 들지 않도록 사람 머릿속을 마음대로 조작해버린 것일 수도 있고. 모리야는 마치 남의 일처럼 생각했다.

몇 개의 서가를 지나고 나자 '신고로 문고'라 적힌 서가가 보였다. 천장까지 닿을 만큼 높은 책장에서 한 줄 반을 차지하고 있었다. 그 정도가 모리야의 할아버지가 갖고 있던 장서 전부였다. 고작 한 줄 반. 사에즈리 도서관의 압도적인 장서에 비하면 보잘것없는 양이었기에 모리야는 한숨을 쉬었다. 그래도 약간의 땅과 집 한두 채는 사고도 남을 정도는 될 것 같았다. 이 책들이 할아버지가 자신의 일생을 통해 누린 유일한 낙이었다고 생각하니 지독하게 허무한 기분이 들었다.

'할아버지, 저는 절대로 할아버지처럼 살지 않을 거예요.'

모리야는 넥타이를 다시 꽉 졸라맸다. 등이 심하게 굽은 기묘한 자세도 싫고, 의미 없는 데다 돈을 쓰는 것도 질색이고, 그 때문에 가난해지는 것도 견딜 수 없었다. 모리야는 들고 있던 007 가방을 빨간 양탄자 위에 내려놓고 번호를 맞춰 연 다음 휴대용 태블릿 단말기와 카드류, 케이스 하나를 꺼냈다. 양손에 딱 들어오는 크기의 네모난 케이스를 열자 파란색 안경닦이 천이 나왔다.

모리야는 아주 투박하고 무거운 까만색 뿔테 안경을 꺼내 썼다.

그러고는 주변에 놓여 있던 발판에 앉아 가장자리에 꽂힌 사전을 꺼낸 다음 종이 케이스에서 사전을 빼냈다. 사전이 생각보다 무거워서 첫 장을 펼치는 순간 책을 떨어뜨릴 뻔했지만, 간신히 잡아 얇은 종이를 3장 정도 넘긴 뒤 미간을 찡그리며 맨 뒤에 있는 판권 페이지를 펼쳤다. 그리고 조용히 숨을 삼켰다.

틀림없었다. 몇 번이고 손가락으로 어루만지고, 안경을 벗고 마지막 장을 바라본 뒤 다시 안경을 쓰고 확인했다.

'맞았어.'

이런 촌구석까지 몇 시간이나 기차를 갈아타며 온 보람이 있다는 확신에 모리야는 주먹을 꽉 쥐었다. 실마리를 본 것이다. 하지만 이제부터 저 많은 책을 확인해야 한다고 생각하니 현기증이 날 지경이다.

첫 번째 책에서 모리야가 발견한 건 숫자뿐이었다. 좀 더 다른, 중요한 기술이 남아 있을 것이다. 확인해야 할 책이 수십 권은 될 텐데, 도서관의 전체 장서에 비하면 적긴 해도 한 사람이 확인하기에는 지독하게 많은 분량이었다. 그렇다고 다른 사람한테 부탁할 수도 없는 노릇이었다. 업자에게 의뢰하는 방법도 있을 테지만 도서관 밖으로 가지고 나가려면 일일이 대출 절차를 밟아야 하고, 무엇보다 돈이 든다. 참 성가신 짓을 해놨다고 생각하며 책을 덮는데 작은 목소리가 들렸다.

"앗!"

반사적으로 고개를 돌린 모리야는 깜짝 놀랐다. 촌스러운 검은 테 안경은 모리야의 지금 시력에 잘 맞지 않았기에 현기증처럼 눈앞이 흐려져 그곳에 서 있는 물체가 사람이라는 것, 하늘색 멜빵 바지라는 것만 알아볼 수 있을 뿐 그 사람의 얼굴은 알아볼 수 없었다.

입구에서 봤던 그 어린애 같은 여자로군. 거기까지 생각했을 때 그 여자가 바짝 가까이 걸어오더니 모리야를 보며 노골적으로 웃었다. 굉장히 신경에 거슬리는 웃음이었다. 하늘색 멜빵 바지가 모리야의 얼굴을 자세히 들여다보며 말했다.

"돋보기예요? 잘 어울리네요."

'못돼먹은 여자네.'

모리야는 마음속으로 상대를 있는 힘껏 비하하면서, 목구멍까지 올라온 말을 꿀꺽 삼켰다. 엮이는 것 자체가 불쾌했다. 하지만 상대는 책을 끌어안고 서가를 바라보며 모리야에게 친근한 척 말을 건넸다.

"와루츠 씨에게 뭐라고 한 거예요?"

"왜요?"

말을 섞지 말아야지, 생각했는데 무심코 말이 툭 튀어나왔다. 모리야 씨는 머릿속이 꽃밭인 인간들이 그렇게 싫었다. 그건 남녀 불문하고 마찬가지지만, 감정에만 휩쓸리는 머리 나쁜 여자들이 최악이었다.

상대는 책장을 바라보며 모리야를 비난하듯 말했다.

"당신이 와루츠 씨에게 뭐라고 한 거 아니에요? 와루츠 씨가 안색이 엉망이 돼서 사무실에서 나오던데. 안경잡이 씨한테 어지간히 못된 말이라도 들었나 했죠."

그녀의 말투가 다시금 신경을 건드렸기에 모리야는 최대한 감정을 억누르며 말했다.

"누가 안경잡이 씨예요?"

"안경 쓰고 있잖아요."

그녀가 몸을 돌리며 척, 하고 손으로 가리켰다. 모리야는 틀림없는 안경잡이였다. 그것도 평소의 이지적인 얇은 테 안경이 아닌, 한눈에 돋보기란 걸 알 수 있는 두툼한 안경을 쓰고 있었으니 안경잡이라는 말을 들어도 어쩔 수 없었다. 하지만 수긍할 생각은 결코, 절대로, 요만큼도 없었다. 특히 이렇게 막돼먹은 여자한테는.

화가 난 모리야는 신고로 문고 책장에서 책을 꺼내려던 상대의 손을 비틀 듯이 잡아올렸다.

"아야!"

그녀가 놀라며 돌아보자 모리야는 화장이 옅은 그 얼굴에 대고 내뱉듯 말했다.

"건들지 마요."

그러고는 진심으로 불쾌한 기색을 드러내며 얼굴을 잔뜩 일그러뜨렸다.

"이 책은 모리야 신고로, 내 할아버지의 책이야. 내가 읽을 거니까 건들지 마요."

강하게 으름장을 놓았다고 생각했다. 상대도 순간적으로 움츠러든 눈치였지만 품에 안은 책을 고쳐 들더니 작은 몸집을 부풀리듯 뒤로 젖히며 입을 열었다.

"안경잡이 씨의 이름은 모리야군요."

그리고 도전적으로 노려보았다.

"저는 카미오라고 해요."

'누가 물어봤냐?'

모리야는 마음속으로 받아쳤다.

굉장히 험악하게 대했는데도 불구하고 카미오 씨는 신고로 문고의 책장에서 떠날 생각이 없어 보였다. 모리야는 한 권 한 권 집어 들고 내용을 확인하면서, 특히 판권 페이지를 꼼꼼히 살폈다. 그런데 이따금 시야에 들어오는 그녀가 매우 거슬렸다.

"딴 데로 좀 가면 안 됩니까?"

모리야는 나름 정중히 요청했다. 그런데 모리야의 말이 끝나자마자 기다렸다는 듯이 카미오 씨가 말을 쏟아냈다.

"대체 왜 그래요? 모리야 씨 책도 아니잖아요. 과거에는 신고로 씨라는 분의 책이었고, 지금은 사에즈리 도서관의 책 아닌가요? 우리는 와루츠 씨한테서 그 책을 빌려 읽는 입장일 뿐이고요."

"그래서요?"

지독히 차가운 목소리로 모리야가 되받았다. 카미오 씨는 순간적으로 말문이 막혔지만, 심호흡을 한 뒤 지지 않고 받아쳤다.

"와루츠 씨한테 무례하게 굴지 마세요. 그건 예의도 아니고 경우에도 어긋나는 일이에요."

"그건 제가 알아서 합니다. 그리고 저는 지금 자리를 비켜 달라고 부탁드리고 있고요."

모리야는 펼쳤던 책을 덮더니 책 표지로 자신의 어깨를 툭툭 두드리며 긴 한숨을 쉬었다. 어깨도 결리고 머리도 아팠다. 도수가 맞지 않는 안경 탓인지 아니면 이 성가신 도서관 이용자 때문인지 몰랐다.

"대체 무슨 자격으로 그런 말을 하는 건지 원."

모리야는 최대한 냉정하게, 그리고 조금 무례하게 말했다.

"그래, 하고 싶은 말이 있으면 한번 다 말해 보슈."

"여긴 와루츠 씨의 도서관이에요."

카미오 씨는 힘주어 말했다.

"그런데 가끔 진상 이용자가 있어요. 도서관 책을 내놓으라고 하거나 대출 서비스를 중단하라고 하기도 하고. 예전에도… 와루츠 씨에게 심한 말을 했던 사람이 있었어요. 그때는 보면서도 아무것도 못 했어요. 그래서 이번에는 와루츠 씨의 힘이 되어주고 싶어요. 그게 이 사에즈리 쵸에 살면서 도서관을 이용하는 것에 대한 보답이라고 생각하니까요."

무척이나 기특한 마음가짐이긴 했지만, 모리야는 진심으로 어이가 없었다.

"오지랖 넓은 여자로군."

자기도 모르게 그런 말이 나왔다. 카미오 씨는 놀란 듯 뺨을 붉혔다.

진심일 거라고 모리야는 생각했다. 착해빠지고, 오지랖 넓고, 바보 같은 여자라는 생각이 들었다. 가엾게 느껴지기까지 했다. 데이터로도 얼마든지 읽을 수 있는 내용을 굳이 책으로 읽는 것에 특권의식이 있나 보네? 이래서 나는 독서 애호가가 싫다니까. 대단한 노력을 하는 것도, 대단한 능력을 가진 것도 아닌 주제에….

책을 정말로 좋아하는 거냐고 묻고 싶었다. 책을 좋아하는 자기 모습에 도취된 게 아니냐고. 하지만 더 이상 이야기해봐야 소용없다는 생각에 주인 없는 개를 쫓아내듯 손을 휘저었다.

카미오 씨는 머리끝까지 화가 나서 얼굴을 더 붉혔지만, 이내 가볍게 몸을 돌리며 일부러 약을 올리듯 책장에서 책 한 권을 뽑아 들었다. 모리야는 발끈하며 책을 내려놓고는 그녀의 어깨를 움켜쥐었다.

"이봐요!"

"왜요?"

카미오 씨가 손을 뿌리치며 노려보았다.

"내 말 못 들었어요?"

이 책들은 지금 자신이 보고 있으니까 건드리지 말라고 모리야가 다시 한 번 말했다. 역시 상당히 강압적인 말투로. 카미오 씨는 이번에도 거세게 받아쳤다.

"싫어요! 제가 빌릴 거예요!"

그 어린아이 같은 고집에 모리야가 얼굴을 일그러뜨리며 큰 소리로 일갈하려 했을 때였다.

"뭐 하는 거예요!"

두 사람의 움직임이 우뚝 멈췄다. 서고 안에서 그들에게 말을 던진 사람은 촌스러운 체육복을 입은 평범한 여자였다. 이용객으로 보이는 그녀는 품에 책을 끌어안은 채 안경 안쪽의 눈을 가늘게 뜨며 말했다.

"조용히 해요. 여긴 도서관이라고요."

판사의 판결이 내려진 것처럼 카미오 씨가 즉시 책에서 손을 뗐다. 체육복 차림의 여성과는 무슨 사이인지 바로 꼬리를 내리며 얌전해졌다.

"죄송합니다, 선생님…."

선생님? 모리야는 그 호칭이 의아하긴 했지만 그러든 말든 카미오 씨가 내려놓은 책을 들고는 책장을 넘겼다. 여러 권으로 나뉘어 간행된 만요슈(万葉集, 8세기에 편찬된, 일본에서 가장 오래된 시 모음집_역자 주) 중 한 권이었다. 상세한 해설도 실려 있고 종이도 두꺼웠다. 씁쓸하게도, 확실히 다른 책들보다 훨씬 비싸 보였다.

'이거다!'

이 책뿐인지는 아직 알 수 없었다. 그러나 자신이 찾던 책 중 하나가 이것이라는 것만은 틀림없었다. 하지만….

모리야는 판권 페이지를 펼쳐놓은 채 매우 심각한 표정으로 책을 덮었다. 시계를 보니 이제 시간이 얼마 남지 않았다. 멀리서 오랜 시간이 걸려서 왔으니 돌아갈 때도 당연히 그만큼 시간이 걸릴 것이었다. 게다가 오늘은 휴일이지만 밤에 회사에 나가봐야 했다. 모리야는 여러 권으로 나뉜 만요슈의 다른 권을 뽑아 들고는 볼일이 끝났다는 듯 걸어갔다.

"잠깐만요! 그건 내가…!"

등 뒤에서 카미오 씨의 소란스러운 목소리가 들렸지만 모리야는 더 이상 그녀를 상대할 시간이 없었다.

모리야는 도서관에서 나왔다. 와루츠 씨라는 그 사서와 마주치지 않아 다행이었다. 대출 처리를 끝마친 뒤 택시를 타고 역에 도착했다. 차편이 크게 줄어 시간대가 좋지 않았다. 속상한 마음으로 기차에 올라타고 나서야 살 것 같은 기분이 들었다. 그러다 뒤늦게 자신이 아직도 촌스러운 검은 테 안경을 끼고 있다는 사실을 깨닫고는 쯧 하며 안경을 벗고는 손으로 눈가를 주물렀다.

흐릿한 시야로 둘러보니 기차 안에는 단말기를 들여다보는 여성과 그 옆에 기대듯 잠든, 야구모자를 쓴 남자아이뿐이었다. 모리야는 집어넣으려던 안경을 다시 걸쳤다. 안경을 보고 촌스럽다고 비웃을 사람이 없었다.

안경을 쓴 모리야는 007가방에 넣어온 책을 한 권 꺼냈다. 예상했던 것보다 훨씬 피곤한 휴일이 되어버렸지만 수확은 있었다. 그렇지만 한편으로는 손에 든 종이의 무게에 가슴이 답답해지는 느낌을 어쩔 수 없었다. 두꺼운 표지로 덮인 그 책에는 뒷면과 표지 안쪽에 칩이 박혀 있다고 했다. 책을 해체하지 않으면 제거할 방법이 없었다. 그러나 그런 시도를 하는 즉시 도서관 쪽으로 신호가 갈 게 틀림없었다. 네트워크 복구와 재구축이 주 업무인 터라 모리야는 그 직책에 관한 지식이 있었다.

'사에즈리 도서관의 대표는 특별 보호 사서관이라는 직책도 맡고 있다고? 그런데 취미로 모으는 골동품에 이렇게까지 해야 해? 하긴 이런 시대에 책에 집착한다는 것부터가 문제야.'

모리야는 그 사람들의, 책에 대한 생각 자체가 잘못됐다고 생각했다. 이치에 맞지도 않고 아무 쓸모도 없었다. 예술품이라면 돈이 썩어나는 괴짜들끼리만 즐기면 그만이다. '책'에 예술성 따위를 부여해선 안 됐다. 완전히 똑같은 내용을 데이터베이스에서 훨씬 간편하고 저렴하게 볼 수 있지 않은가. 불편함에서 부가가치가 생겨나는 시대는 끝났다. 지금의 인류와 사회에는 그럴 만한 여유도 없고, 풍족함도 사라진 지 오래다.

대각선 앞쪽에 보이는 좌석에서 어머니에게 기대서 자던 남자 아이가 눈을 뜬 것 같았다. 아이가 어머니에게 뭐라고 졸라대자 어머니는 들고 있던 단말기를 보여주었다. 화면에 보이는 건 게임일지도 모르고, 통신일지도 모르고, 어쩌면 디지털 그림책일지도 모른다.

모리야는 그런 활용 방식이 옳다고 생각했다. 요즘 시대에 너무나도 어울리지 않는 책을 무릎 위에 펼쳐놓은 채로. 전자책이 주류가 된 시점에 이런 물건은 사라져야만 한다. 하다못해 유통 정지만이라도 시킨다면 좋을 것이다. 일반인이 아예 엄두도 못 낼 만큼 문턱이 높다면.

'만약 그랬다면….'

자신의 어린 시절도 달라졌을 거라고 모리야는 생각했다.

모리야의 조부는 책을 좋아했다. 아름답게 들리겠지만, 실상은 아름다움과 꽤 거리가 멀었다. 그야말로 병적일 만큼… 아니, 병이었다. 병에 걸리고서도 할아버지는 책을 계속 좋아했다. 젊었을 때는 지금의 모리야처럼 일선에서 일하는 기술자였다. 그는 전쟁에서 살아남은 뒤에 그야말로 미친 듯 일하며 아내를 맞고 자식을 낳아 손자까지 보았다. 그러다 일을 그만두었을 때는 책에 둘러싸여 원래 취미였던 시나 읊으며 유유자적하게 살아갈 거라 모두가 생각했다.

모리야는 만요슈의 글자를 읽어나갔다. 다른 사람들이 펼쳐본

자국이 남아 있는 책장을 손가락으로 어루만지면서.

"참외를 먹으며 아이를 생각하네. 밤을 먹으며…."

모리야는 뭐가 아름다운지 이해할 수 없었지만, 이 문장은 태곳적에 쓰인 문학의 원류라 할 수 있었다. 이 책에 글을 남긴 이들은 지금 시대까지 자신의 글이 전해지리라는 걸 알았을까?

지난 수십 년 동안의 회귀주의는 전자 문학의 부흥을 일으켰다. 전통 시나 현대 시를 짓는 인구가 계속 증가하고 있었다. 사고할 수 있는 뇌와 네트워크만 있으면 커뮤니티에서 얼마든지 자신을 뽐낼 수 있다는 점이 지금 시대와 잘 맞아떨어진 것이리라. 모리야의 조부 역시 은퇴 후에 성공적일지는 알 수 없지만, 문화인으로 살아가게 될 거라고 가족 모두가 생각했다.

하지만 그의 노화는 조금의 자비도 없었다. 어쩌면 노화 외에 다른 원인이 있었을지도 모른다. 이런 시대에 오래 산다는 것 자체가 문제였는지도 모르고. 신고로 씨는 늙어가며 인지 장애 증상이 나타나기 시작했다. 기억력이 심하게 떨어졌고 성격이 괴팍해지고 혼자 침울해할 때가 많았다.

그리고 특히 그의 불행이자 가족의 불행이 된 것이 있는데, 자신이 뭘 읽고 있는지조차 알 수 없게 된 것이다. 읽지도 못하면서 여전히 좋아해서 똑같은 책을 몇 번씩 샀다. 적은 연금에 그동안 모아둔 돈으로 생활하면서 그렇게 책을 사댈 수가 없는데도, 그는 계속 책을 샀다. 그때마다 가족들과 충돌했지만, 몸만은 건강했던 탓에 병원에 입원을 시킬 수도 없었다. 카드 결제를 막아두었더니 집으로 사람을 불러 책을 샀다. 그것도 터무니없는 가격으로. 인자한 할아버지? 모리야에게 그런 추억은 없었다. 그의 눈에 할아버지는 그저 괴물 같은 노인네일 뿐이었다.

몇 번인가 할아버지 서고에 들어갔던 적이 있었다. 모리야가 어렸을 때부터 할아버지의 상태는 매우 안 좋았다. 그럼에도 등이 구부정하게 굽은 모습으로 책을 읽고, 다 읽으면 마지막 장에 일사불란하게 무언가를 적곤 했다. 그런 모습을 볼 때면 할아버지가 꼭 책 괴물 같고, 무섭다는 생각이 들었다. 늙고 일그러진 모습의 할아버지는 인생 마지막 순간에 메스를 자기 뇌로 찔러넣었다.

아무도 그의 심정을 이해 못 한다는 걸 알면서도 가끔 그런 생각을 지울 수가 없었다. 예를 들어 업무 관계로 만난 사람이 "독서가 취미입니다."라고 자랑스럽게 말했을 때가 그랬다. 책 같은 게 없었다면 모리야는 자신의 인생관이 달라졌을 것으로 생각했다. 전혀 다른 인생을 살았을 게 틀림없다고. 그래서 모리야는 책을 증오했다. 아마 이번 일만 아니었다면 할아버지의 책이 그 뒤로 어떻게 되었는지 알아보고, 이렇게 찾아오는 일도 없었으리라.

서가에는 '신고로 문고'라고 적혀 있었다. 이런 식으로 할아버지의 책이 한곳에 소중히 보관되고 이름까지 남아 있을 줄은 상상도 못 했다. 중고품일수록 가치가 높아서일까? 아니지. 가치가 없는 것을 가치 있게 꾸며 이윤을 창출하는 것이야말로 사기꾼들의 전형적인 수법이니까. 역시 그 도서관은 사기꾼의 소굴이라고 모리야는 생각했다. 그 건물 안에는 책이 산더미처럼 있었다. 만약 할아버지가 살아 있어서 그 건물을 봤다면 어떤 표정을 지었을까?

모리야는 안경을 벗고 깊은 한숨을 쉬며 고개를 숙였다. 차창 밖으로 여름 석양이 내리기 시작했다. 하늘이 이글이글 불타고 있는 것만 같았다.

모리야의 직장은 근대적인 스타일의 오피스 빌딩 안에 있었다. 모리야는 단말기 앞에서 내뱉듯 말했다.

"알게 뭡니까? 도시부 녀석들의 요청을 다 들어주다간 잘 진행될 일도 망해버릴 거라니까요."

그러고는 더 이상 상대의 말을 들어주기를 포기하고 단말기 접속을 끊었다.

"열 많이 받았나 보네. 또 무슨 문제 생겼어?"

양복 차림의 동료가 커피 맛 음료 캔을 건네주며 말했다. 모처럼의 호의인데도 모리야는 다크서클이 뚜렷한 눈으로 노려보았다.

"카페인 있는 걸로 줘."

"카페까지 나갈 여유가 있다면 같이 가줄 순 있어."

모리야의 사무실에선 꽤 오래전부터 카페인 음료 섭취가 금지

되었다. 건강에 안 좋다는 이유에서였다.

'건강은 개뿔.'

모리야는 평소처럼 가벼운 형상 기억 소재의 안경 밑으로 손을 넣어 눈을 감쌌다. 매주 세 번씩은 철야 업무를 시키는 회사가 무슨 염치로 건강 타령인지.

모리야는 통신 서버와 백신 담당이었다. 지방 자치 단체를 돌면서 끊어진 네트워크를 복구하고 한없이 들끓는 바이러스를 제거하러 돌아다녔다. 공공 서버의 복구가 어려운 지금으로서는 문제가 생길 때마다 응급처치로 대처할 수밖에 없었다.

연봉은 높지만 노동법 따윈 존재하지 않았다. 식민지 노예처럼 혹사당할 뿐. 게다가 지난주쯤부터 치명적인 통신 장애가 발견되어 모리야를 포함해서 모두가 집에는 씻고 옷만 갈아입으러 가는 상황이었다. 책상 밑에서 자는 데에도 그럭저럭 익숙해졌다.

디스플레이에 표시된 날짜와 시간을 힐긋 보았다. 네트워크는 이미 생명선이나 마찬가지다. 모리야도 자기가 하는 일에 사람 목숨이 왔다 갔다 할 수 있다는 걸 자각하고 있었다. 하지만 사명감만으로는 먹고살 수 없다. 건강을 망칠 게 분명하다는 걸 알면서도 이 일을 계속하는 건 당연히 돈 때문이다. 다른 일보다 돈을 많이 주니까.

특별히 돈 쓸 일이 많지도 않기에 통장 잔고의 자릿수는 착착 늘어나고 있었다. 그렇게 살면 허무하지 않냐는 동료의 말에 "왜?" 하고 되물었던 게 언제였는지도 기억이 나지 않았다. 숫자는 절대 배신하지 않는다. 예를 들어 자신이 늙기라도 하면 무엇보다 돈이 자신을 부양해주지 않겠는가. 아내나 자식보다 훨씬 믿을 만하다. 그러니 지난 며칠 동안은 제대로 집에도 들어가지 못했지만 불만 같을 게 있을 리 없다.

단말기에서 진동이 울렸다. 고객 이름이 보이자 가끔은 조용한 걸 만지고 싶다는 생각이 들었다. 빛나고, 목소리가 들리고, 화면이 표시되고, 진동이 울리는 것 같은, 소란스러운 것과 거리가 먼 물건을. 모리야는 짧은 한숨과 함께 자리에서 일어나 근처에 서 있던 동료의 품에 단말기를 떠넘겼다.

"퇴근할게."

"괜찮겠어?"

오랜 동료가 되물었다. 직장에는 정해진 출퇴근 시간이 있었지만, 의미가 없어진 지 한참이었다. 아무도 막을 수 없다는 사실이 오히려 모리야를 망설이게 했다.

"씻기만 하고 바로 올게."

그러자 동료가 어깨를 두드리며 말했다.

"수고했어."

내가 피곤하다면 남도 역시 피곤하다. 단말기를 맡아준 것이 고마웠다.

"모리야!"

넥타이를 조이며 사무실을 나가려던 모리야의 등 뒤에서 목소리가 들렸다.

"지난번에 내가 했던 말, 잘 생각해봐."

모리야는 돌아보지도 않고 손을 흔들며 냉방이 지나치리만큼 잘된 사무실을 나섰다.

엘리베이터를 타고 내려가면서 얼마 전 동료가 했던 말을 떠올렸다. 같이 창업해보지 않겠냐는 제안이었다. 이대로 가면 우리 기술자들은 몸이 못 버틸 거라고, 독립해서 새 네트워크 시스템 구축에 착수해보자고, 지금까지 쌓아온 노하우가 있으니 과거의 복원이 아닌, 세계 시장을 개척할 수도 있는 완전히 새로운 네트워크를 만들어내 보자고 그는 말했다.

"계속 과거의 유산을 고쳐쓰기만 하면 무슨 미래가 있겠어?"

동틀 녘의 사무실이었다. 모리야는 엎드려 베고 있던 팔을 치우고 안경을 쓰며 짧게 되물었다.

"자본금과 손익 예상은?"

"또 돈 타령이냐."

동료는 그렇게 말하며 한숨을 지었다.

"통장에 있는 돈은 죽을 때 싸 들고 가게?"

쓰지도 않을 돈이라면 아무리 많아 봤자 의미가 없다고 동료는 말했다.

모리야는 졸린 눈을 비비며 마음속으로만 되물었다.

'그럼 의미 있는 건 뭔데?'

죽은 다음에는 그게 뭐든 아무 소용없다. 지금이 중요하다. 적어도 지금은….

'어쨌든 돈이 없는 것보단 낫지.'

당장 비참한 꼴을 당하진 않으니까.

모리야는 맨션으로 돌아와 에어컨을 켜며 넥타이를 풀고 책상 앞에 앉았다. 냉방이 시원찮은 방에서 단말기를 다시 켜면서 역시 독립 이야기는 거절해야겠다는 결론을 내렸다.

단말기가 부팅되기를 기다리는데 문득 책상 옆에 놓아둔 책 다섯 권이 눈에 들어왔다. 책을 빌려 온 지 일주일쯤 지났다. 시간을 내서 읽을 작정이었지만 제대로 책장을 펼쳐보지도 못한 채 오늘까지 오고 말았다. 퇴근이라는 걸 제대로 해보지를 못했으니 어쩔 수 없는 일이다. 그렇다고 이렇게 비싼 물건을 들고 다니며 읽을 수도 없고.

'내가 그 정도로 멍청하지는 않지.'

최대한 빨리, 그리고 다른 책들도 봐야 한다고 생각했지만 이번 주말까지는 시간을 내기 어려울 것이다. 하는 수 없이 대출 연장을 신청하려고 단말기를 개인 모드로 전환했다.

대출 연장은 홈페이지에서 가능하다고 했다. 인증을 하자 대출 현황 화면으로 넘어갔다. 연장 신청을 하려는데 빨간 글자로 표시된 게 보였다. 모리야가 빌린 도서 목록에 '예약도서'라는 글자가 붙어 있었다. 눌러 보니 '다른 이용자의 예약이 들어와 있습니다. 대출 연장은 불가능합니다.'라는 팝업 메시지가 나왔다.

"뭐야!"

쿵 하고 모리야가 책상을 내리쳤다. 책상 위에 놓인 단말기가 떨렸다. 하늘색 멜빵바지를 입고 혀를 내밀던 얼굴이 떠올랐다.

'그 오지라퍼….'

모리야는 그 여자가 틀림없다고 직감했다. 그게 아니라면 이 타이밍에 이런 책이 예약될 리는 없었다. 내가 자기를 무시하고 그냥 와버린 것에 앙심을 품고 예약을 넣은 것이리라. 덕분에 책은 반드시 반납하러 가야 했다. 사에즈리 도서관에서는 사고 등의 문제를 고려해서 우편을 통한 반환은 금지되어 있었다.

'그냥 연체해 버릴까? 아니면… 아예 돌려주지 말까?'

모리야는 책을 노려보았다.

사에즈리 쵸까지는 기차로 편도로만 두 시간 넘게 걸린다. 돈을 주고 빌린 건 아니니 카미오 씨에게 한 방 먹일 수 있을 것 같았지만, 도서관 대표인 와루츠 씨의 온화한 미소가 떠올랐다. 그녀의 미소는 친절해 보였지만 직함은 무시무시했다. 특별 보호 사서관은 도서의 위치 정보를 열람할 수 있었다. 도서관 이용자 카드를 발행할 때 모든 사항에 동의한다고 전자 서명을 했으니 책의 위치 정보로 자신의 주거지를 알아낼 것이다. 그 생각을 하니 영 찜찜했다. 이런 젠장.

애초에 좌표축까지 파악하는 위치 정보 같은 건 요즘 같은 열악한 시대에 어울리지 않는다는 게 통신 시스템에 정통한 모리야의 생각이었다. 정확한 위치를 파악하는 것은 단말기의 처리 능력과 관련이 있기에 어지간한 고성능 매체를 사용하지 않으면 처리도 조정도 쉽지 않다. 게다가 그 도서관에서는 오직 와루츠 씨만 위치 정보 열람 권한을 갖고 있다고 했다.

정말이지 책벌레들의 생각은 이해할 수가 없다니까. 모리야가 책을 책상에 내려놓고 한쪽 팔꿈치를 옆에 대며 책장을 넘겼다. 할아버지가 이 책을 샀을 당시에도 이미 골동품이었으리라. 종이는 햇빛을 받아 조금 누렇게 변했지만, 그게 오히려 눈을 편안하게 해주었다. 어차피 변질될 물건에 무언가를 기록한다는 건 참으로 모순적인 일이었다.

책에 적힌 것은 만요슈의 고전 시와 그 해석이었다. 계속 읽다 보면 결국 작업은 끝날 것이다. 하지만 모리야가 정말 읽고 싶은 내용은 '이것'이 아니었다. 모리야는 아무 특이할 게 없는 판권 페이지를 펼쳐 잠시 말없이 노려보았다. 이 책에서 필요한 부분은 이 페이지뿐이었다. 에어컨과 단말기의 낮은 구동음만이 들려오는 조용한 방에서, 모리야는 마른 침을 꿀꺽 삼켰다. 꽉 말아쥔 손바닥에 땀이 흥건한 것은 더위 탓이다. 그렇게 생각하고 싶었다.

사실 모리야에게 필요한 것은 책이 아니었다. 책 따위는 그에게 아무 가치도 없었다. 그는 책상 서랍에서 커터칼을 꺼냈다.

'나는 이제 어린아이가 아니니까 혼자 힘으로 서서, 혼자 힘으로 돈을 벌고, 혼자 힘으로 칼도 쥘 수 있다. 이 칼로 지금 하려는 일은 복수일까? 그렇다면 대체 누구에 대한 복수란 말인가?'

짧은 순간, 모리야의 마음속을 죄책감이 스쳤지만… 그걸 뒤덮어버리듯 책을 읽는 노인의 뒷모습이 떠올랐다.

"대체 아버지한테는 우리가 가족이긴 해요…?"

목소리를 죽인 채 다투는 부모님과 할아버지, 무력하고 비참했던 어린 시절의 자신이 떠오르자 그는 손을 움직였다. 날카롭게 반짝이는 칼날이 종이를 파고들었다.

모리야가 도서관에 도착한 것은 토요일 저녁이었다. 책을 반납할 때는 조금 긴장됐지만, 도서관 직원은 사무적인 인사 외에 아무 말도 하지 않았다. 도서관 사서와 마주치지도 않았고, 오늘은 그 성가신 오지라퍼 여자도 오지 않은 모양이다.

'빨리 다른 책을 찾아서 대출하고 돌아가자.'

모리야는 몽롱한 정신으로 생각했다.

동료에게 부탁해서 간신히 짬을 내긴 했지만, 어제는 철야 근무를 했다. 기차 안에서 정신없이 좀 자긴 했지만 서고에 들어가 안경을 쓰는 순간 현기증이 났다. 애초에 근시 안경을 쓰는 모리야에게 이 돋보기의 도수가 맞을 리가 없었다. 무리해가며 한 권 한 권 판권 페이지를 중점적으로 확인해 나갔지만, 졸음을 참을 수 없어

그는 발판에 앉은 채 무거운 눈꺼풀을 감아버렸다.

졸린 게 당연했다. 가뜩이나 잠도 부족한데 전자 데이터도 아니고 심지어 종이책이라니. 한 번도 좋아한 적조차 없었다. 좋아할 리가 있나. 이딴 것. 소름 끼칠 만큼 싫었다. 책을 좋아했던 할아버지도 그렇고. 늪처럼 걸쭉한 졸음 속으로 가라앉는 건 죽어가는 거랑 비슷한 것 같다고, 모리야는 생각했다.

갑자기 수면 위로 붕 떠오르는 느낌이 들었다. 어찌나 급하게 잠에서 깼는지 숨을 쉬는 법조차 생각이 안 날 정도였다. 눈을 떴을 땐 평소처럼 회사 책상인 줄 알았다. 하지만 시야에 들어온 빨간 양탄자를 보고 그게 아니라는 걸 깨달았다.

그렇다. 여긴 도서관이다. 순식간에 의식이 선명해졌다. 바로 옆에 인기척이 있었다. 그게 누구인지 바로 알 수 없었던 건 그곳이 낯선 사람들로 가득한 낯선 공간이기 때문이기도 하고, 안경이 없기 때문이기도 했다.

"이봐."

자리에서 일어난 모리야는 눈앞에 서 있는 상대에게 자다가 깬, 낮게 갈라진 목소리로 말했다.

"돌려줘요."

그곳에 서 있는 사람은 멜빵바지가 아닌 수수한 셔츠에 타이트한 치마를 입은 카미오 씨였다. 전에 만났을 때처럼 옅은 화장에 머리를 뒤로 묶은 카미오 씨는 모리야가 오늘 반납한 책을 품에 안은 채 자신을 부모의 원수라도 되는 양 노려보고 있었다. 그리고 그녀의 손에는 자신의… 까만 돋보기안경이 있었다. 그녀가 자신의 안경을 훔쳐 갔다는 생각에 모리야는 머리끝까지 화가 났다. 하지만 카미오 씨는 자기보다도 훨씬 화가 난 듯했다.

"돌려받고 싶으면…."

카미오 씨가 들고 있던 책을 촤르륵 넘겼다. 뒷표지가 있는 곳까지. 모리야는 마음속으로만 크게 혀를 찼다. 그 소리를 들을 수 없었을 텐데도 카미오 씨는 확신을 갖고 말했다.

"판권 페이지, 돌려주세요."

모리야는 속마음을 들키지 않도록 시선을 피하며 어이가 없다는 듯 한숨을 내쉬었다.

"무슨 말이에요?"

"이 책…."

카미오 씨의 떨리는 손가락이 책의 면지 안쪽을 가엾다는 듯이 어루만졌다. 얼핏 봐서는 알 수 없을 만큼 거의 완벽하게 처리했는데….

"잘라낸 거죠?"

모리야가 어깨를 으쓱거렸다.

"뭐가요?"

"판권이요."

"그걸 내가 어떻게 알아요. 원래부터 없었던 거 아닌가요?"

"있었어요. 이 권만 똑같은 책이 하나 더 있어서 알아요. 틀림없어요."

모리야는 크게 혀를 찼다. 무의식중에 나온 행동이지만, 카미오 씨의 말을 인정한다는 의미는 아니었다. 똑같은 책이 한 권 더 있다고 기고만장해서 떠드는 상대가 견딜 수 없이 불쾌했을 뿐이다.

'아무것도 모르는 주제에….'

왜 그 책만 두 권이 있는지 아무것도 모르는 주제에 잘도 그런 소리를 한다.

'내 책 건드리지 마!'

살벌한 목소리가 기억을 때렸다.

뭘 건들지 마. 같은 책을 또 사고 또 사고. 읽었다는 사실조차 기억 못 하는 주제에. 모리야는 어두운 기분을 억누르며 비웃듯 툭 내뱉었다.

"그래서, 왜 내가 훔쳐 갔다는 거예요?"

"그야 당신이 판권 페이지만 보고 있으니까 그렇죠! 지독하게 하기 싫어하는 얼굴로, 거북한 얼굴로 판권 페이지만 보고 다시 꽂아놨잖아요. 그런 사람이 판권 페이지도 없는 책을 빌려 갈 리가 없잖아요!"

어린아이처럼 떠들어대는 카미오 씨 앞에서 모리야는 살짝 어깨를 으쓱거렸다. 증거가 없잖아. 그렇게 말하려 했을 때였다.

"와루츠 씨에게 말할 거예요."

카미오 씨는 눈이 충혈된 채로 말했다.

"앞으로 다시는 이 도서관 책을 못 빌려 가게 해주겠어요."

"나 참, 어처구니가 없군."

마치 대감집 머슴이 위세를 부리는 것 같아 모리야는 한숨을 쉬었다.

"내가 당신을 절도죄로 고소할 수도 있어요."

아니면 힘으로 제압해서 안경을 빼앗을 수도 있었다. 남의 물건을 대놓고 가져갔으니. 모리야는 자신에게 그럴 만한 정당한 이유가 있다고 생각했다. 하지만 이미 잔뜩 흥분한 카미오 씨는 이곳이 도서관이라는 사실도 잊은 채 눈물까지 그렁그렁한 채로 날카롭게 소리쳤다.

"와루츠 씨가 가만있지 않을 거예요! 이 도서관에서 책을 도려가는 인간이! 책을 빌려도 될 리가 없어요!"

카미오 씨가 판권 페이지가 잘려나간 책을 꼭 껴안으며 신경질적으로 소리쳤다.

"이 책은 와루츠 씨의 책이라고요!"

그 순간, 모리야의 피가 들끓었다.

"무슨 소리!"

옆에 세워진 서가를 주먹으로 강하게 때리자 서가가 흔들거렸다. 갑작스러운 폭력에 카미오 씨의 어깨가 흠칫 떨렸다. 그러나

무슨 말을 꺼내기도 전에 투명한 목소리가 끼어들었다.

"두 분 모두…."

청아하면서도 부드러운 온화한 목소리였다.

"도서관에선 조용히 해주세요."

그 목소리에 카미오 씨는 고개를 돌렸지만, 모리야는 가만히 있었다.

"와루츠 씨…."

카미오 씨가 중얼거렸다.

"카미오 씨. 분명 지지난 주에도 서고에서 소란을 피우셨죠? 그러면 안 돼요. 다른 고객님들에게 폐가 되니까요."

와루츠 씨가 어린아이를 타이르듯 말했다.

"그게, 그게…."

카미오 씨는 분노를 어디에 쏟아야 할지 모르겠다는 듯 입을 빼끔거리며 말을 잇지 못했다. 그러더니 와루츠 씨가 내민 손에 빨려 들어가듯이 판권 페이지가 잘려나간 책을 펼쳐서 건넸다.

"아니…."

와루츠 씨는 역시나 온화한 태도로 카미오 씨가 아까 그랬듯 책의 면지 안쪽을 천천히 어루만졌다.

"모리야 씨."

그녀는 얼굴을 돌리고 있던 모리야에게 말을 건넸다. 대답을 기다리지도 않고, 그를 비난하지도 않고, 추궁하지도 않으면서 마치 책의 취향을 묻듯 가볍게 말을 이어나갔다.

"할아버지의 시는 어땠나요?"

그러자 모리야가 천천히 얼굴을 들었다. 와루츠 씨가 그를 향해 싱긋 웃어 보였다.

"책을 찾고 계신 거죠?"

아직도 눈이 충혈된 카미오 씨의 등을 토닥거리면서, 강요하거나 억지스러운 기색 없이 와루츠 씨가 말했다.

"괜찮으시다면 도와드릴게요."

"당신은…."

대체 어디까지 알고 있는 거냐고 묻고 싶었지만 와루츠 씨의 대답은 명료하면서도 조금의 주저함도 없었다.

"저는 이 도서관의 특별 보호 사서관이에요. 당신을 기다리는, 당신을 위한 책을 이 서가에서 찾아드리는 게 제 일이에요. 그러니까 책을 찾으신다면 도와드릴게요."

다시 한번 온화하게 말하고 나서, 형용하기 힘든 애절함을 담아 아주 부드럽게 애원했다.

"그러니 책을 잘라내는 행동은 부디 그만두시면 안 될까요?"

어디까지 알고 있는 건지 의문이었지만… 와루츠 씨는 어쩌면 모든 걸 꿰뚫어 보고 있었던 건지도 몰랐다. 모리야는 단념하듯 그렇게 생각했다.

모리야에게 한 통의 메일이 도착한 것은 그가 처음 사에즈리 도서관을 방문하기 한 달 전쯤이었다.

'모리야 신고로 선생님의 유족분께'

한 전자 출판사에서 보낸 메일이었다. 부모님이 아니라 모리야에게 연락한 것은 이미 현직에서 은퇴한 아버지보다는 통신 시스템 회사에 근무하는 모리야를 찾아내는 게 더 쉬웠기 때문이다. 실제로 메일은 회사용 메일 주소로 왔다. 열어보니 느닷없이 연락하는 무례를 사과하는 내용 뒤로 어떤 제안이 적혀 있었다.

생전에 모리야의 할아버지가 취미로 지은 전통 시가 어떤 시 동호회를 통해 대회에 출품되어 1등을 했으며, 시 동호회를 후원하던 기업에서 투자를 결정했으니 할아버지인 신고로가 쓴 시가 더 남아 있다면 저작권을 사고 싶다는 것이었다.

모리야에겐 아닌 밤중에 홍두깨 같은 이야기였지만 그보다 놀란 건 그 대회에 상금이 걸려 있었다는 것이고, 유족인 자신에게 생각지도 못한 금액이 들어올 것이라는 사실이었다. 잘 믿기지 않았지만, 신고로라는 이름이 대대적으로 알려졌고 출판사 사람들하고도 직접 만나 이야기해보니 나쁘지 않은 상황 같았다. 나쁘지 않기는커녕, 남아 있는 할아버지의 시를 팔 수만 있다면 그것이야말로 정당한 대가를 받는 거라는 생각이 들었다.

책에 마음을 빼앗긴 할아버지는 결국 어떤 수술을 받기 위해 소장하던 모든 책을 연구자이자 의사였던 와루츠 요시아키라에게 양도했으므로 유산을 거의 남기지 않았다. 고생만 시키고 빚만 넘겼던 할아버지가 남긴 유일한 유산이라고 모리야는 생각했다.

하지만 할아버지가 생전에 사용하던 단말기를 아무리 뒤져봐도 할아버지가 지은 시는 발견되지 않았다. 나온 거라고는 동호회 친구들에게 보낸 몇 통의 메일뿐이었다. 어찌어찌 할아버지 동호회 회원들을 찾아내 물어보니 놀랍게도 할아버지가 시를 지을 때는 손글씨로 썼다는 대답이 돌아왔다.

구시대적이라는 생각이 들었지만, 그렇다면 아무 데이터도 남아 있지 않은 게 이해가 됐다. 그리고 머릿속에 어떤 모습이 떠올랐다. 어린 시절부터 기묘하다고 생각했던 할아버지의 그 모습이.

신고로 문고에서 책을 꺼내며 모리야가 말했다.

"할아버지는 다 읽은 책에 느낀 점이나 읽은 날짜를 적어넣는 습관이 있었습니다."

"책에요?"

경악하며 비명을 지른 것은 카미오 씨였다. 놀라는 것도 무리는 아니었다. 아무리 자기 것이라지만 그 비싼 책에 누가 메모를 하겠는가.

"그, 그래도 여기 있는 책에는 메모가 없던데요? 설마요. 보세요, 그 책도!"

카미오 씨가 모리야의 손에 들린 한 권을 가리켰다. 모리야는 판권 페이지를 펼쳐놓고 있었다.

"보이지 않는 것뿐이에요."

모리야가 말했다. 모든 걸 체념하고 자포자기한 듯 날이 없는 말투였다. 그러고는 턱짓으로 아직 카미오 씨의 손에 들린 투박한 까만 테 돋보기안경을 가리켰다.

"그걸 써보면 알 거예요. 한번 써보세요."

카미오 씨는 시키는 대로 안경을 쓰고 책을 내려다보자마자 "앗!" 하고 또 감탄사를 내뱉고는 안경을 여러 번 썼다 벗었다 할 때마다 "앗, 앗." 하고 놀라다가 마지막엔 어리둥절한 얼굴로 중얼거렸다.

"글자가…."

그러더니 와루츠 씨 쪽으로 홱 돌아보며 안경을 건넸다.

"이거 보세요, 와루츠 씨. 글자가…!"

작은 얼굴에 안경을 걸친 와루츠 씨는 눈을 가늘게 뜨며 말했다.

"퀀텀 마커군요."

와루츠 씨의 추측은 정확했기에 모리야는 고개를 끄덕이는 것으로 대답을 대신했다. 그 상황에서 뭐가 뭔지 모르는 사람은 카미오 씨뿐이었다.

"그게 뭐예요? 어떻게 된 거예요?"

흥분해서 말이 빨라진 카미오 씨에게 와루츠 씨가 되물었다.

"양자배열이 뭔지 알아요?"

"으음…."

카미오 씨가 얼버무리듯 웃었다.

"제가 물리는 잘…."

"요즘엔 과학 시간에도 배울 텐데요."

모리야가 아픈 곳을 확 후벼 파는 말을 했다. 카미오 씨는 "으으…." 하고 입을 꾹 다물었다.

"나도 정식으로 배운 적은 없어요."

와루츠 씨가 웃으며 말했다.

"양자는 물질을 구성하는 최소 단위고, 분자 구조에 영향을 끼치지 않는 부분의 양자 배열을 국소적으로 반전시키는 동작을 통해 도형을 그리는 펜이 퀀텀 마커예요. 물론 반전시킨 양자 배열은 인간의 눈으로 볼 수 없죠. 하지만 그 반전을 검출하는 특수한 안경을 쓰면 인지할 수 있게 돼요. 지금은 산업용으로 쓰이는 게 대부분이지만 한때는 연구자들 사이에서 개인용 퀀텀 마커와 그걸 보기 위한 전용 안경을 쓰기도 했어요. 나도 옛날에 써본 적이 있고."

와루츠 씨의 말을 들으며 와루츠 씨 집에는 의사였던 아버지 때문에 분명 퀀텀 마커가 있었을 거라고 모리야는 생각했다. 퀀텀 마커는 수술 등의 의료 행위에서도 자주 쓰였으니까.

"쉽게 말해 이 안경 없이는 보이지 않는 마법의 펜이란 얘기예요. 이런 식으로."

안경을 쓴 와루츠 씨가 책의 판권 페이지를 어루만지며 말했다.

이제 와루츠 씨의 눈에는 할아버지가 책을 읽은 날짜와 할아버지의 글자가 보일 것이다. 투박한 검은 테 안경도 와루츠 씨에겐 신기하게 잘 어울리는 것 같았다.

"난 할아버지의 습관을 기억하고 있었습니다. 그리고 할아버지의 책이 여기에 소장되어 있다는 것도 알아냈죠. 그래서 그 책을 보러, 할아버지의 작품을 회수하러 온 겁니다."

그때였다.

"뭐야, 그런 거였어요?"

카미오 씨가 살짝 어깨를 으쓱거리며 무책임하게 말했다.

"그럼 그렇다고 처음부터 말하면 됐잖아요."

정말 머릿속이 꽃밭인 사람이라고 생각했지만, 입 밖에 냈다간 또 성가시게 굴 것 같았기에 모리야는 입을 다물었다. 하지만 이어지는 "왜 말하지 않았던 거예요?"라는 추궁에는 간단하게 대답해주었다.

"돈 때문에."

자신 있게 말하려 했지만 어째서인지 피곤함에 찌든 중얼거림이 되고 말았다.

모리야는 그런 기색을 얼버무리려는 듯이 빠르게 말을 이었다.

"이 책은 이미 이 도서관의 소유죠."

그 사실은 뒤집을 방법이 없다.

"그러니 여기 적힌 할아버지의 글에 대한 권리까지 주장할지도 모르고."

모리야의 말에 카미오 씨가 뭐라고 대꾸하려 했지만, 안경을 벗은 와루츠 씨가 틈을 주지 않고 단호히 말했다.

"아니요, 그건 당신의 소유라고 생각해요."

와루츠 씨는 까만 안경을 돌려주며 모리야의 눈을 지그시 들여다보았다.

"책은 넘겨드릴 수 없지만… 책에 적힌 글은 그게 뭐든 모두 당신의 것이라고 생각합니다."

그녀의 말투와 눈빛과 표정, 그 밖의 모든 것이 너무나도 진실하였기에 모리야는 겸연쩍어 시선을 피했다. 그리고 받아든 할아버지의 안경을 쓰지 않고 물끄러미 바라보기만 했다.

"그런데 책에 메모가 있다면 자료적 가치는 떨어질 수밖에 없어요. 만약 이 메모를 도서관 측에 들킨다면, 책의 가치가 떨어졌다고 주장해도 그 차액을 지불할 수는 없습니다."

"차액?"

카미오 씨가 고개를 갸웃거렸다. 모리야는 입술을 굳게 다문 채 자조적으로 웃더니 주먹을 쥐어 나무 서가를 손등으로 두드리며 말했다.

"말이 좋아 기증이지, 우리 할아버지는 생전에 담보로 잡힌 장서를 이 도서관에 빼앗긴 거예요."

"네…?"

카미오 씨의 눈썹이 치켜 올라갔다.

"그 말은 어폐가 있네요."

와루츠 씨가 바로 항의했지만 목소리는 그저 온화했고, 웃긴 했지만 눈꼬리가 내려간 것이 쓴웃음처럼 같기도 했다.

"아버지가 고액의 수술비를 환자의 장서로 대신하는 경우가 가끔 있었어요…. 그건 사실이에요."

그게 바로 사에즈리 도서관, 그리고 그 창립자인 와루츠 요시아키라가 대량의 '종이책'을 수집할 수 있었던 비결이기도 했다.

"수술비…?"

카미오 씨가 물었다.

"네."

와루츠 씨가 고개를 끄덕였다.

"제 아버지는 뇌신경외과 의사이자 생체 컴퓨터 연구자였어요."

기억 회로 이식의 권위자로 유명했던 와루츠 교수. 그가 바로 이 도서관의 창립자인 와루츠 요시아키라였다.

"압니다. 우리 할아버지가 당신 아버지에게 수술을 받고 뇌를 개조했으니까요."

그게 과연 장서를 포기할 만한 가치가 있는 일이었을까? 그건 모리야도 알 수 없었다. 하지만 기억 회로는 인공 뇌와 동일한 역할을 하며 할아버지의 증상을 개선해주었다.

"그래도 오래 사시진 못했지만."

병원에 입원한 뒤로도 병문안은 좀처럼 가지 않았다. 할아버지에 대한 모리야의 기억은 괴로움과 원망으로만 가득했다.

그럴 거면 수술은 왜 했냐고 생각했지만, 말하진 않았다. 마치 수술을 받지 않고 죽었다면 할아버지의 장서 모두를 유산으로 받았을 거라고 말하는 거나 다름없을 테니까. 스스로도 그렇게 생각할 정도니 그 말을 내뱉었다가는 다른 사람들 눈에 어떻게 보일지 뻔했다. 그래서 말로 내뱉진 않았어도 그런 생각을 품은 건 사실이니까 결국 자신은 못된 손자였다고 모리야는 늘 생각했다.

"어, 그러니까 결국…."

카미오 씨는 고개를 갸웃거리며 이렇게 결론지었다.

"모리야 씨는 상당한 짠돌이네요."

이 여자가 진짜…. 역시 아까 한 대 쥐어박았어야 했다고 그는 진심으로 생각했다. 돈 앞에서 쩨쩨하게 굴지 않을 수 있다면 당신은 그렇게 살든가. 아무튼 자신은 그렇게 할 수 없었다.

"자, 자."

모리야가 누굴 죽이기라도 할 듯한 표정을 짓고 있었기 때문이리라. 와루츠 씨가 두 사람을 말리며 책이 가득 들어찬 서가를 올려다보았다.

"분명 제 아버지는 돈 대신 책을 내라고 하는 괴짜였어요."

와루츠 씨의 눈빛에서는 아버지에 대한 사랑이 묻어나는 것 같기도 하고, 지나간 시간에 대한 그리움 같은 게 느껴지기도 했다.

"하지만 그건 엄밀히 말해 책값을 돈으로 환산한다는 의미가 아니라고 생각해요. 물론 저 혼자만의 추측일 수도 있지만요."

와루츠 씨의 아버지가 책의 가치를 어떤 식으로 정하고 거래했는지, 그가 죽어버린 지금으로서는 확인할 도리가 없다. 그녀는 책 표지를 어루만지며 한 권 한 권의 무게를 확인하듯 인쇄된 글자를 더듬었다. 양자의 배열이 아닌, 잉크와 판으로 인쇄된 글자였다.

"책의 가치는 어떻게 판단할 수 있다고 생각하시나요?"

와루츠 씨가 갑자기 물었다. 누구에게 던진 질문이었을까? 모리야 씨? 아니면 카미오 씨? 하지만 그녀는 답을 기다리지도 않고 말을 이었다.

"책 자체의 물질적인 가치도 있고, 책이 담고 있는 내용의 희소가치도 있죠. 책의 유래 역시 하나의 가치가 될 수 있다고 저는 생각합니다. 누가 쓴 책이고, 누가 갖고 있던 책인가 하는 유래 말이에요."

맞는 말이었다. 책의 유래와 관련해서는 오래된 책일수록 더욱 많이 따졌다. 누구의 손을 거쳤느냐에 따라 책의 가치가 내려갈 수도 올라갈 수도 있었다.

와루츠 씨가 모리야를 돌아보며 미소를 보냈다.

"이번 수상 축하드립니다. 신고로 씨의 시, 저도 봤어요."

그 말을 듣고야 모리야는 감이 왔다. 와루츠 씨는 데이터베이스를 찾아본 것 같았다. 물론 그런 것치고는 너무 자세하고 정확하게 이해하고 있는 것 같지만.

"저는 문학적인 소양이 별로 뛰어나진 않지만… 그런 제가 봐도 매우 멋진 시였어요. 그런 분이 갖고 계셨던 책을 소장할 수 있다는 게 무척 자랑스럽습니다. 이런 말을 하면 모리야 씨가 또 화를 낼지도 모르지만요."

'글쎄.'

모리야는 입을 다문 채 생각했다.

'나는 지금 화가 난 걸까? 아니면 할아버지의 시가 인정받아서 기쁜 마음도 조금은 있는 걸까?'

그때 카미오 씨가 힘차게 한 걸음을 내디디며 말했다.

"그럼 같이 찾아봐요."

"네?"

모리야가 되묻자 카미오 씨가 웃으며 대답했다.

"찾으면 되잖아요. 할아버지의 시. 여기 있는 책은 와루츠 씨의 소유지만, 거기 적힌 시는 모리야 씨의 소유니까요."

카미오 씨가 찡그리며 말했다.

"그런데… 왜 책을 잘라내는 짓을 한 거예요? 그렇게나 독점하고 싶었어요?"

"그럴 리가요."

모리야는 바로 대답했지만 다음 말을 머뭇거렸다. 직장에서는 아쉬운 소리를 해본 적 없는 모리야로서는 조금 부끄러웠다. 하지만 오늘 빌려 갈 생각이었던, 특히 메모가 많이 적힌 책을 손에 들고 카미오 씨에게 안경과 함께 슬며시 내밀었다. 한번 읽어보라는 의미였다.

카미오 씨가 순순히 안경을 쓰더니 책을 들여다보며 몇 번이고 고개를 갸웃거렸다.

"아… 글씨를 진짜 못 썼…."

그리고 알겠다는 듯 고개를 크게 끄덕였다.

"너무 악필이라 읽을 수가 없었던 거야."

카미오 씨의 무례한 말을 가로막듯이 모리야가 낮은 목소리로 말했다. 두 사람의 대화를 들으며 와루츠 씨가 쿡쿡 웃었다.

"코토 선생님한테도 도와달라고 하죠. 우리 도서관엔 글씨 쓰기를 잘 가르치는 선생님도 오시거든요."

그때 지하에 클래식 음악이 흘러나오면서 폐관 안내 음성이 울려 퍼졌다.

"앗…."

모리야가 깜짝 놀라며 손목시계를 들여다보더니 얼굴이 새파래졌다.

"망했어. 기차가…."

완전히 깜빡하고 있었다. 말도 안 되는 실수였다. 이미 막차를 타긴 늦은 시간이었다. 하지만 오늘은 회사로 꼭 돌아가야만 했다. 모리야는 주저앉으며 머리를 감싸 쥐었다.

엄청난 위기 상황이었다. 하지만 꼭 회사에 가서 새로운 네트워크 바이러스의 백신을 만들어야 한다…. 매번 똑같은 작업만 반복하지만 돈을 벌려면 어쩔 수 없다. 아무 의미도 없고 아무것도 남기지 못하는 일이라 해도…. 늘 하던 생각을 하고 있는데, 갑자기 허무하다는 생각이 꼬리를 물고 튀어나왔다.

"뭐야, 기차 시간 놓친 거예요? 엄청 덜렁거리시네요?"

그때였다. 카미오 씨가 신경을 긁으며 깔깔 웃었다. 모리야가 노려보자 카미오 씨가 마주 보며 말했다.

"모셔다 드려요?"

"뭐요?"

모리야가 되물었다. 카미오 씨는 고개를 크게 끄덕거리며 대답했다.

"제 차로요."

카미오 씨는 주머니에서 꺼낸 자동차 키링을 손에 걸고 빙빙 돌리며 말했다.

"가는 데만 두 시간은 걸릴 텐데요."

"토요일인데요, 뭐. 가끔은 드라이브도 괜찮죠."

카미오 씨가 아무렇지 않은 표정으로 말하자 모리야는 이해할 수 없다는 얼굴로 일어섰다.

'정말로…오지라퍼에다 착해빠진 여자네.'

"그럼 이 책은 대출해 가실 거죠?"

와루츠 씨가 대출 처리를 하고는 어두워진 도서관 밖까지 배웅하러 나와 마지막으로 입을 열었다.

"카미오 씨."

그렇게 부르더니 온화하게 미소 지으며 말했다.

"나 대신 화내줘서 고마워."

그 말에 제 발이 저린 건 모리야였다. 카미오 씨도 모리야를 올려다보았기에 그는 짐을 고쳐 들며 자세를 바로 했다.

"와루츠 씨…."

그리고 깊이 머리를 숙이며 말했다.

"죄송했습니다. 잘라낸 페이지를 돌려드리러 반드시 다시 오겠습니다."

용서해주겠다는 말을 할 때까지 고개를 들지 않을 생각이었다. 하지만 모리야의 귀에 훗 하는 작은 웃음소리가 들렸다. 얼굴을 들어보니 가느다란 손가락으로 총 모양을 만들어 자기를 겨누는 모습이 보였다.

와루츠 씨는 한쪽 눈을 익살스럽게 감으며 말했다.

"돌려주지 않으면 찾으러 갈 거예요. 깜빡하시면 안 돼요."

그리고 짐짓 엄숙하게 말을 이었다.

"저는 이 도서관의 특별 보호 사서관입니다. 당신이 사에즈리 도서관의 책을 갖고 있는 한 세상 끝까지라도 추적할 거예요."

그러고는 손으로 만든 총을 휙 돌려 자신의 관자놀이를 겨누며 말했다.

“이 도서관의 책은 전부 제 거니까요.”

모리야는 무언가를 깨닫고 눈을 크게 떴지만… 카미오 씨의 재촉에 차에 올라탔다. 파란색 자동차가 나아가기 시작했다.

라디오 소리가 나지막이 흘러나왔다. 카미오 씨는 모리야가 알려준 주소를 단말기에 입력하더니 부주의한 발언을 했다.

“한숨 주무셔도 돼요. 피곤해 보여요.”

“일 때문에 잠을 못 잔 데다 오늘 일이 많았어요.”

모리야가 좁은 차 안에서 자리가 불편한 듯 자세를 고쳐 앉으며 말했다.

“에고, 잠도 못 주무셨나 보네요.”

카미오 씨와 모리야는 계속해서 짧은 대화를 나누었다. 주로 카미오 씨가 물으면 모리야가 대답하는 식이었다. 이따금 모리야가 먼저 자기 이야기를 꺼낼 때도 있었다. 특히 지금까지 어떻게 일해왔는지 열변을 토할 때는 카미오 씨가 감탄을 하기도 했다.

“그랬구나… 혼자 힘으로 정말 열심히 사셨네요. 대단해요.”

모리야는 반쯤 졸면서 대꾸했다.

“근데 저는 정말 궁금한 게 있어요. 정말로….”

하지만 본론을 꺼내진 못했다. 오지라퍼에 착해빠진 여자가 뭐, 나쁠 건 없지 않은가. 늪처럼 걸쭉한 게 아닌, 달짝지근한 졸음에 빠져들며 모리야는 잠꼬대처럼 말했다.

"할아버지는… 우리 할아버지는 왜 책을 포기하셨던 걸까요…?"

그렇게나 좋아했으면서. 그렇게나 집착했으면서. 책을 잃고 난 뒤로는 인생의 낙이 없었을 텐데도. 어쩌면 모리야는 그 점이 가장 안타깝고 원망스러웠던 건지도 몰랐다. 가족들을 괴롭히면서까지 그렇게 모은 책들을 무슨 생각으로 내팽개친 걸까? 어째서. 왜 계속 좋아하는 일을 추구하며 살아가지 않았던 걸까. 모리야는 궁금했다.

"모리야 씨도 참 바보 같네요."

카미오 씨의 말은 역시나 모리야의 신경에 거슬렸지만, 한편으로는 엄마처럼 포근하기도 했다.

"당연히 책보다 더 소중한 게 있으니 그러셨겠죠."

할아버지에게 책보다 소중한 게 뭐가 있었겠느냐고 되묻고 싶었지만, 수마가 천천히 눈꺼풀을 밑으로 잡아당겨 모리야는 더 이상 저항할 수 없었다. 무릎 위에 놓인 책의 무게가 포근한 듯 안정감을 주었다.

따뜻한 색으로 빛나는 지하 서재에서 와루츠 씨는 담뱃대를 빨아들였다. 펼쳐놓은 책의 판권 페이지는 지금 이곳에 없다. 그 페이지가 잘려나간 자리를 몇 번이고 어루만지며 와루츠 씨는 담배를 피웠다.

와루츠 씨가 담배를 피우는 건 대부분 옛날 일이 떠올랐을 때다.

와루츠 요시아키라는 이 책에, 그리고 모든 장서에 특수한 마커로 메모가 되어 있다는 걸 양도받기 전에 이미 들어서 알고 있었다. 그런데도 와루츠 씨의 아버지는 모든 책을 건네받은 것이다. 마법의 펜으로 책에 메모를 적은 노인. 와루츠 씨는 아직도 그를 기억하고 있었다.

새로 지어진 도서관에서 여자아이가 책을 읽고 있다. 긴 머리를 묶지 않고 자연스럽게 풀어놓은 채로. 지팡이를 짚은 노인이 다가와 무릎을 굽히며 물었다.

"책 좋아하니?"

아이는 얼굴을 살짝 고개를 갸웃거리기만 했다. 고개를 갸웃하는 동작에 맞춰 커다란 책이 몸을 뒤척이듯 촤르륵 넘어갔다. 하얀 책장과 수많은 글자들. 아이의 세상에는 그것만이 전부였다.

"할아버지는? 책이 싫어요?"

아이가 묻자 노인은 쓸쓸한 목소리로 대답했다.

"아주 좋아했지."

과거형이었다. 노인은 딱딱하고 깊이 주름진 손을 아이의 머리 쪽으로 뻗으면서 말했다.

"나한테는 너랑 비슷한 나이의 손자가 있단다."

그러고는 천천히 아이의 머리를 쓰다듬었다.

"나는 손자 이름도 잊어버리게 될 거야."

다른 모든 걸 잊어버리더라도 손자의 이름만은 잊을 수 없다고 노인은 말했다. 그래서 그 기억을 잃지 않기 위해 자신의 책을 두고 가는 거라고.

"소중히 간직해주겠니?"

아이는 노인과 손가락을 걸며 약속했다. 그리고 이제 곧 큰 수술을 받고 자신의 뇌에 기억 회로를 박아넣어야 하는 노인에게 힘주어 말했다.

"걱정 마세요."

그리고 다른 환자들에게도 늘 그렇게 말했던 것처럼 말했다.

"우리 아빠는 정말로 실력이 뛰어난 의사니까요. 분명 괜찮을 거예요."

그러더니 자신의 작은 비밀을 털어놓았다.

"제 머릿속에도 기계를 넣어주셨거든요. 그러니까 괜찮아요."

아이는 웃었다.

새하얀 건물과 책, 그리고 아빠만이 그때의 여자아이에겐 세상의 전부였다.

제4화

사에즈리 도서관의 와루츠 씨

덜컹. 기차가 크게 흔들리자 와루츠는 자신이 어느새 잠들었다는 걸 깨달았다. 시간으로 따지면 아주 잠깐이다. 천천히 눈을 깜빡거리다 창밖을 내다보았지만 밖은 완전히 깜깜해져 별빛만이 흘러가고 있었다. 은하철도의 한 장면 같았다.

와루츠는 아래로 흘러내린 숄을 다시 어깨에 걸친 뒤 손목시계를 확인했다. 가느다란 시침은 심야 세 시를 가리키고 있다. 조금만 지나면 하늘이 밝아올 것이다. 승객이 적은 임시 야간기차는 삐걱거리며 밤을 가르고 나아갔다.

와루츠가 탄 차량에는 그녀를 비롯해 승객이 다섯 명뿐이었다. 노부부는 서로 어깨를 기댄 채 잠들었고, 양복 입은 샐러리맨은 졸린 얼굴로 단말기를 조작하고 있었다. 배낭여행 중인 청년은 2인용 의자에 드러누워 쌕쌕 소리를 내며 자고 있었다. 와루츠는 사에즈리 쵸에서 해 질 녘에 이 야간기차에 올랐다. 와루츠처럼 젊은 여성은 아무도 없었다.

환승역에 도착하려면 아직도 수십 분은 걸릴 텐데 다시 자고 싶지도 않고 달리 할 일도 없었다. 와루츠는 가방에서 책을 한 권 꺼내 펼쳤다. 자기 방이나 도서관이 아닌 곳에서 책을 펼칠 일은 많지 않았기에 눈에 보이는 문장이 왠지 신선하게 느껴졌다. 언젠가 다시 이 책을 펼치면 지금 이 야간기차에서의 시간을 떠오를 것 같았다.

와루츠는 문득 아득히 먼 곳까지 온 듯한 기분이 들었다. 그리고 그건 실제로도 그랬다. 이렇게 멀리까지 나와보는 게 얼마 만인가? 와루츠의 아버지도 외출하기 좋아하는 사람은 아니었다. 책과 컴퓨터, 자신의 머릿속이 놀이터였고, 오랫동안 그 이상의 것을 바라지 않았다고 다른 사람에게서 들은 적이 있다. 와루츠 역시 자신의 생활 반경에 아무 불만이 없었다.

잠시 과거의 추억이 뇌 안쪽을 자극했기에, 와루츠는 그것을 몰아내듯 손끝으로 글자를 어루만지며 계속 책을 읽었다. 마침 철도가 배경으로 나오는 책이라 독서에 몰입하기에도 딱 좋았다. 흔들거리는 기차는 요람 같고, 책은 활자의 바다나 양수 같았다.

'활자라는 단어 자체가 좋아.'

뜬금없이 뇌리를 스치는 말에 와루츠는 멈칫했다. 천천히 읽던 책에 책갈피를 끼우는데, 이 말이 다시 떠올랐다.

'거기엔 호흡이 있어. 증거가 있고, 색이 있고, 가능과 불가능도 있어. 무엇보다 사람의 마음에 새겨질 만한 감정이 있어.'

와루츠는 기차 창틀에 책을 내려놓았다. 책에 실례되는 행위라는 걸 알면서도 그 위에 양손을 얹고 베개를 베듯 한쪽 귀를 갖다 댔다. 책의 목소리를 들으려는 듯이. 물론 그게 이미 지나가 버린 추억이라는 건 알고 있었지만.

"내가 어렸을 땐 탈활자脫活字라는 어처구니없는 말이 유행했는데 말이지. 난 그 시절부터 주장했단다."

와루츠의 아버지는 둥글둥글한 성격인데도 책에 관한 이야기를 할 때만큼은 예민했다. 그리고 아직 어린 와루츠에게조차 반론을 허용하지 않는 단정적인 말투로 말하곤 했다.

'아무리 세상이 발전하든 멸망하든….'

와루츠는 그 진지한 눈빛과 강한 신념이 좋았다.

'인간은 이미 활자에서 벗어날 수 없어.'

야간기차. 와루츠는 흘러가는 차창 밖 세계를 힐긋 바라보며 다신 돌아오지 않을 과거의 말을 몇 번이고 재생시켰다.

'아아, 담배 피우고 싶다.'

아버지를 떠올릴 때면 와루츠는 꼭 담배가 생각났다.

책을 머리에 대자 기차의 진동이 마치 책의 심장박동처럼 느껴졌다. 이제 자신은 절대로 활자에서 벗어날 수 없다는 이상한 주문을 외우며, 그녀는 창밖을 바라보았다.

며칠 전, 초가을의 사에즈리 쵸에서 있었던 일이다. 사에즈리 도서관의 평일 오후는 오전과 비슷하게 평온하고도 조용히 흘러가고 있었다. 그날 하루가 그렇게 무사히 마무리되어가는 듯했다.

그런데 갑자기 도서관에 타다다닥 하는 요란한 발소리가 울려 퍼졌다. 전력 질주로 2층 서가에서 뛰어 내려온 사람은 다른 누구도 아닌 사에즈리 도서관 대표인 와루츠였다. 뛰어 내려온 기세 그대로 계단 난간을 잡고 반 바퀴를 빙글 돈 와루츠는 이번엔 사무실 쪽으로 쏜살같이 달려갔다.

데스크에 앉아 있던 유능한 도서관 직원인 사토미 씨가 심상치 않은 분위기를 느끼고 자리에서 일어났다. 젊은 여자 아르바이트생에게 자리를 맡겨두고 사토미 씨는 사무실로 들어갔다.

단발로 자른 백발 탓에 실제 나이보다 더 늙어 보이곤 하는 사토미 씨는 사에즈리 도서관의 유일한 정직원이었다. 다른 사람들은 파트 타임이거나 아르바이트, 자원봉사자였다. 조금이라도 많은 사람이 책과 관련된 일을 할 수 있도록 기회를 주겠다는 와루츠의 방침 때문이지만 사토미 씨가 엄청나게 유능하다는 것도 그 이유 중 하나였다.

사토미 씨가 타고난 낮은 목소리로 물었다.

"무슨 일이에요?"

"긴급 사태!"

비명에 가까운 대답이었다. 사토미 씨가 와루츠의 그런 목소리를 들은 것은 처음이었다. 단말기를 노려보는 옆얼굴도 심각하기 그지없었다. 와루츠가 주먹으로 테이블을 내리쳤다. 쿵, 하는 둔탁한 소리가 고요하던 사에즈리 도서관의 사무실에 울려 퍼졌다.

"당했어…."

얇게 립스틱을 바른 와루츠의 입술 사이로 갈라진 목소리가 흘러나왔다.

"네…?"

평소엔 좀처럼 겉으로 감정을 드러내지 않는 사토미 씨도 걱정스럽게 물었다. 다시 얼굴을 든 와루츠는 어느 정도 침착함을 되찾은 듯했지만 길고 긴 한숨을 쉬며 이마를 감싸 쥐었다.

"당했어요. 도난이에요."

사토미 씨가 미간을 찡그렸다.

사에즈리 도서관에서는 기본적으로 금전이 오가지 않는다. 이용자들의 개인 물품을 제외하면 훔쳐 갈 만한 건 하나뿐이었다.

"설마…."

하나뿐이지만 그게 산더미처럼 많았다. 산더미처럼 많지만 쉽게 훔쳐 갈 수 없는 시스템이 구축되어 있었다. 사토미 씨는 무슨 착오가 있는 게 아닌가 생각했으나 와루츠는 몸을 일으키며 말했다.

"사토미 씨, 서고 출입자 목록 최근 한 달 치를 뽑아줘요. 입장 시간, 퇴장 시간 기록까지 함께요."

한숨은 사토미 씨에게도 전염되었다. 단말기 책상 앞에 앉으며 사토미 씨가 말했다.

"서고 쪽 책인 거죠?"

"네."

의자에 손을 짚은 와루츠가 고개를 끄덕였다. 여전히 심각한 표정이다. 사에즈리 도서관의 장서 중에서도 서고에 보관하고 있는 책들은 더 이상 시장에 유통되지 않았다. 사라지면 다시는 구할 수 없다. 하물며 와루츠는 도서관 장서라는 개념에 대해 집착이라고 해도 좋을 만큼 남다른 애착이 있다. 다시 구한다고 해서 해결될 문제가 아닌 것이다.

"문을 어떻게 통과했을까요?"

사토미 씨가 서고 출입자 목록을 불러내며 중얼거렸다. 모든 도서관 장서의 표지에는 칩이 박혀 있다. 표지를 벗겨내지 않으면 칩은 제거할 수 없고, 대출 과정을 거치지 않고 도서관 밖으로 갖고 나가면, 특히 서고의 책이라면 즉시 경고음이 울린다. 하지만 문명에 의존한다는 건 늘 맹점이 있게 마련이니.

"차단재를 사용했겠죠."

칩은 오직 전자 신호를 통해서만 작동한다. 전자 신호를 차단하는 재질로 덮어버리면 문을 통과해서 갖고 나갈 수 있다.

그렇지 않아도 예민하게 생긴 사토미 씨의 얼굴이 더욱 날카로워 보였다. 결국 범인은 작정하고 책을 훔쳐 갔다는 얘기가 된다. 게다가 와루츠가 바로 움직이지 않고 서고 출입자 목록을 보여달라고 한 것을 보면….

"훔쳐 간 게 오늘이 아니군요?"

"그럴 거예요. 얼마나 됐는지는 모르겠어요."

"여러 권인가요?"

사토미 씨는 불안해졌다.

"아니요. 한 권이에요."

그렇다면 돈이 목적은 아닐 것이다. 그건 좋은 소식일 수도, 나쁜 소식일 수도 있다. 장물로 넘긴다 해도 한 권이니 여러 곳으로 뿔뿔이 흩어질 걱정은 없지만, 한 권이라는 것은 상당한 애착을 가지고 훔쳐 갔을 가능성이 크다는 뜻이기도 하니까. 그렇다면 설령 책의 위치와 범인을 찾아내더라도 원만하게 돌려받긴 힘들 거란 생각이 들었다.

와루츠의 태도를 보면 범인은 이미 이 도시에서 멀리 벗어났을 것이다. 적당한 시점에 차단재 밖으로 책을 꺼낸 순간, 와루츠는 경보를 감지했다. 이 도서관의 특별 보호 사서관은 와루츠뿐이어서 사토미 씨는 그게 어떤 책인지도, 지금 어디에 있는지도 알 수 없었다.

"됐어요."

불러낸 목록이 입체 디스플레이에 표시되었다. 와루츠는 그걸 눈으로 따라가며 말했다.

"이 목록에서 사에즈리 쵸 거주자는 모두 제외해 주세요. 그리고 대출해 간 책이 있는 이용자도 제외해 주시고요."

도서관에서 먼 곳에 살면서도 책을 대출한 적이 한 번도 없는 사람들만 추려졌다.

"집 주소를 위치 정보로…."

지도를 눈으로 좇다가 어느 한 지점에서 디스플레이를 짚어나가던 와루츠의 손가락이 멈췄다.

"아…."

그 이용자는 먼 곳에서 사에즈리 도서관에 찾아왔다. 대출 이력은 없고 서고에 머무른 시간은 두 시간 정도였다. 그 뒤로 몇 번 더 도서관에 드나들며 그때마다 서고에 들어갔는데, 최종 기록을 보면 입장부터 퇴장까지 채 5분도 걸리지 않았다.

"정황 증거는 충분하네요. 이 사람이 가져간 거겠죠."

와루츠가 담담히 말했다. 물론 찾아내야 하는 건 범인이 아닌 책이고, 도난 과정에서 여러 사람의 손을 거쳐 갈 가능성도 있겠지만 매우 유익한 정보였다.

"이누즈카, 온…. 기억나는 이름은 아니네요."

사토미 씨가 이누즈카 온이라는 이름을 읽었다. 사진 정보는 첨부되어 있지 않았지만 나이, 직업, 연락처, 그리고…. 주소를 본 사토미 씨는 미간을 살짝 찌푸렸다.

"어떻게 하실 건가요?"

옆에 선, 딸만큼 어린 사서를 올려다보며 사토미 씨가 물었다.

"그야 물론…."

와루츠는 팔꿈치를 한쪽 손으로 받힌 채 턱을 괸 자세로 의연하게 말했다.

"되찾아야죠. 그 사람이 누구든, 훔쳐 간 책이 무엇이든."

와루츠가 그렇게 말하리라는 걸 사토미 씨는 이미 예상했기에, 걱정스러운 얼굴에 더욱 그늘이 드리워졌다.

동틀 녘이라기엔 아직 어두웠다. 와루츠는 환승역에 내렸다. 하루 중에서 가장 기온이 떨어지는 시간대다. 피부에 닿는 공기는 차갑지만 몸이 떨릴 정도는 아니었다. 기차를 타고 남쪽으로 내려온 덕분인지도 모른다.

여기서 환승할 기차를 몇 시간 더 기다려야만 한다. 그 기차도 시간표대로 도착한다는 보장은 없다. 불 켜진 대합실이라도 있는 게 다행이다. 그곳에는 역무원도 없고 자판기도 없었다. 애초에 시간대가 이렇다 보니 기대도 하지 않았다. 그래도 자동 개찰기만큼은 작동하는 듯했다. 데이터베이스 실시간 검색에서 이 노선이 가장 빠르면서 무엇보다 안전한 경로라는 결과가 나왔다. 하지만 기차가 멈추거나 지연되는 일이 일상이다 보니 어디까지 갈 수 있을

지는 알 수 없었다.

'운전을 할 수 있다면 좋을 텐데.'

도서관 단골인 카미오 씨의 덜컹거리는 파란색 자동차를 떠올리며 와루츠는 한숨을 쉬었다. 하지만 먼 길을 혼자 운전해서 가는 것도 그리 안전한 일은 아니니까.

대합실의 묵직한 문을 열고 안으로 들어가자 살 것 같았다. 무릎에 숄을 걸치고는 막 책을 읽으려는데, 인기척이 느껴지며 유리문 움직이는 소리가 났다. 와루츠는 살짝 긴장하며 그쪽으로 고개를 돌렸다.

노부부가 들어오고 있었다. 같은 기차를 타고 온 사람들이었는데, 와루츠가 내린 뒤에 그들도 기차에서 내린 것 같았다.

"어라? 먼저 온 손님이 있었네요."

노신사가 미소를 지으며 쓰고 있던 모자를 살짝 들어 올렸다. 그 몸짓을 넋 놓고 바라보던 와루츠도 이내 미소를 지으며 가볍게 고개를 숙였다.

"아가씨, 우리랑 같은 기차에 타고 있었죠?"

노부인이 말했다. 내리기 직전까지 자고 있어서인지 목소리가 조금 잠겨 있었다.

노부부는 2인용 벤치에 사이좋게 앉았다. 행복해 보였다.

"우리는 이제부터 기차를 갈아타고 홋카이도로 돌아가요. 앞으로도 한참을 더 가야 도착하겠네요."

"많이 피곤하시겠어요."

와루츠가 진심으로 걱정하듯 말했다.

"아가씨는 어디까지 가나요?"

노신사가 물었다. 와루츠는 일부러 정확한 목적지를 말하지 않았다.

"여기서 좀 더 동쪽까지요."

"그렇군요…."

노신사는 더 묻지 않았다. 옆에 앉은 부인이 크게 하품을 하자 그가 말했다.

"한숨 자."

두 사람을 보며 와루츠가 말했다.

"저는 안 잘 거예요."

부부가 나란히 와루츠를 돌아보았다. 미소와 함께 말을 이었다.

"기차가 올 시간이 되면 깨워드릴게요. 한 시간쯤 걸리죠? 북쪽으로 가는 기차요."

"그래도…."

미안한 표정을 짓는 노신사에게 와루츠가 싱긋 웃으며 무릎 위에 놓아둔 책을 보여주었다.

"괜찮아요. 저는 이 책 읽을 거예요."

눈꺼풀이 반쯤 감겨 있던 노부인의 눈썹이 치켜 올라갔다.

"아아."

몸을 내밀며 책을 유심히 살펴본 노부인이 웃었다.

"젊은 사람이 기특하네."

와루츠는 조금 낯간지러운 기분이 들었다. 이렇게 노골적으로 칭찬받는 게 익숙지 않은 데다 와루츠에게 책을 읽는 건 당연한 일이었다. 어릴 때나 지금이나 책에 둘러싸여 살고 있으니까.

"고마워요, 친절한 아가씨."

노신사가 다시 한번 모자를 가볍게 들어 올려 보이더니 깊이 내려 눈을 가렸다.

그와 동시에 와루츠의 시야가 흐릿하게 일그러진다. 뇌가 기억을 불러내는 중이라는 걸 그녀는 잘 알고 있다. 동틀 녘 역의 대합실에서 그녀는 이제 존재하지 않는 사람의 환상을 본 것이다.

얇은 코트를 입은 그 사람이 와루츠 앞에 섰다.

"만나서 반갑구나."

그는 코트와 같은 색의 모자를 가볍게 들어 올렸다.

"만나서 반가워, 나는 와루츠라고 한단다."

그 그리운 목소리에 눈물이 터져 나오지 않도록, 추억에 끌려가 버리지 않도록 와루츠는 황급히 책으로 시선을 내렸다.

와루츠가 사에즈리 도서관을 벗어나는 일은 거의 없다. 몇 시간 정도면 모를까, 며칠씩, 그것도 도서관 운영 시간에 자리를 비운다는 건 있을 수 없는 일이었다. 그래서 '도서관 사서 업무를 잠시 중단합니다.'라고 적힌 안내문과 이용자 카드나 웹사이트의 공지사항을 본 단골 이용자들은 와루츠를 보기만 하면 한마디씩 했다.

"와루츠 씨, 혹시 휴가예요?"

폐관 시간 직전에 다가와서 데스크에 한쪽 팔꿈치를 댄 채 그렇게 말을 꺼낸 건 사에즈리 도서관의 단골인 교사, 코토 씨였다.

"네, 조금 쉬려고요."

와루츠가 싱긋 웃으며 대답하는데, 갑자기 달려온 그림자가 대화에 끼어들었다.

"와루츠 씨, 일주일이나 도서관을 비운다는 게 사실이에요?"

"아이코."

그 기세에 눌린 코토 씨가 몸을 뒤로 쭉 뺐다. 정장 차림에 구두를 신고 달려온 그녀는 최근에 급격히 도서관 방문 횟수가 늘어난 이웃, 카미오 씨였다.

"일주일이 아니라 며칠만요."

"힝…."

카미오 씨는 곤란해하는 얼굴로 말했다.

"안 돼요. 일요일에 모리야 씨가 와요. 그 사람, 와루츠 씨가 안 계셔서 책을 못 찾으면 저한테 화풀이할 게 뻔해요!"

카미오 씨가 언급한 사람은 요즘 2주에 한 번씩 멀리서 사에즈리 도서관을 찾아오는 이용자였다. 카미오 씨와는 사이가 안 좋아 보였지만, 그녀는 매번 그를 역까지 직접 차로 데려다주곤 했다.

와루츠는 그런 모습이 참 보기 좋았다.

"알겠어요. 일요일까지는 돌아올 수 있도록 열심히 한번 노력해 볼게요."

카미오 씨는 눈을 깜빡거리며 물었다.

"돌아올 수 있으면? 어디 멀리 가시는 거예요?"

와루츠는 애매하게 미소 지으며 말끝을 흐렸다.

"조금 멀리."

카미오 씨는 고개를 살짝 갸웃거리며 거듭 물었다.

"고향에 가세요?"

와루츠는 순간적으로 할 말을 잃었지만, 금세 손가락을 세워 보이며 속삭였다.

"후훗. 비밀이에요."

"칫, 서운해요."

카미오 씨가 투덜거리는 와중에, 이번엔 오랜 단골인 이와나미 씨가 다가왔다.

"와루츠 씨."

대출할 책을 내밀며 낮은 목소리로 말했다.

"어디 가는 거면 조심해서 다녀와요."

와루츠는 고개를 힘있게 끄덕였다.

"네."

대출 처리를 끝내고 책을 건네자 이와나미 씨는 주름이 짙은 눈을 가늘게 뜨며 말했다.

"도서관 일은 걱정하지 말고. 와루츠 씨의 책은 여기서 와루츠 씨를 기다리고 있을 테니."

"네."

와루츠도 그 말이 맞다고 생각했다. 그녀의 책은 이곳에 있다. 그러니 아무리 먼 곳까지 가더라도 이곳으로 돌아올 것이다.

기차가 곧 도착한다는 안내 방송이 대기실에 울려 퍼졌다. 와루츠가 깨우기도 전에 노신사가 먼저 눈을 떴다.

"기차가 왔나 보군요."

노신사는 눈을 비비며 대기실 시계를 올려다보았다.

"다행히 제시간에 왔네요. 덕분에 오늘 중엔 숙소에 도착할 수 있겠어요."

노신사가 먼저 일어서며 노부인의 손을 잡았다. 노신사에 이어 노부인도 인사했다.

"조심해서 가요."

와루츠는 읽던 책에 책갈피를 끼워놓고 일어서서 노부부를 배웅했다.

"책 좋아하는 아가씨."

노신사가 돌아보며 모자를 가볍게 들며 말했다.

"좋은 여행이 되길."

서로 이름도 모르는 여행객이지만, 와루츠는 무엇을 기원해야 할지 알고 있었다.

'좋은 독서가 되길.'

그 말은 와루츠가 아는 그 사람이 늘 단말기에 대고 말하던 인사였다. 먼 곳에 사는 그와 비슷한 괴짜 친구. 지인들이 새로운 책과 만날 수 있기를. 만난 책과 행복한 시간을 보낼 수 있기를. 그렇게 기원하는 목소리에는 언제나 따뜻한 울림이 담겨 있었다.

"네. 좋은 여행 되시길요."

와루츠는 그렇게 말하고, 배웅하고, 기원하면서 다시 책에 시선을 고정하고 책장을 더듬듯 넘겼다. 기차가 올 때까지, 기차에 탄 뒤에도, 책을 덮을 때까지.

마지막 인사는 도서관 앞에서였다.

"그렇게 됐으니까 한동안 잘 부탁할게."

여행 준비를 마치고 구두 대신 운동화로 갈아신은 와루츠가 경비원인 탄고 군에게 말했다. 탄고 군은 언제나처럼 모자를 깊이 눌러쓰며 시선을 피하더니 피어싱한 입술로 말했다.

"저기… 와루츠 씨, 도시부에 간다는 게 정말이에요?"

조금 잠겨 있는 목소리였다. 매일, 얼굴을 볼 때마다 와루츠가 인사를 해도 탄고 군이 먼저 말을 건네는 경우는 거의 없었다.

"응, 맞아. 일 때문에."

와루츠는 대충 대답했지만 탄고 군은 이미 짐작 가는 게 있는 듯했다.

"책 때문이에요?"

며칠 전에 와루츠가 이용객 중에 수상한 사람은 없었냐고 탄고 군에게 물었던 적이 있었다. 그때 책을 도난당했다는 말을 듣고 탄고 군은 얼굴을 찌푸렸다. 탄고 군은 지금 와루츠가 사에즈리 도서관 밖으로 나가는 것이 당연히 그 일과 관계가 있다고 짐작했다.

"응. 돌려받으러 가는 거야."

와루츠가 솔직하게 대답했다.

"경찰에는…."

탄고 군이 당연히 할 법한 질문을 꺼냈다. 하지만 와루츠는 고개를 살짝 옆으로 기울일 뿐이다.

"글쎄."

와루츠는 잠시 생각에 잠겼지만, 딱히 고민할 문제는 아니었다. 상식적으로 보면 경찰에 맡기는 게 맞긴 하다. 사라진 책의 문화적, 자산적 가치는 명확했고, 절도라는 명백한 범죄가 발생했으니까. 하지만….

"그래도 이 도서관의 책은 내 거니까 내가 되찾아야지."

와루츠가 대답했다. 책이 어디에 있는지 알 수 있는 사람도 그녀뿐이었다.

"죄송해요."

탄고 군이 턱을 내밀며 사과했다.

"제가…."

말을 끝내지 못했지만 탄고 군이 이번 일에 대한 책임을 느끼고 있다는 걸 와루츠는 알 수 있었다. 탄고 군은 경비원이니까. 아직 어리고 까칠해 보이지만 맡은 일은 성실하게 해내는 사람이니까.

"탄고 군 잘못이 아니야. 괜찮아. 내가 꼭 되찾아 올 거야."

와루츠는 자기 가슴을 툭 두드리며 장담했다.

"저기…."

탄고 군은 장갑 낀 손을 살짝 들었다가 다시 내리고는 고개를 숙인 채 머뭇거리며 말했다.

"괜찮…으세요? 혼자서."

결코, 괜한 걱정이 아니다. 그녀는 웃으면서 화제를 바꾸려고 키가 큰 탄고 군의 어깨를 토닥였다.

"내가 없는 동안은 네가 책임자야, 경비원님. 이 도서관을 잘 지켜줘."

어떤 답이 돌아올지 알았기에 와루츠는 양손으로 짐을 들고서 아주 잠시 눈을 내리깔며 중얼거렸다.

"괜한 고집일 수도 있겠지. 맞아."

다른 사람에게 맡기면 되는 문제일 수도 있다. 와루츠는 몸을 돌려 도서관을 보며 생각했다. 이곳에는 수천, 수만 권의 책이 있다. 고작 책 한 권 찾겠다고 직접 갈 필요가 없는지도 모른다.

"그래도 내 책이니까. 누구에게든 빌려줄 수는 있어도 누구에게도, 단 한 권도 내줄 수는 없어."

모자 밑에서 탄고 군이 눈을 가늘게 떴다. 마치 눈부신 것을 바라보듯이.

"와루츠 씨."

탄고 군이 다시 한번 불렀다.

"응."

와루츠가 대답했다. 부드러운 미소였다. 탄고 군은 시선을 피하며 중얼거렸다.

"아니…."

책이 싫다는 고집스러운 도서관 경비원은, 그래도 이 도서관이 싫지는 않는 것 같았다.

탄고 군이 어깨를 으쓱이며 말했다.

"아무것도 아니에요."

"그래."

와루츠는 숄을 고쳐 두르며 걸어가기 시작했다. 그리고 마지막으로 탄고 군에게 손을 흔들었다.

"그럼 다녀올게."

탄고 군은 손을 흔들지 않았다. 모자를 다시 깊이 눌러쓰며 짧게 말했다.

"조심해요."

와루츠는 사에즈리 도서관의 문을 지나며 계속 그 말만 듣는 것 같다고 생각했다. 따뜻한 사람들이 하는 말은 똑같다. 부디 부탁이니까 조심하라고. 이 사에즈리 쵸 밖으로 아주 멀리 떠나게 되었으니까 조심하라고. 그 말을 몇 번이나 들었는지 모른다.

끼이이익! 거슬리는 소리를 내며 기차가 급정차했다. 정오가 지나고 와루츠가 이전 환승역 매점에서 산 샌드위치를 다 먹었을 때였다.

와루츠는 옆에 놓아둔 짐들이 앞으로 쏟아지지 않도록 꼭 붙잡았다. 그 일이 있고도 10분 정도는 아무 말이 없더니 안내 방송이 흘러나왔다. 앞서가던 기차에 문제가 생겨 원래 사용하기로 한 노선으로 갈 수 없게 되었고, 다음 역까지는 갈 수 있지만 우회 노선이 없기 때문에 그곳에 발이 묶이게 될 것 같은데 그 시간이 얼마나 될지는 모른다는 내용이었다.

몇 안 되는 승객들 사이에서 한숨이 흘러나왔지만 불평하는 사람은 없었다. 언제 멈출지 모른다는 걸 알고도 기차에 탑승했기 때문이리라. 그래도 꽤 멀리까지 온 편이라고 와루츠는 생각했다.

낯선 땅의 작은 역에 내려 표를 정산하고 나오자 쾌청한 가을 하늘이 펼쳐져 있었다. 와루츠는 나쁘지 않다고 생각했다. 어차피 기차로 오는 건 대충 여기까지가 한계였다. 날씨가 좋은 것만도 다행이었다.

건물은 많지 않았다. 왼쪽으로 직진하면 주택가가, 오른쪽으로 직진하면 넓은 차도가 나오는 것 같다. 와루츠는 단말기를 열려다 그냥 자신의 감을 믿어보기로 했다. 데이터베이스엔 언제든 물어볼 수 있으니까.

차도를 따라 한참을 걸어가니 다음 역이 나왔다. 그곳 커다란 상점 옆에 넓은 주차장이 펼쳐져 있었다. 와루츠는 주차장에 세워진 트럭을 하나하나 살핀 뒤, 가장 크고 장비가 튼튼해 보이는 트럭 앞에 멈춰 섰다.

"실례합니다!"

업무용 트럭 운전석에서 남자가 얼굴을 내밀었다. 치아는 거의 없지만 체격이 좋은 노인이다.

"혹시 저 좀 태워주실 수 있나요? 기차가 멈춰버려서요."

"어디까지 가는데?"

트럭 기사가 물었다. 와루츠는 성공이라고 생각했다. 이 사람은 분명 태워줄 거라고 감만으로 알 수 있었다.

와루츠는 목소리를 높였다.

"도시부까지요!"

"뭐?"

남자가 운전석에서 상체를 쭉 내밀었다. 까맣고 둥근 선글라스를 쓴 채 새는 발음으로 말했다.

"아가씨! 혼자야?"

진심으로 놀란 말투였다.

"네!"

와루츠는 미소로 대답했다. 트럭 기사는 거듭 의아하다는 듯 고개를 갸웃거렸다.

"혼자서 도시부까지?"

"네!"

와루츠가 한 번 더 미소로 대답했다. 거짓말도 아니고 속임수도 아니었다. 이 트럭의 중장비를 봤을 때 도시부로의 진입이 허용된 특수 차량이라는 건 명백했다. 도시부에 자주 들어가는 트럭 기사였기에 와루츠를 어이없게 바라본 것이다.

"거긴 왜?"

와루츠가 명랑하게 대답했다.

"일 때문에요!"

트럭 기사는 잠시 어안이 벙벙한 표정을 지었지만 결국 조수석 문을 열어주었다. 덜컥 소리가 났다.

대형 트럭이어서 승강대가 내려왔다. 그녀가 가방을 어깨에 걸고 올라타는 사이 트럭 기사는 조수석에 놓아둔 잡동사니를 뒤로 던져놓았다.

"신세 좀 지겠습니다."

와루츠는 딱딱한 조수석에 앉았다. 새 기계와 구식 기계가 혼합된 차 안에서는 합성 가죽과 금속, 그리고 태양의 냄새가 났다.

"흔들릴 게야."

혀 깨물지 말라는 말은 농담이었을 테지만, 하마터면 진짜로 혀를 깨물 만큼 차체가 크게 흔들렸다. 와루츠는 황급히 조수석 문 위쪽에 달린 손잡이를 붙잡았다.

"창문 좀 열어도 될까요?"

와루츠가 밖을 내다보며 물었다.

"그래. 이상한 냄새 나면 바로 닫고."

"네."

창유리를 내리는 버튼을 누르자 바깥 공기가 들어왔다. 바다 쪽으로 흘러가는 넓은 강에 걸린 다리를 건너가고 있다. 와루츠는 창밖으로 고개를 내밀었다. 차체가 높아서인지 장관이었다.

"너무 좋네요!"

그러자 트럭 기사가 물었다.

"도시부는 처음인가?""

"아니요. 가끔 와요."

와루츠가 대답했다.

바다가 가까워질수록 나무의 키가 작아졌다. 방파제가 절반 넘게 무너져 있는 터라 바다가 거칠어질 때는 이 다리를 지날 수가 없고 길거리 쪽으로 가야 해서 시간이 더 걸린다고 했다. 폐허가 된 공장들은 바닷바람을 맞고 있었고, 주위는 평온했다. 하지만 이 앞은 사람이 갈 만한 곳이 못 된다고, 트럭 기사가 씁쓸한 얼굴로 말했다.

'그렇겠죠.'

와루츠는 생각했다.

"웬만하면 아가씨처럼 어린 사람은 거기 안 가는 게 좋을 텐데."

그렇게 어리지도 않다고 말해 봤자 이도 없는 트럭 기사의 눈엔 그저 애송이처럼 보일 것이다.

"일은 해야 하니까요."

"그러면 뭐 어쩔 수 없지만."

트럭 기사가 그렇게 말하며 웃었다.

그는 이런 식으로 거리에서 만난 사람들을 도시부까지 태워주는 일에 익숙한 것 같았다. 히치하이크는 도시부로 들어갈 때 많은 사람이 선택하는 방법이었다. 왜냐하면 도시부는 걸어가거나 차로 진입할 수밖에 없는데, 요즘은 급유도 여의치 않은 데다 차는 허가증도 받아야 하기 때문이다. 트럭 기사는 지금까지 차에 태워준 사람들에게 했을 질문을 와루츠에게도 던졌다.

"무슨 일을 하는데?"

"도서관을 운영하고 있어요."

그때 덜컹, 하고 차가 흔들려서 와루츠는 다급히 머리 위의 손잡이를 붙잡았다. 아까보다 덜컹거리는 횟수가 점점 많아지는 것이 도시부에 점점 가까워지고 있다는 뜻 같았다. 트럭 기사는 계속 흔들릴 거라고 하면서 다시 물었다.

"도서관?"

와루츠는 손잡이를 움켜쥔 채 가방을 끌어안으며 말했다.

"책 빌려주는 일을 해요."

"학자? 아니면 선생님인가?"

후훗, 하고 와루츠가 웃었다.

"그런 건 아니고요."

와루츠의 아버지는 분명 학자이자 선생님이었지만, 본인은 아니라고 와루츠는 생각했다.

와루츠가 할 수 있는 일은 하나뿐이었다.

"사서입니다."

가방끈이 짧다는 트럭 기사는 와루츠의 말을 듣고 어깨를 으쓱할 뿐 아무 대답도 하지 않았다.

와루츠도 할 말이 별로 없었다. 목숨을 걸고 도시부와 자치구를 트럭으로 왕래하고 있는 이에게 무슨 말로 책의 위대함을 알릴 수 있을지, 와루츠는 알 수 없었다.

불어오는 바람에선 바다 냄새 대신 서서히 기름 냄새와 녹슨 금속 냄새가 강해졌다. 나무 대신 잡초가 많아지고 무너진 건물의 잔해도 많이 보였다. 강한 바람을 타고 눈 속으로 미세한 입자가 침투했다. 모래일까 아니면 다른 무언가일까?

와루츠는 미간을 찡그리며 차창을 절반만큼 올렸다. 이제는 앞에 보이는 차도 줄고, 길에 걸어 다니는 사람들도 드문드문하다.

이따금 가건물이 세워져 있었지만 전기는 들어오지 않는 듯했다.

두 시간 가까이 거친 길을 달리다 크게 커브를 돌았을 때였다. 와루츠의 시선이 몇 개의 다리로 이어진 반대편을 향했다.

"보이는구먼."

맨 먼저 시야에 들어온 것은 반쯤 무너진 빌딩이었다. 빌딩 아래에는 건물 잔해가 잔뜩 쌓여 있었다.

건물 잔해. 그것은 돔이라 불리는 도시부를 둘러싼 성벽이기도 했다. 바깥 세계와의 접촉을 차단하기 위해 건물 잔해로 도시부와 외부를 구분한 것이다. 돔의 틈새, 즉 도시부로 들어가는 입구는 몇 군데 되지 않았고, 입구마다 검문소가 있었다. 내부로 들어가는 검문은 가볍지만, 외부로 나올 때의 검문은 엄격했다.

틈새에서 흘러나오는 바람이 순간적으로 심하게 자극적인 냄새를 머금고 있어서 와루츠는 다급히 차창을 완전히 닫아버렸다. 그게 신경이 쓰였는지 트럭 기사가 부스럭거리며 조수석의 대시보드로 손을 넣더니 거창하게 생긴 방진 마스크를 와루츠의 무릎 위로 던져주었다.

"기사님은요?"

"나야 뭐, 이제 죽어도 아쉬울 게 없는 나이지."

그러고는 하하핫, 하고 호탕하게 웃었다. 저러다 몇 개 안 남은 이마저 다 빠지는 게 아닌가 싶을 정도다.

"잘 쓰겠습니다."

와루츠는 살짝 눈웃음을 지으며 말했지만, 결국 그 마스크를 쓰진 않았다.

검문소를 통과하자 잔해의 돔이 가까워져 왔다. 거의 골조만 남은 건물도 많이 보였다. 창유리가 전부 깨져버린 폐허를 가리키며 트럭 기사가 말했다.

"저긴 원래 병원이었어."

와루츠가 고개를 돌려 그쪽을 바라보았다. 트럭 기사는 이번엔 그 너머를 가리켰다.

"저건 쇼핑몰이고."

모래성처럼 반쯤 무너져내린 처참한 광경이다. 어느새 지면의 콘크리트가 사라지고 자갈길이 나왔다. 차가 지나는 곳에만 땅이 드러나 있고 다른 곳은 푸르른 잡초로 덮여 있었다. 골조만 남은 건물 앞을 지나가는데 땅에 파묻혀 숫자판만 드러낸 커다란 시계가 보였다.

"여기는… 학교였을 거야. 시간이 지나도 바뀐 게 없네."

그 말에 와루츠가 눈을 가늘게 뜨며 이제는 아무도 없는 학교 건물을 바라보았다.

"조용하네요."

그러자 트럭 기사가 숨을 토해내듯 웃었다.

"사람이 없으면 다 조용한 법이지."

도시는 평온하고 고요했다. 와루츠는 트럭 기사의 말이 정확하다고 생각했다. 인간은 소란스러운 대지를 개척해 마을을 만들고 도시를 만든다. 삶의 소리는 그 규모에 맞춰 점점 커지지만, 그것들이 깨끗이 사라지고 나면 아무도 숨 쉬지 않는 정적만이 남을 뿐이다.

"어디서 세워줄까?"

"들어가서 바로 내려주시면 돼요."

와루츠는 여러 번 눈을 깜빡였다.

그사이 와루츠의 '회로'는 이미 위치 정보 파악부터 3차원 수치의 산출까지 끝내놓고 있었다. 그녀는 자신이 찾는 책에 점점 가까워지고 있다는 걸 알 수 있었다. 처리통處理痛. 이 희미한 통증은 회로가 평소보다 많은 작업을 수행할 때 그 처리 과정을 통증으로 인식하는 바람에 생기는 것이라 걱정할 필요는 없었다.

"덕분에 살았어요. 걸어왔다면 한밤중에나 도착했을 거예요."

와루츠가 웃으며 말했다.

"돌아갈 땐 어떡하려고?"

"아직 모르겠어요."

"그래. 난 내일 오후에 나갈 거야. 차는 이 앞에 있는 주차장에 세워둘게. 시간 맞으면 또 타고 가."

가볍게 말했지만, 전혀 가볍지 않은 약속이었다. 기도 같은 간절함이 담겨 있었다.

와루츠는 대답 대신 가방에서 캔커피 하나를 꺼냈다.

"이거…."

"오, 고마워."

"저야말로 감사했습니다."

커피와 함께 마스크를 건네자 조금 놀라는 눈치였다. 돌려받을 거란 생각은 하지 못한 것이리라.

"괜찮겠어?"

"네, 괜찮아요."

조수석 문을 열자 승강대가 내려갔다. 트럭 기사는 방진 마스크를 한 손으로 채우며 말했다.

"저항력이 있는 것 같단 말이지."

"저는 도시부에서 태어났거든요."

"아아…."

트럭 기사가 말을 잇지 못했다. 와루츠는 그의 당혹감을 덜어주려고 장난스럽게 웃었다.

"맞아요. 전쟁고아예요."

와루츠가 대답을 하면서 가볍게 땅에 내려섰다. 그 말을 들은 트럭 기사가 웃었다.

"비는 조심해야 해."

그러고는 와루츠를 두고 달려가 버렸다.

그녀는 트럭이 보이지 않을 때까지 손을 흔들다가 고개를 천천히 돌렸다. 주변은 온통 잔해와 잡초뿐 살아 있는 나무는 한 그루도 보이지 않았다. 도시는 조용하기 그지없었다.

숨을 들이마시고 내뱉자 희미한 통증이 느껴진다. 와루츠는 돔 바로 옆, 돌과 잔디로 뒤덮인 길을 걸어갔다. 운동화를 신은 발로 걸어가면서 그녀는 발밑만 내려다보았다. 앞쪽엔 아무것도 없지만 발밑에는 아주 많은 것들이 있기 때문이다. 유리 파편, 잿더미가 된 플라스틱, 부러진 펜, 그것들을 전부 뒤덮은 큰개불알풀….

"아아…."

와루츠가 무언가를 발견하고 쪼그려 앉아 손끝으로 모래를 털어냈을 때다. 갑자기 달려온 그림자에 어깨를 부딪히는 바람에 비틀거리며 무릎을 꿇었다. 어린아이였다. 남자아이인지 여자아이인지는 분명치 않았다. 고무 같은 소재로 만든 비옷을 머리까지 뒤집어썼고, 까맣게 때가 낀 뺨과 곱슬곱슬한 머리카락이 드러나 있었다.

아이는 와루츠가 방금 발견한 뭔가를 파내고 있었다. 손잡이가 부러진 작은 삽으로 땅에 반쯤 파묻힌 그것을 꺼내는 데 성공했다. 아이는 그것을 잠시 확인하듯 바라보다가 휙 땅에 버리고 달려가 버렸다. 한쪽 다리가 안 좋은지 발을 끌면서.

와루츠에겐 말을 걸 틈도 주지 않았다. 흔히 전쟁고아로 불리는, 도시부에서 폐자재를 발굴해 먹고사는 아이였다. 벌써 수십 년이나 흘렀는데도 아직 저런 아이가 남아 있었다. 이 도시부에 버려져 있는 것이다. 유해 물질 잔량 측정도 제대로 이뤄지지 않은 이 땅에서 폐자재를 발굴하고, 재활용 가능한 단말기 등을 찾아내 자치구의 기업에 넘기거나 밀시密市로 불리는 암시장에 판 돈으로 먹고 살면서.

아이가 파냈다가 가치 없다고 판단해 다시 버린 것은 산화되어 변색된 책이었다. 한 기업의 역사를 기록한 책 같았다. 이런 곳에 아직 책이 남아 있다니. 책장은 찢겨나가고 표지도 없었다. 그런 와중에 글자는 간신히나마 알아볼 수 있다는 게 오히려 서글펐다.

와루츠는 먼지를 털어내고 처참하게 변한 책을 비닐에 싸서 가방에 집어넣었다. 이따금 바다에서 불어오는 바람이 코끝을 간지럽혔다. 차폐물이 없는 황야에선 바람이 생각지도 못할 만큼 멀리까지 불곤 한다.

그녀는 문명의 잔해 같은 황야를 바라보았다. 그 전쟁이 모든 것을 앗아갔다고 말하는 사람도 있다. 누군가는 '36시간의 전쟁'이라고 칭한다. 치명적인 재앙이었다고 모두가 생각했다. 전 세계에 연이어 발생한 대재앙이다. 하지만 그게 자연이 내린 시련이 아닌, 수면 밑에서 서서히 진행되던 피할 수 없는 전쟁의 시작이자 끝이었다는 사실을, 사람들은 한순간의 붕괴보다 훨씬 긴 시간이 지나고 나서야 깨닫게 되었다. 고갈된 석유 등의 자원과 최첨단 대체 에너지의 이권. 그 일그러짐 속에서 인간은 자신들이 통제할 수 없는 무기를 들었던 것이리라. 이 모든 사실을 깨달았을 때는 너무 늦은 뒤였다.

계속 무자비하게 팽창하던 대량 파괴 병기는 각국의 주요 도시에 커다란 구멍을 뚫어놓았다. 일본만 해도 다섯 곳이 넘는 도시가 눈 뜨고 볼 수 없을 정도의 참혹한 폐허로 변했고, 공공 서버가 파괴되면서 네트워크에는 악성 바이러스가 넘쳐났다. 선진 시대로 불렸던 그 시절로는 돌아갈 수 없었다.

"이것은 인류가 도달한 하나의 종착점이다."

첫 폭격으로부터 36시간 뒤, 대국의 대통령이 눈물을 흘리며 발표를 했다. 그 뒤로 제3차 세계 대전은 '종착점'이라 불리게 되었다. 인류 역사의 한 단락이 끝나는 순간이었다.

그 전쟁이 모든 것을 앗아갔다고 말하는 사람도 많았다. 하지만 와루츠는 그렇게 생각하지 않았다. 무엇보다 그녀는 애초에 아무것도 가진 게 없었기 때문이다. 전쟁이 끝나고 몇 년이 흘렀지만 길고 긴 전후 혼란기에 태어나 잿더미가 된 들판에 내던져진 그녀에겐 호적조차 없었다. 가진 게 없으면 잃을 것도 없다.

그녀는 도시부에서 태어났다. 전후 혼란기에는 대부분 그렇듯이 태어나자마자 버려졌다. 따라서 부모의 얼굴은 당연히 모른다. 이후 온기를 느꼈던 기억에 뚜껑을 덮어버렸다. 꽤 깊은 곳에 파묻어 버렸기에 와루츠 스스로는 꺼낼 방법이 없었고, 그리고 입양해준 '아빠'에게도 꺼내지 말아 달라고 부탁했다. 멍하니 보냈던 그 새하얀 추억 따윈 와루츠에게 필요하지 않았다. 굶주림과 추위, 고통에 울었던 건 처음 한 번뿐이다.

말도 하지 않고, 놀지도 않고, 그저 폐자재를 모으며 살아가던 그녀를 데리러 온 사람은 크림색 코트와 모자를 쓴 장년의 멋진 신사였다.

“만나서 반갑구나.”

그는 이렇게 말했다.

“만나서 반가워. 난 와루츠라고 한단다.”

모자를 벗어 자신의 가슴에 갖다 댄 그는….

“네 아빠가 되기 위해 왔어.”

와루츠 요시아키라였다. 와루츠 교수라 불리는 사람과의 첫 만남은 이렇게 이루어졌다. 와루츠에게는 스승이자 아버지이자 유일한 가족이 되어준 사람.

도시부 외곽에 작은 조립식 주택이 여러 채 세워져 있었다. 그중 한 집 앞에 서서 딩동, 하고 간이 인터폰을 눌렀다. 주변에선 케케묵은 먼지 냄새 같은 게 났다.

“안녕하세요.”

“누구시죠?”

경직된 여자 목소리가 인터폰을 통해 들려왔다. 조금 안심이 되었다. 와루츠는 천천히 잘 전달되도록 인터폰에 대고 대답했다.

“사에즈리 도서관에서 왔습니다. 대표이자 특별 보호 사서관인 와루츠 유이라고 합니다."

인터폰 너머에서 놀란 듯 숨을 삼키는 기척이 느껴졌다. 와루츠는 이 사람이 뭔가 알고 있다는 걸 순간적으로 알아챘다. 카드 보유자인 이누즈카 온의 개인 단말 정보에 기록된 주소와는 달랐지만, 젊은 여자 혼자서 이런 곳에 사는 걸 보면 뭔가 사연이 있을 거라고 와루츠는 짐작했다.

"돌아가주세요."

잔뜩 굳어 있는 목소리다. 그리고 와루츠가 무언가 말하기도 전에 거듭 소리쳤다.

"돌아가시라구요!"

와루츠는 목소리를 살짝 높이며 의연하게 말했다.

"말하고 싶어지실 때까지 여기서 기다릴게요."

"그러지 마세요, 민폐예요!"

울 것 같은 목소리였다. 와루츠는 자신이 상대를 괴롭히는 것 같아서 조금 당황하며 다시 말했다.

"잠깐 이야기 좀 해요."

거절당할 건 알지만 책이 여기에 있다는 걸 알고 있었기에 포기할 수 없었다.

"부탁이니까 이야기 좀 해요. 저는 계속 여기 있을 거예요."

탁, 하고 난폭하게 내려놓는 소리와 함께 인터폰이 끊겼다. 와루츠는 한숨을 쉬며 조립식 주택 앞에 가만히 주저앉았다.

이곳 말고 다른 입구는 없을 것이다. 그러니 만약 책을 가지고 나가려 한다면 금세 알아챌 수 있었다. 하지만 무슨 민폐냐며 그녀가 화를 낼지도 모르고 폭력을 행사할 수도, 경찰을 부를 수도 있었다.

와루츠는 아까 주운 책을 펼쳐놓고 멍하니 빗물에 젖어 한데 뭉쳐버린 책장을 넘겼다.

'이 책도 거둬 갈까?'

아마 자료적 가치도 없을 것이고 의사도 고치기 힘들 것이다. 제목은 모르지만 데이터베이스에 남아 있다면 그건 알아낼 수 있을 것이다.

와루츠는 마음속으로 물었다.

'아빠, 이 책을 내가 거둬도 될까요?'

전쟁고아였던 와루츠를 데리러 온 사람은 고명한 뇌신경외과 의사였던 와루츠 교수였다. 와루츠는 그때 도시부 병원 안에 있는 고아원에 살고 있었다. 그가 왜 와루츠를 선택했는지는 알 수 없다. 고아 목록에 첫 번째로 이름이 실려 있어서일지도 모르고, 시간이 지나도 아무도 데려가지 않아서였을지도 모른다. 아무튼 지금 생각하면 와루츠 교수가 꽤 긴장했던 것만은 분명하다. 와루츠를 데리러 왔다고 말하고 나서 모든 절차를 끝마친 뒤에 직원이 손을 잡아주라고 말할 때까지, 그는 옆에 와루츠가 있다는 걸 완전히 깜빡한 듯했다.

“손 잡아주세요.”

그 말을 듣고서야 황급히 뻗어준 손은 차갑고 땀이 배어 있었다. 게다가 심각한 얼굴로 어려운 이야기만 해서 어린 와루츠는 와루츠 교수가 무척이나 무서웠다.

그 길로 몇 시간이나 차를 타고 도시부를 빠져 나왔다. 장거리 이동은 처음이라 어린 와루츠가 산길에서 멀미를 하자 와루츠 교수는 뇌신경외과 의사라는 게 믿기지 않을 만큼 허둥댔다. 그 모습을 보며 와루츠는 지금 이 사람이 자신을 어디로 데려가려는 건지 불안해서 견딜 수가 없었다. 그건 말도 안 되게 커다란 저택에 도착한 뒤에도 마찬가지였다. 이곳에서의 생활이, 자신의 미래가 이 사람과 어디까지 이어질 수 있을지 와루츠는 짐작도 할 수 없었다.

와루츠 교수에겐 가족이 없었다. 뿐만 아니라 와루츠 같은 어린 아이와 말해본 적도 없는 눈치였다. 그래서 처음 그와 단둘이 살기 시작했을 땐 숨이 막힐 듯 답답했다. 그는 손님이 왔을 때와 수술실에 들어가 있을 때를 제외하면 커다란 서재에 틀어박혀 책만 읽었다. 집에 드나드는 가정부들은 어린 와루츠를 귀여워해 주었지만, 와루츠는 귀여움받는 법을 알지 못했다.

‘그 사람은 아빠가 되어주러 왔다고 했지만… 아빠란 건 대체 뭘까? 모르겠어….’

한번은 여러 상황이 겹치면서 와루츠 혼자 와루츠 교수의 서재에 남겨진 적이 있다. 평소엔 숨 막히게 느껴졌던 서재도 주인이 없으니 찬란한 적갈색의 공간으로 보였다. 그녀는 가방 밑에 꽂힌 책을 꺼내 두꺼운 양탄자 위로 펼쳐놓았다. 글자는 읽을 수 없었지만 종이의 질감이 좋았다. 책장을 넘기자 뒷면에 그림이 나타났다. 그것만으로도 마치 보물상자를 여는 듯한 기분이었다.

"유이!"

그때, 서재 문이 열리며 손님을 맞으러 갔던 와루츠 교수가 딱딱하게 굳은 얼굴로 들어왔다. 와루츠는 너무 놀란 나머지 멍한 얼굴로 바라보았다. 혼날 거라고 생각했다. 크게 혼나고 어쩌면 버림받을지도 모른다. 필요 없는 아이라고 할지도 모른다. 애초에 이 집에, 그리고 이 사람에게 정말 자신이 필요하긴 한 것일까?

하지만 와루츠 교수는 와루츠에게 천천히 다가오며 물었다.

"재미있니?"

떨리는 목소리였다. 와루츠는 대답하지 않았다. 아니, 대답할 수 없었다는 게 맞을 것이다. 와루츠 교수는 대답을 기다리지 않고 말했다.

"그래, 책이 재미있구나!"

다음 순간, 와루츠의 몸은 공중에 붕 떠 있었다. 와루츠 교수가 그녀를 안아 올려 무릎에 앉히고 책을 펼쳐서 보여주었다.

와루츠 교수에게 안겨본 건 처음이었다. 그에게선 씁쓸한 커피와 담배 냄새가 났다. 와루츠가 놀라서 굳어버린 것도 모른 채, 기분이 좋아진 와루츠 교수는 그녀의 머리를 쓰다듬으며 말했다.

"그래, 그렇지, 너도 책을 읽을 수 있을 거야. 그렇고말고, 내 딸인데!"

내 딸인데. 그 말이 와루츠의 가슴에 내려앉은 순간, 이 사람은 '책'이라고 와루츠는 생각했다. 와루츠 교수에게서는 책장 사이에 있는 공기와 똑같은 냄새가 났다. 어린 마음에 그 인상이 강렬히 새겨졌다.

'이 사람의 모든 게 이렇게 책과 닮았으니까 당신은 책이다.'

그리고 와루츠는 생각했다. 수많은 활자로 채워진 하얀 종이를 눈으로 좇으며. 커다란 무릎 위에서, 그 따뜻한 품속에서, 나도 책이 되고 싶다고. 나도 책이 되어 당신에게 사랑받고 싶다고.

톡, 하는 소리가 나며 읽던 책 위로 빗물이 떨어졌다. 해가 저물어 어두워지는 중이라 잘 알아채지 못했지만, 그렇게나 맑던 하늘이 어느새 먹구름으로 뒤덮여 있었다.

"큰일이네."

와루츠는 책을 가방 안에 집어넣었다. 그러고는 접이식 태풍우산을 꺼내서 쓰려다가 이내 생각을 바꾸어 가방이 젖지 않도록 숄로 가방을 감싸놓은 채 일어섰다.

굵은 빗방울이 와루츠의 뺨을 때렸다. 초가을 비치곤 그다지 차갑진 않았다. 혹시 빗방울이 입에 들어갈까 봐 손으로 입을 틀어막았다. 그게 큰 효과가 없을 것이라는 건 와루츠도 알고 있었다.

빗방울이 조립식 주택 지붕을 때리는 소리가 들렸다. 그때 이웃집에서 허리가 구부정한 노파 한 명이 우산을 쓴 채 종종걸음으로 달려왔다.

"아가씨!"

와루츠는 우산을 씌워주려는 손을 제지하고 머리카락이 비에 젖도록 내버려 둔 채 최대한 부드러운 목소리로 말했다.

"괜찮습니다."

괜찮다고, 노파가 포기하고 갈 때까지 거듭 말하자 노파는 의아한 표정을 지으면서도 도망치듯 자기 집으로 돌아갔다.

"감사합니다."

와루츠는 노파의 뒷모습을 향해 깊이 고개를 숙였다.

그 순간 철컥, 하고 등 뒤에서 문손잡이를 돌리는 소리가 났다. 와루츠가 고개를 돌렸다.

"뭐 하시는 거예요…?"

그곳에는 세 갈래로 땋은 머리에 표정이 어두운 여자가 서 있었다. 연령대를 보면 카드 등록자인 '이누즈카 온' 본인인 것 같았다.

와루츠가 뭐라 말을 하려는데, 시선이 자연스레 시선이 그녀의 배 쪽으로 향했다.

"배가…."

"뭐 하시는 거예요!"

화가 잔뜩 난 목소리와 함께 그녀가 와루츠의 팔을 잡고 집 안으로 확 끌어당겼다.

"빨리 들어오세요!"

와루츠가 넘어질 듯 비틀거리며 좁은 현관으로 들어서자 그녀가 얼굴 쪽으로 수건을 확 던졌다.

"대체 무슨 생각으로 이러는 거예요? 도시부의 비가 몸에 안 좋다는 걸 몰라요?"

이누즈카 씨의 말은 마치 오열하는 것 같았다.

"죽으면 어쩌려고 그러는 거예요!"

방은 어두웠고 희미한 향이 느껴졌다. 미워하고 원망하는 시선이었지만 와루츠에게 던진 수건은 깨끗이 세탁되어 있고 감촉도 부드러웠다.

"그건 미신이에요."

와루츠는 조용한 목소리로 말했다.

"근거 없는 미신이죠."

바다에 가까운 도시부에서 내리는 비에 유독물질이 대량으로 포함되어 있다는 이야기는 과학적인 근거가 없었고 공식적으로 발표된 내용도 아니었다. 만약 그게 사실이라면 도시부 밖에서 내리는 비도 똑같이 위험할 것이다. 사에즈리 쵸에서도 태풍우산을 쓰지 않고 빗속을 걸어 다닌다면 미친 사람 취급을 받겠지.

안심시키려고 한 말이었지만, 그게 오히려 이누즈카 씨를 자극한 것 같았다. 난데없이 이누즈카 씨의 손이 와루츠의 뺨을 철썩, 하고 지나갔다. 커다란 소리에 놀랐지만 소리만큼 아프지는 않았다. 표정만 본다면 되려 뺨을 때린 이누즈카 씨의 손이 훨씬 더 아픈 것 같았다.

"당신 같은 사람이 무책임하게 아무 소리나 해대니까, 당신 같은 사람이…!"

이누즈카 씨는 그대로 주저앉더니 무릎을 끌어안은 채 울음을 터뜨렸다. 와루츠는 자신의 얼굴과 머리카락, 어깨와 팔, 가방을 세심히 닦아냈다. 그런 다음 이누즈카 씨 앞에 똑같이 쪼그려 앉아 그녀의 어깨를 토닥이며 속삭이듯 말했다.

"집에 들여주셔서 감사해요. 대화 좀 해요, 우리."

어둑한 방 안에는 작은 서랍장과 두 개의 위패, 그리고… 그림책 한 권이 있었다.

이누즈카 씨는 와루츠를 위해 난방을 켜주고 물을 끓여 무카페인 차를 타주었다. 이제는 완전히 진정되었는지 대화가 가능한 상태였다.

"이모가 그린 그림책이에요."

이누즈카 씨는 작은 테이블 앞에 앉아 불쑥 말했다. 테이블 위에 있는 그림책에는 《꽃과 아기 다람쥐》라고 적혀 있었다. 그 책은 사에즈리 도서관의 장서이고, 자신이 무단으로 가지고 나왔다고 그녀는 순순히 인정했다.

“이모는… 우리 엄마보다 나이가 훨씬 많았고 꽤 부유했대요. 그림책을 내는 게 꿈이었고요. 자식이 없어서… 제가 태어났을 때 이 책을 완성했다고 해요.”

당시에 출판된 수십 권의 양장본은 결코 시장에 유통될 만한 책이 아니었다.

“그래도 저는 너무 좋았어요. 이 책이.”

전자책이 주류로 자리 잡자 어린이책 역시 전용 단말기와 디지털 데이터로 대체되었다. 더불어 질 좋은 종이와 인쇄가 필요한 그림책은 고급품이 되었다. 학습용 컴퓨터보다 비싼 이 한 권의 책을 이누즈카 씨는 무척 소중히 간직했다. 하얀 표지 중앙에 꽃을 든 다람쥐 그림. 단순하면서 조금 서툴기도 한 이 그림을 무엇보다 사랑했다고 그녀는 말했다.

“하지만 불에 타버려서….”

이누즈카 씨가 주먹을 강하게 말아쥐었다.

“그날… 전부 불타버려서요.”

이누즈카 씨는 종착점 당시 도시부 주변 지역에서 살았다고 했다. 교외에 있는 학교에 다닌 덕분에 목숨은 건졌지만… 집과 가족을 전부 잃고 말았다. 물론 책도. 그리고 추억도.

“다 단념하고 살았어요. 살아가는 것만으로도 벅찼으니까요.”

이누즈카 씨가 자신의 배를 어루만졌다. 그러더니 떨리는 목소리로 말했다.

“그런데 이 아이가 생겨서… 읽어주고 싶었어요. 이 아이에게. 하지만….”

이누즈카 씨의 목소리가 계속 떨렸다.

그녀의 이모가 출판한 이 책은 전자책 라이브러리에도 수록되지 않았다. 이제 포기해야겠다고 생각했을 때, 데이터베이스가 다른 검색 결과를 보여주었다.

“딱 한 권이 사에즈리 도서관에 남아 있다고….”

사에즈리 도서관의 장서는 데이터베이스에 목록이 올라가 있다. 실물이 도서관에 소장되어 있다는 걸 안 이상 찾아가지 않을 수 없었다고, 한 번이라도 직접 보고 싶었다고 변명처럼 말했다.

“하지만 막상 보고 나니까….”

그녀는 야윈 손으로 눈가를 감싸며 필사적으로 말을 이어나갔지만 끝내지는 못했다.

임산부를 위한 방패 앞치마를 이용해 감지 장치를 가리고 책을 훔친 것 같았다. 각종 전자파가 태아에게 미치는 영향에 민감해진 시절에 정부에서 지급한 특수한 앞치마였다. 지금은 유통되지 않지만 장년층이 서랍에서 꺼내 임산부에게 물려주는 경우가 암암리에 제법 있었다.

이누즈카 씨는 바닥에 앉은 채 조금 뒤로 물러나더니 마주 보고 앉은 와루츠를 향해 넙죽 엎드렸다.

"훔친 건 사실이에요. 도둑 주제에 이런 부탁을 드리는 게 뻔뻔하다는 것도 잘 압니다. 그래도 제발 부탁드려요. 이 책을 제게 양보해주세요."

떨리는 목소리로 눈물을 흘리며 말했다.

"돈이라면 얼마든 내겠습니다. 지금은 가진 게 없지만요…. 언젠가, 반드시, 꼭이요."

와루츠는 그 말이 거짓이라고 생각하지 않았다. 그녀는 누구보다도 간절했다.

이런 애원을 예상 못 한 것은 아니었다. 사에즈리 도서관에는 이 세상에 오직 한 권만 존재하는 책도 수없이 많다. 단 한 권이라도 좋으니 양보해달라고 말하는 사람은 지금까지 수없이 만났다.

그들에게 와루츠는 늘 똑같이 답했다.

"안 됩니다."

부드러운 목소리와 온화한 표정으로. 그러면서도 단호하게.

"사에즈리 도서관의 장서는 수십만, 수백만의 돈을 주셔도 양보해드릴 수 없습니다. 단 한 권도."

이누즈카 씨가 휙 얼굴을 들었다. 충혈된 눈알이 튀어나올 만큼 눈을 크게 뜨면서 갈라진 목소리로 말했다.

"어째서죠?"

와루츠는 눈을 내리깔며 조용히 대답했다.

"그 책은…."

얼마나 잔인한 말인지 알면서도 와루츠는 이렇게 대답할 수밖에 없었다.

"제 것이니까요."

이누즈카 씨가 앞으로 몸을 내밀자 쿵, 하고 컵이 쓰러지며 작은 테이블 위로 물이 쏟아졌다. 와루츠는《꽃과 아기 다람쥐》그림책이 젖지 않도록 잽싸게 집어 들었다. 이누즈카 씨는 와루츠에게 애원하듯 매달렸다.

"한 권, 한 권 정도는 없어도 되잖아요! 책을 그렇게 많이 갖고 있으면서…!"

피를 토하듯 절박하게 쏟아내는 말이었다. 와루츠는 책을 무릎 위에 내려놓고 그녀를 달래듯 어루만지며 말했다.

"예전에 이 땅에서 많은 사람이 세상을 떠났지요."

그 36시간이 이 나라의 문명을 뭉개버릴 정도의 타격을 주었다. 중앙 정부가 기능을 상실하면서 지극히 부자연스러운 형태로 지방자치 체제로 전환되었고, 선진 기술 중에서 고에너지와 설비가 필요한 것들은 전부 구식으로 되돌려야만 했다.

"많은 사람이 죽었으니까 살아남은 한 명 한 명은 어떻게 되든 상관없다고, 한 명쯤 더 죽어도 괜찮다고, 그렇게 생각하시나요? 저에겐 사에즈리 도서관의 장서 한 권 한 권이 그만큼의 가치가 있답니다."

이누즈카 씨는 얼굴을 잔뜩 일그러뜨렸다. 분노라는 감정을 훨씬 넘어선 표정이었다.

“치사해….”

그렇게 말하는 건 그 도서관을 직접 봤기 때문일 거라고 쉽게 짐작할 수 있었다. 그 도서관, 그 장서, 와루츠가 가진 막대한 재산을.

“네, 죄송합니다.”

와루츠는 단호하게 말을 이었다.

“전 치사해요. 그래도 드릴 수는 없어요.”

와루츠 교수, 즉 와루츠 요시아키라는 평생 아내를 맞지 않았다. 그는 젊은 시절 한 과학 잡지와의 인터뷰에서 그 이유가 귀찮기 때문이라고 답한 적이 있다. 지식의 탐구와 독서. 그것들이 인생의 많은 부분을 차지하다 보니 반려자가 끼어들 여지가 없다는 이야기였다.

그런데 연구와 독서에만 매진하던 그가 왜 양녀를 두었을까? 와루츠는 끝내 그 이유를 알아내지 못했다. 어떤 과학 잡지에도, 어떤 칼럼에서도 자신에 대해 언급한 적은 없었다. 와루츠에겐 좋은 아버지이자 사랑하는 가족이었지만 몇 안 되는 친구들에겐 단말기 앞에서 언성을 높일 때도 많은 사람이었다. 하지만 그의 동료와 독서광 친구들 중에 괴짜가 넘쳐났던 걸 생각하면 서로 언성을 높이는 것도 일종의 커뮤니케이션이라고 할 수 있었다.

“너야말로 알렉산드리아를 잊지 마!”

그렇게 말하며 단말기를 내던진 적도 한두 번이 아니었다. 알렉산드리아를 잊지 마라. 그것이 그의 입버릇이었다. 아주 먼 옛날에 불타 사라졌다는 세계에서 가장 오래된 도서관. 책은 데이터처럼 영원하지 않다고, 그래서 더욱 멋지고 소중히 다뤄야 하며 사랑할 만한 가치가 있다고 와루츠 교수는 언젠가 담배 연기를 피워올리며 말했다.

"유이, 넌 어떤 책이 좋니?"

함께 조용히 서재에서 책을 읽는 가장 행복한 시간에 와루츠 교수가 물은 적이 있다.

와루츠는 웃으며 대답했다. 양탄자 위에서 뒹굴거리면서.

"다. 다 좋아. 나는 그냥 책이 좋아."

와루츠는 와루츠 교수의 책을 읽는 게 좋았고, 책을 읽는 와루츠 교수가 좋았고, 책을 사랑하는 와루츠 교수가 좋았다. 그래서 책이 좋다고 말할 수 있었다.

와루츠는 학교에 다니지 않았다. 나중에 알게 된 사실이지만, 당시에 전쟁고아였던 와루츠는 입학할 때 관련 증명서를 제출해야만 했다. 그런데 당시엔 지금보다도 훨씬 더 전쟁고아에 대한 편견이 심했다. 그런 이유로 와루츠는 학교에 가본 적이 없었다. 하지만 아쉽진 않았다. 서재에 이렇게나 많은 책이 있고, 책 속에는 이렇게나 배울 것들이 많았으니까.

이 공간이 좋았고 이런 생활이 좋았다. 와루츠에겐 와루츠 교수의 책이 삶의 전부였다. 그 마음이 그에게 과연 얼마만큼, 어떤 식으로 전해졌는지는 모르지만. 와루츠 교수는 담뱃대의 재를 재떨이에 털어내며 눈을 가늘게 뜨고 말했다.

"네게 책을 주려고 한다."

적갈색 방 양탄자 위에서 와루츠는 눈을 동그랗게 뜬 채 와루츠 교수를 올려다보았다.

"요새 옆 병원을 허물고 새 건물을 짓고 있잖니. 최첨단 설비를 갖춘 도서관을 짓는 거란다."

와루츠 교수의 저택 옆에 있던 개인 소유의 연구 시설은 분명 철거되고 있었다. 거기에 도서관을 지을 거라고, 와루츠 교수는 지인들에게 자랑하고 다녔다. 저택의 지하실까지 꽉 들어찬 책을 도서관으로 옮겨 가지런히 배치하고, 그곳에서 사람들에게 책을 빌려줄 거라고. 지금 이 시대에, 그리고 앞으로의 시대에, 책을 박물관이 아닌 도서관에서 직접 빌려볼 수 있다는 데 중요한 의미가 있다고 와루츠 교수는 말했다. 사람들이 책에 대한 애정을 거두지 않기를 원한다며.

도서관 건설은 와루츠 교수의 염원이자 꿈이자 살아가는 목적이기도 했다. 도서관 건설을 목전에 두었을 때 와루츠 교수는 와루츠에게 이렇게 말했다.

"도서관을 네게 줄 생각이야."

와루츠는 어리둥절한 듯 눈을 깜빡거렸다.

"그곳에 보관될 모든 장서를…."

와루츠 교수는 거기까지 말하고 담뱃대에 새 담뱃잎을 채워 넣어 불을 붙이며 자신의 서재를 휘 둘러보았다. 장서 중에서도 특히 총애하는 책을 엄선해 채워 넣은 책장을, 색소가 옅어져 회색이 된 눈동자로 바라보면서.

"내 책을 네게 주고 싶구나. 받아주겠니?"

그 질문을 받았을 때 그녀의 마음을 휩쓴 것은 희미한 불안감이었다. 그 불안감의 정체가 무엇인지는 알 수 없었지만, 와루츠는 두근거리는 가슴을 진정시키듯 웃으며 어깨를 으쓱거린 뒤 장난스럽게 되물었다.

"그 사랑하는 책을 나한테 준다고? 그 많은 책을 다 나한테?"

와루츠 교수의 장서는 계속 늘어나고 있었다. 그 무렵에 이미 그는 기억 회로 이식 수술비를 책으로 받고 있었으니까. 한 사람이 평생 읽을 만한 분량의 책을 한 달에 몇 번씩, 잦을 때는 일주일에도 몇 번씩 들여왔다. 그 속도는 와루츠의 상상의 범주를 훨씬 넘어선 지 오래였다. 저 많은 책이 다 내 것이 된다고?

와루츠 교수는 눈을 가늘게 뜨며 와루츠에게 말했다.

"그럼!"

많은 사람의 마음과 뇌를 고쳐낸, 신의 손을 깍지끼면서.

"넌 내가 만든 도서관의 사서가 될 거야."

그야말로 신의 계시처럼 와루츠 교수는 말했다.

"도서관의 책들이 지구 반대편에 가도 알 수 있도록…. 모든 책, 모든 장서가 네 것이 될 수 있도록…."

와루츠는 그때 느낀 불안의 이유를 꽤 오랜 시간이 지나고 나서야 알게 되었다. 그녀에게 와루츠 교수는 곧 책이었다. 그것을 전부 자신에게 넘겨주고 나면… 아빠는 어떻게 되는 거야?

흐느껴 우는 소리가 들렸다. 처음엔 빗소리인 줄 알았는데, 그게 아닌 것 같다고 와루츠는 몽롱한 의식 속에서 생각했다.

와루츠는 이누즈카 씨의 집에서 하룻밤 자고 가게 되었다. 두 사람의 대화는 평행선만 달리며 조금의 합의점도 찾지 못했다. 하지만 이누즈카 씨는 비가 내리는 도시부에서, 그것도 밤에 내쫓는 매정한 짓은 할 수 없었던 것이리라.

와루츠는 이번 도난 사건을 경찰에 신고하지 않을 참이었다. 하룻밤 묵게 해준 것 때문만은 아니다. 책만 찾는다면 다른 건 아무것도 필요 없으니까.

불이 꺼진 방안은 아무것도 보이지 않을 만큼 깜깜했다. 하지만 서서히 눈이 어둠에 적응하면서 옆에서 자던 이누즈카 씨가 배를 부여잡고 울고 있는 게 보였다.

"이누즈카… 씨…?"

와루츠가 상반신을 일으키고는 이누즈카 씨를 부르며 등을 문질러주었다. 그녀의 뺨에 눈물이 흘러내리고 있었다.

"사서님…."

이누즈카 씨가 와루츠를 불렀다. 그녀의 등, 어깨, 목소리는 가늘게 떨리고 있었다. 배를 만지는 손끝까지도.

"도와주세요, 사서님."

와루츠는 바로 옆에 앉아 몇 번이고 등을 어루만져주며 말했다.

"네, 저 여기 있어요."

와루츠는 와루츠 교수처럼 의사나 연구자는 아니어서 사람을 살릴 능력은 없었지만, 그래도… 옆에서 이야기를 들어주는 것 정도는 할 수 있었다.

"무서워요. 무섭다고요…."

차갑게 식은 이누즈카 씨의 몸이 와루츠의 품으로 파고 들어왔다. 떨리는 어깨와 젖은 눈가를 비벼대며 이누즈카 씨가 신음하듯 말했다.

"낳지 말라고 했어요…."

그 말에 와루츠는 숨을 죽였다.

"그 사람, 아이 아빠가 낳지 말라고…."

본인보다도 어린 와루츠에게 매달리듯이, 그때까지 누구에게도 털어놓지 못한 이야기를 쏟아냈다.

"역시 낳으면 안 되는 걸까요?"

와루츠는 입을 굳게 다물었다. 이누즈카 씨는 자신보다 몇 살은 더 많은 여성이다. 임신 중인 그녀에게 굳이 아이 아빠는 지금 어디서 뭘 하고 있냐고 하지는 않았다. 이 집에는 그녀와 죽은 사람들의 기척밖엔 느껴지지 않았다. 그래서 어쩌면 사별한 것일지도 모른다고 생각했지만… 이누즈카 씨는 도망쳐 왔다고 했다. 가만 있다간 아이가 죽을 것 같았기에 결혼해서 도시부 밖으로 나갔지만, 결국 돌아올 수밖에 없었다고 울먹였다.

지금 도시부는 밖에서 진입하는 건 쉽다. 잠정 정부의 허가만 있다면, 특히 도시부에서 태어난 사람이라면 이재민증을 발급받을 수 있어서 살 곳과 최소한의 생활은 보장받을 수 있다. 평생의 건강을 보장해주진 않지만.

도시부 근교에 사는 물고기는 전부 사멸해 버렸다. 새들 역시 몇 종류만 남기고 급감했다. 그리고 무엇보다 인간의 생활에 커다란 종착점이 찍히고 말았다. 그걸 알면서도, 위험을 감수하면서까지 그녀는 도시부로 도망쳐 왔다고 한다.

"그게…."

이누즈카 씨가 말을 이었다.

"그게, 그 사람이 지우라고 했어요. 어떻게, 어떻게 생긴 아이인데…! 이런 세상에서 아이들이 행복해질 수는 없다고…!"

와루츠의 옷을 움켜쥐며 아이처럼 소리쳤다,

"태어난 순간부터 불행해질 거라고…!"

와루츠가 눈을 가늘게 떴다. 그 전쟁이 모든 걸 앗아갔다고 말하는 사람들도 있지만, 그녀는 그렇게 생각하지 않았다. 그래도 너무나 많은 것을 앗아간 것은 부정할 수 없었다. 그만큼 사람의 마음에, 이 땅 위에, 치유될 수 없는 커다란 상흔을 남기고 간 것 또한 너무나 명백했다.

전후에 태어난 사람들은 때로 질병보다 절망에 잠식당하곤 한다. 전쟁 전처럼 이제는 편리하게 살 수 없다. 과도한 설비가 필요한 기술은 네트워크 단절 탓에 이미 대부분 사라져버렸다. 인구는 급감하고 높은 유아 사망률 탓에 인간의 평균 수명도 60세 이하로 떨어졌다. 바다와 대지는 오염되고 날마다, 아니, 이미 인류에게는 죽음의 그림자가 깊숙이 드리워졌다. 아이를 낳고 인구를 늘리고 싶어도 출생률은 계속 떨어지기만 할 뿐이고, 그에 비례하듯 장애아동의 비율은 증가했다. 미래가 없다는 생각에 빠져들 수밖에 없다. 정말 그런지도 모른다. 이제부터 태어날 아이들은 전부 불행해질 뿐인지도 모른다. 와루츠는 확신할 수 없었다.

그래도 이누즈카 씨는 아이를 낳을 것이다. 남편의 곁을 떠나면서까지 아이를 선택한 사람이니까. 와루츠는 불안에 떨리는 등을 쓰다듬어 주면서 조용히 말을 꺼냈다. 오직 와루츠만이 해줄 수 있는 말을.

"책은 죽지 않아요."

위로하듯이, 기도하듯이, 기원하듯이.

"그게 위안이 되진 못하겠지만…."

와루츠의 목소리도 떨리고 있었다.

"사람은 죽어요. 하지만 죽지 않는 것도 있을 거예요. 그러니까 믿어주세요."

와루츠는 믿어주길 바랐다. 그리고 전하고 싶었다. 이제부터 미래와 싸워나가야 하는 사람들에게는 먼 과거의 생명이 보내는 선물이 있다고.

"이누즈카 씨의 이모님은 돌아가셨지만…."

머리맡에는 하얀 표지의 그림책이 놓여 있었다.

"책은 남아 있잖아요."

와루츠는 생각했다. 행복은 이제부터 직접 만들어가야만 하는 거라고. 하늘에서 저절로 떨어지는 일은 절대 없다. 그래도 우리는, 아무리 고독해지더라도, 혼자가 아니라고 믿고 싶었다.

와루츠에게 "내가 죽어도 책이 남는단다."라고 말을 해준 사람이 있다. 죽기 직전, 생명 유지 장치를 몸에 달고 힘들게 숨을 쉬며. 그런 건 필요 없다고, 와루츠는 처음으로 떼를 쓰며 말했다. 평생 딱 한 번.

"책 같은 건 필요 없어!"

책 같은 건, 책 같은 건 필요 없다고 말한 건 그때가 처음이자 마지막이었다.

와루츠 교수는 병마와 싸우고 있었다. 어쩌면 와루츠를 거둔 시점부터 본인은 이미 알고 있었는지도 모른다. 다가오는 죽음의 공포가, 너무나도 명석했던 그 사람의 마음을 바꿔놓았는지도 모른다고 지금 와루츠는 생각한다. 하지만 그때는 그저 눈물만 쏟았을 뿐이다. 세계를 원망하고, 운명을 원망하면서.

"책 같은 건 필요 없으니까…."

말 안 듣는 고집스러운 아이처럼 그에게 매달렸다. 처음으로 두 사람이 진짜 부녀 같았던 순간인지도 모른다.

"죽지 마, 부탁이야. 날 두고 가지 마, 아빠."

모든 것을 내어주며 와루츠를 아껴준 와루츠 교수지만 그 마지막 바람만은 들어주지 못했다.

"내가 죽어도 책은 남는단다."

마지막으로 자신의 뺨을 쓰다듬으려 한다는 걸 와루츠는 알 수 있었다. 와루츠 교수의 손가락은 1밀리미터도 움직이지 못했지만, 그저 경련하듯 떨리는 그 손을 와루츠는 매달리듯 맞잡았다.

"누군가가 이렇게 말할지도 몰라. 넌… 내 딸이 아니라고."

힘겨운 호흡 사이로 그의 말이 이어졌다.

"하지만… 당당히… 행동해라. 자신감을 가져. 믿어. 책은… 나… 이 작은 뇌에 심어진 회로로 이어져 있으니까…."

두 사람은 혈연으로 이어져 있지 않았다. 유전자도, 혈액형도 전부 달랐지만 두 사람은 가족이었다. 그걸 증명하듯이 그는 와루츠의 뇌에 회로를 심어준 것이다. 이제부터 절망으로 가득할 미래에서 어린 와루츠가 고독해지지 않도록.

와루츠 교수는 갈라진 목소리로 마지막 말을 뱉었다.

"알렉산드리아를 잊지 마라."

그 말은 지금도 와루츠의 마음에 깊이 새겨져 있다. 마치 상흔처럼, 그리고 보석처럼.

"계속 네 곁에 있을 거란다."

와루츠는 임신한 것치고는 너무 야윈 이누즈카 씨의 몸을 끌어안으며 흐르는 눈물도 닦지 않은 채 마음속으로 중얼거렸다.

'미안해요. 이 한 권의 책이 당신에게 얼마나 위안이 되는지, 그걸 세상 누구보다도 잘 알고 있으면서도…. 이 책은 분명 당신의 것일지도 모르지만, 애초에 앞으로 태어날 이 아이의 것일지도 모르는데… 그런데도 드릴 수가 없어서… 이렇게 치사한 저라서 미안해요.'

하지만 절대로 입 밖으로 내지는 않았다. 직접 이야기해서는 안 되는 말 같았다. 그 대신 한없이 따뜻하게 등을 어루만지며 최대한의 위로를 담아 말했다.

"사에즈리 쵸로 오시지 않겠어요?"

그게 확실한 해결책이 될 수 있을지는 모르겠지만…. 와루츠는 떨고 있는 이누즈카 씨에게, 미래의 생명을 품은 소중한 그녀에게 말했다.

"갈 곳이 없으시면요. 아니, 달리 갈 곳이 있어도 괜찮으시다면 사에즈리 쵸로 와주세요."

사에즈리 쵸는 평온하고 아름답다는 것 말곤 내세울 게 없는 동네다. 불편한 점도 많고 정전도 자주 일어나기 때문에 서로 도우며 살아가야만 한다. 하지만….

"그 동네엔 도서관이 있어요."

그리고 도서관에는 책이 있다. 그 책이 이어주는 사람들이 있다. 있는 건 그것뿐이다. 고작 그것뿐이지만…. 아무리 절망하고 공포에 휩싸이더라도 한 장의 종이, 하나의 글자, 고작 그것뿐이더라도 그것이야말로 자신의 전부이며 살아가는 데 필요한 전부일 거라고 와루츠는 생각했다.

그날 밤, 와루츠는 꿈을 꾸었다. 이제는 좀처럼 꾸지 않게 된 오래된 방의 꿈이었다. 와루츠 교수의 서재를 사에즈리 도서관 지하에 그대로 옮겨놓았지만, 당시의 공기와 지금의 공기는 비슷하면서도 전혀 다르다. 그렇지만 이 방은 옛날의 그곳이라고 와루츠는 생각했다. 습도와 온도를 완벽히 조절해도 사라지지 않는 담배 냄새와 와루츠 교수의 기척이 느껴졌으니까.

긴 머리카락을 쓸어넘기며 책을 읽던 와루츠에게 말을 건네는 목소리가 있었다.

"유이."

와루츠는 얼굴을 들고 싶었다. 하지만 시선이 책에 고정되어 움직일 수 없었다. 얼굴을 들고 싶은데도. 아빠가 어떤 얼굴을 하고 있는지, 다시 한 번 잠깐이라도 좋으니 보고 싶은데도.

그저 목소리만 들려왔다.

"이런 시대지만 태어나길 잘했다고 생각하니?"

와루츠는 바닥에 배를 깔고 엎드린 채 책 속 글자를 눈으로 좇으며 미소짓듯 가늘게 뜬 눈으로 행복하게 대답했다.

"아빠 딸로 태어나길 잘했어."

그건 꿈이었는지도 모르고, 기억 회로가 보여준 바람과 환상이었는지도 모른다.

다음 날 아침, 도시부의 비는 완전히 그친 상태였다. 와루츠는 조용히 이누즈카 씨의 집을 빠져나와 주차장에서 책을 읽으며 어제의 그 트럭 기사가 오기를 기다렸다. 정오에 접어들 무렵 어제와 완전히 똑같은 모습의 트럭 기사가 나타났다.

"타!"

그리고 승강대를 내려주며 물었다.

"일은 잘 끝났나?"

"네."

"그럼 빨리 빠져나가자고."

까만 선글라스를 쓴 트럭 기사가 웃으며 말했다.

"역시 여긴 아가씨 같은 젊은 사람이 올 만한 곳이 못 돼."

돔을 빠져나갈 때는 두 사람 모두 검문소에 잠시 내려서 오염도 검사를 받았다. 주요 수치는 어렵지 않게 통과했지만 딱 하나, 와루츠의 가방에서 나온 부스러진 책이 검문에 걸리고 말았다.

책을 몰수하며 오염 검사를 받아야만 한다고 말하는 검문관에게 트럭 기사가 목소리를 높이며 말했다.

"미안하네, 형씨. 이건 원래 화물칸에 있던 물건인데."

그리고 와루츠를 돌아보며 동의를 구했다.

"그렇지? 아가씨."

트럭 짐칸에 실려 있으면 작업용 적하물 전체의 오염도를 측정해서 통과할 수 있기 때문에 임기응변을 발휘한 것이다.

"감사합니다."

다시 차에 타서 안전벨트를 매며 고개를 깊이 숙이는 와루츠에게, 트럭 기사가 웃으며 말했다.

"에이, 뭘. 옷깃만 쳐도 인연이라는데."

옷깃은 치는 게 아니라 스치는 거라고 와루츠는 생각했지만, 그저 감사하는 마음으로 잠자코 있기로 했다.

와루츠는 높은 차체의 차창을 통해 멀어져 가는 도시부를 돌아보았다. 비가 갠 하늘에는 희미한 무지개가 걸려 있었지만… 호들갑을 떨지도 않았다. 사람이 없는 조용한 도시에. 구름 사이로 햇빛 한 줄기가 내려왔고, 하늘에는 무지개만이 걸려 있었다.

내일 중엔 돌아간다고 사에즈리 도서관의 사토미 씨에게 메일을 보낸 뒤, 와루츠는 기차 안에서 천천히 《꽃과 아기 다람쥐》라는 그림책을 읽었다. 서툰 그림과 대단할 것 없는 문장이었다. 하지만 까끌까끌한 종이의 질감이 주인공 다람쥐의 표정을 풍부하게 만들어 주었다.

책 한 권이 아이에게 과연 얼마만큼의 영향을 줄 수 있을까? 이 책을 만든 여성은 책이 나온 뒤에 그저 돈 많은 사람의 취미 생활이라는 말을 들었을지도 모른다. 그러나 때로는 이야기가, 책이 사람의 마음에 그 실체 이상의 선명한 것을 남기고 인생을 움직인다. 책에는 그 정도의 힘이 있다는 걸 와루츠는 잘 알고 있다.

그림책을 다 읽은 와루츠가 창밖을 내다보았다. 사에즈리 쵸에 가까워질수록 풀과 나무가 많아지고 평화로운 마을 풍경이 펼쳐졌다. 드디어 돌아왔다는 실감이 났다.

'이번 여행을 잊지 못할 거야. 이 책도.'

와루츠는 생각했다.

와루츠가 사에즈리 쵸에서 가장 가까운 역에 도착하자 무엇보다도 따뜻한 사람 냄새에 휩싸였다. 역 안에서 바쁘게 오가는 운송업자, 달콤한 냄새를 풍기며 빵을 굽는 사람…. 가로수에 앉은 작은 새가 지저귀는 소리도 좋았다. 그리고 그곳에는 그녀를 기다리는 키 큰 누군가가 있었다.

"어머."

와루츠가 눈을 깜빡거렸다. 사람이 많지 않은 사에즈리 쵸의 역에서 유독 눈에 띄는 사람이었다.

"오셨어요…?"

가죽 재킷을 입은 탄고 군이었다.

"어떻게 온 거야?"

와루츠는 달려가서 물었다. 마침 경비원이 일찍 퇴근할 수 있는 날이긴 했지만 와루츠가 온다는 건 몰랐을 것이다.

"사토미 씨가…."

탄고 군이 언제나처럼 시선을 피하며 대답했다.

"비가 오기 전에 마중 나가 달라고 해서요."

그리고 와루츠에게 건넨 것은 묵직한 헬멧이었다. 바로 옆에는 탄고 군의 커다란 오토바이가 보였다.

"나, 여기 타야 하는 거야…?"

"아니면 옆에서 뛰어가시게요?"

"아니."

와루츠가 말하자 탄고 군이 피식 웃은 것 같았다. 등을 돌리고 있어서 얼굴은 보이지 않았지만.

"고마워."

와루츠가 말하면서 뒷자리에 앉았다. 그리고 탄고 군을 붙잡으며 물었다.

"그런데 말이야… 탄고 군은 태어나길 잘했다고 생각해?"

순간적으로 탄고 군의 움직임이 멈췄지만, 이내 손목을 돌려 시동을 걸었다. 그의 손에서 키잉, 하는 낮은 금속음이 들렸다. 오토바이를 운전해본 적이 없는 와루츠는 그게 무슨 소리인지 몰라 고개를 갸웃거렸다. 그리고 엔진에 시동이 걸렸을 때였다.

"뭐…."

그가 불쑥 낮은 목소리로 대답했다.

"태어나길 잘했다 싶기도 하고, 괜히 태어났다 싶기도 하고 그렇죠…."

그 대답은 와루츠에겐 조금 의외였지만… 한편으로는 무척 공감이 가기도 했다.

"그러네…. 그때그때 다르겠지."

날렵한 등에 살짝 머리를 기대며 생각했다.

탄고 군의 오토바이가 잘 포장된 사에즈리 쵸의 도로를 달리고 달렸다. 평온한 석양에 물든 가로수를 바라보며, 와루츠는 집에 돌아왔음을 실감했다. 석양이 지는 사에즈리 쵸의, 살짝 회색빛 나는 하늘이 잘 돌아왔다고 말해주는 것만 같았다.

이 나라가, 그리고 세계가 어디로 향해 갈지는 아무도 모른다. 인간이 없는 세상에 책만 남게 될 날이 올 수도 있다. 하지만 그것도 나쁘지 않을 거라고 와루츠는 생각했다. 설령 책만 남게 되더라도. 미래가 오면 물질은 반드시 소멸한다.

데이터는 영혼일지도 모른다. 하지만 영혼은 형태가 없다. 멸망해 가는 것이기에 믿을 수도 있고 아름다울 수도 있는 거라고, 지금의 와루츠는 말할 수 있었다.

언젠가는 잊힐 순간들이다. 그래도 그저 지금은 이렇게 책에 둘러싸여 행복하게 살아갈 수밖에 없다. 마땅히 사랑해야 할 것들을 사랑하면서. 그리고 어느 아주 맑은 날에 어떤 이용자를 맞이할 것이다. 아기를 안은, 조금 지쳐 보이지만 행복한 얼굴의 이용자가 오면 와루츠는 미소로 맞이할 것이다.

"사에즈리 도서관에 오신 것을 환영합니다."

세계가 아무리 바뀌어도,
인간이 아무리 바뀌어도,
설령 문명이 크게 쇠퇴하더라도
책은 죽지 않는다.
책을 사랑하는 사람이 있는 한은.

번외편

한밤중, 도서관의 아이들

"올해 체험활동은 도서관으로 결정됐어요."

조회 시간에 담임인 코토 선생님이 말했다. 나이토는 교실이 술렁거리는 걸 느꼈다.

"선생님!"

반장인 시오가 손을 들었다. 시오는 평소에도 말이 많은 여자아이인데, 이럴 때도 누구보다 빠르게 반응했다.

"도서관에서요? 거기서 뭐 해요?"

나이토도 궁금했다. 왜 도서관이지? 거기서 할 게 있나?

"뭐 할 것 같니?"

코토 선생님이 씨익 웃었다. 선생님은 가끔 이런 짓궂은 표정을 짓곤 했다.

"그러니까 다들 주말 체험활동 전까지 책과 도서관에 대해 조사해 와. 연락 메일을 보냈으니까 집에 가면 가족들한테도 이야기하고. 그럼 이따 보자."

"차렷! 경례! 착석."

시오의 목소리가 울려 퍼진 뒤 선생님은 손을 흔들며 교실을 나갔다.

1교시 과학 수업이 시작될 때까지 10분이 조금 넘게 남았다. 교실 안 아이들이 제일 먼저 한 일은 손목에 착용한 소형 단말기, 즉 씨셀을 켜는 것이었다.

씨셀은 초등학생이라면 누구나 갖고 있는 표준 단말기다. 주로 쓰는 손의 반대편에 착용하는 게 일반적인데, 그 단말기 하나에 데이터 통신 및 통화 기능, 비상시 발신기 기능까지 담겨 있다. 학습 단말기와 동기화할 수도 있어서 아이들은 숙제를 일일이 알림장에 적을 필요도 없다. 보안 기능이나 사용 범위는 보호자와 학교에 의해 제한되므로 수업 중에 갖고 놀거나 하는 것은 불가능하다.

예상한 대로 '1박 2일 체험활동 안내'라는 제목의 데이터가 송신되었기에 다들 안내문을 열었다. 1교시가 시작되기 전엔 씨셀에 조작 제한이 걸려 있지 않았기에 팟, 하는 소리와 함께 눈앞 공간에 문자 데이터가 투사되었다. 나이토 같은 초등학생도 볼 수는 있지만 기본적으로는 보호자에게 보내는 내용이었다.

1박 2일 체험활동 안내

*일시: 5월 30일~31일

*준비물: 체육복, 도시락, 상비약 외에 취침에 필요한 물건

*장소: 사에즈리 도서관

*기타: 실물 책을 접할 수 있는 귀중한 기회입니다.

질문이나 요청 사항이 있으면 담임 선생님에게 연락하세요.

"사에즈리 도서관?"

"나 알아. 사에즈리 쵸에 있는 도서관이잖아. 우리 아빠가 가끔 거기 가."

그렇게 말한 건 반장인 시오였다. 나이토는 시오에게 설명을 듣기가 싫어 '사에즈리 도서관'의 정보 데이터를 불러내려 손가락을 움직였다. 액티브 커서가 반응하며 사에즈리 도서관에 대한 설명이 나왔다.

<사에즈리 도서관이란?

종이책이 매우 귀중해진 현대에 실물 책을 무료로 빌릴 수 있는 사립 도서관. 해외에서 방문하는 사람도 많다.>

대상이 초등학교 중학년이었기에 그 정도의 데이터밖에 나오지 않았다. 연령 범위를 더 넓히면 많은 사실을 알 수 있을 것이다.

"휴, 맥 빠져."

시오의 실망한 목소리가 교실에 울려 퍼졌다.

"우리 언니는 수족관에 간다고 했고, 다 함께 놀이공원에서 자고 오는 반도 있는데 왜 우리는 하필 도서관이야? 도서관엔 책밖에 없잖아."

일부러 다 들으라고 말하는 게 참 눈꼴 사납다고 나이토는 생각했다.

"난 좋은데."

시오 옆에 있던 니지코가 말했다.

"책은 뭔가 멋지잖아."

니지코는 좋은 환경에서 자란 부잣집 여자아이로, 늘 하얀 블라우스를 입었다. 겉으로 드러내진 않지만 몰래 짝사랑하는 남자아이들이 많았고, 니지코를 딱히 좋아하지 않는 나이토조차도 가까이 있으면 가슴이 조금 설레곤 했다. 그래서 굳이 말하자면 대하기 껄끄러운 아이였다.

"니지코는 오래된 걸 좋아하잖아. 물론 도서관에서 어린이한테 책을 만지게 해주진 않겠지만."

"그래? 코토 선생님은 전에 도서관에서 빌려온 책을 읽게 해주셨잖아."

"그야… 선생님이 빌려온 거니까 그렇지."

나이토도 기억이 났다. 담임인 코토 선생님이 글자 쓰기 시간에 책을 보여주었고, 아이들은 조심스럽게 책을 만졌다.

'까끌까끌했어.'

교과서는 전부 책상에 부착된 디스플레이에 표시되고, 학교에서 대여할 수 있는 전자책은 모두 씨셀에 들어 있다. 책이란 걸 몇 번 본 적이 있긴 했다.

'그렇게 비싸다니 뭔가 이상해.'

게임이나 비디오보다 옛날 물건인 책이 더 비싼 게 도무지 이해가 안 됐다.

세상에 책이 넘쳐나던 시대가 있었다고 한다. 나이토와 친구들이 태어나기도 전에. 책이라고 하면 책의 모양과 감촉, 무게 같은 게 맨 먼저 떠올랐다. 책은 참 신기했다. 그 큰 물건에 들어가는 정보라고 해봐야 얼마 되지도 않았다. 그런 물건이 많으면 집이 금세 발 디딜 틈도 없어질 것이다. 그런데도 다들 집에 책을 많이 갖고 있었다며 선생님은 웃었다.

하지만 지금은 그런 시대가 아니다. 종이도 잉크도 비싸다 보니 자칫하면 중고차보다 비싸질 수 있는 게 책이다. 그러니 그런 시대가 아니라서 다행이라고 나이토는 생각했다. 데이터 자체는 공간도 차지하지 않고 저렴하다. 검색도 가능하고 복사하기도 쉽다. 좋은 점밖에 없다.

"쓸데없이 돈을 많이 쓰는 걸 사치라고 하는 거 아냐?"

다 안다는 얼굴로 떠든 사람은 시오였다. 저 녀석은 말할 때마다 얼마나 얄미운지.

아무튼 책이 그렇게 가치가 있다면 책 한 권을 수만 권이나 담을 수 있는 단말기는 그 수만 배의 가치가 있을 거로 생각하고 있을 때, 교실 구석에 앉아 있는 쥬리가 눈에 들어왔다.

쥬리는 조금 특이한 녀석이었다. 늘 어두운 표정으로 고개를 숙이고 있고 아이들과 눈도 마주치지 않았다. 그렇지만 무엇보다 다른 점은 쥬리는 대화를 할 수 없었다. 귀는 잘 들리는 것 같지만 말을 하지 않았다.

나이토도 그렇고 다른 아이들도 그렇고 친구를 괴롭히거나 따돌리는 것은 절대 안 된다고 귀에 딱지가 앉도록 들었던지라 대놓고 쥬리를 무시하거나 하진 않았다. 하지만 쥬리와는 친하게 지내기가 어려웠다. 그런데 어찌 보면 쥬리가 다른 아이들을 무시하는 것일지도 몰랐다.

나이토가 씨셀을 켜서 쥬리에게 메시지를 보냈다. 반 아이들 모두가 볼 수 있는 오픈 채팅방이었다. 교실 안에서 모두에게 들리도록 말하는 거나 마찬가지였다. 방금 시오가 그랬듯이.

'도서관이래. 어떻게 생각해?'

쥬리는 현실에서 말을 하지 않는다. 그 대신 메시지에는 대답해주었다.

'책은… 싫어.'

그 말에 나이토가 얼굴을 들었지만 쥬리는 여전히 씨셀을 끌어안듯 하며 고개를 숙이고 있다. 고개를 돌렸더니 오픈 채팅방을 봤는지 조금 걱정스러워하는 표정의 시오가 보였다. 눈이 마주쳐서 나이토는 살짝 어깨를 으쓱해 보였다.

아이들 모두 집에서 저녁을 먹고 체험활동을 하는 현장에서 집합하기로 했다. 처음 가보는 사에즈리 도서관은 학교보다 훨씬 새 건물이라 나이토는 깜짝 놀랐다. 책이 있는 곳이니 건물도 골동품 같을 거라고 상상했다.

반 아이들이 하나둘 차를 타고 도착했다. 차를 안내하는 사람은 유니폼을 입은 경비원 형이다. 얼굴이 좀 무서워 보였는데 코토 선생님이 친근하게 말을 붙이고 있었다.

"코토 선생님."

누군가 코토 선생님에게 말을 건넸다. 처음 보는 아줌마다 싶었는데, 그 뒤에 쥬리가 숨어 있었다.

'쥬리, 왔구나….'

나이토는 쥬리가 안 올 거라고 막연히 생각했다. 선생님이 늘 지켜보기도 하고, 집에서도 엄격하게 지도가 이루어지기 때문에 아이들이 쥬리의 험담을 하거나 쥬리를 따돌리는 일은 없었다. 하지만 쥬리 자신도 언제나 혼자 있고 싶어 하는 것처럼 보였고, 학교생활에도 흥미를 느끼지 못하는 것 같았으니까.

나이토는 쥬리에게 한 번 직접 물어본 적이 있었다. 오픈 채팅방이 아닌 상대에게만 보이는 다이렉트 메시지로.

'학교, 재미없어?'

답장이 금방 왔다. 쥬리는 항상 누구보다 반응이 빨랐다.

'집보다는 나아.'

목소리가 아니라 글자여서 나이토는 쥬리의 그 말이 담고 있는 뜻을 정확하게 파악할 수 없었다.

"부디 잘 부탁드립니다."

쥬리의 어머니는 허리를 굽혀 인사하더니 꽤 오래 그대로 있었다. 말을 하지 않는 점만 빼면 쥬리가 다른 아이들과 다를 것도 없는데 저렇게까지 할 필요는 없지 않나, 엄마가 저렇게 하는 걸 쥬리도 좋아하지 않을 텐데. 그렇게 생각했지만 당연히 입 밖으로는 한 마디도 꺼내지 않았다.

코토 선생님이 손에 든 단말기로 모든 학생의 위치를 파악했다.

"이제 다들 모인 것 같네."

데리고 와준 엄마들과 인사를 하고 헤어진 뒤 학생들만 도서관으로 향했다.

자동문이 열렸다가 닫혔다. 첫 번째 문과 두 번째 문. 두 개의 문을 넘어 밝은 도서관 안으로 들어가자 전혀 다른 공기에 아이들은 깜짝 놀랐다.

"무슨 냄새지?"

달달했다.

"나무 냄새가 나."

그렇게 말한 사람은 니지코였다. 이게 나무 냄새라고? 나이토는 강아지처럼 코를 킁킁거렸다.

도서관은 대낮처럼 밝았다. 홀에는 종이책이 가득 전시되어 있었다. 그리고 안내데스크 앞에 한 여성이 서 있다.

"어서 오세요."

따뜻한 미소로, 등 뒤에 있는 책을 전부 짊어진 듯한 모습으로 그녀가 말했다.

"사에즈리 도서관에 온 걸 환영합니다. 저는 이 도서관의 대표이자 특별 보호 사서관인 와루츠라고 해요."

코토 선생님이 다가왔다.

"안녕하세요, 와루츠 씨."

와루츠 씨. 나이토에겐 인상적으로 느껴지는 어감이었다.

학생들이 홀에 있는 의자에 앉자 선생님이 학생들 앞에 섰다. 온통 책들에 둘러싸여 있자니 나이토는 왠지 불편한 기분이 들었다.

"여러분에게 먼저 한 가지 말할 게 있어요."

코토 선생님은 모두를 빙 둘러보았다. 그녀 옆에선 와루츠 씨가 미소 짓고 있었다.

"이곳 도서관은 지식의 보고예요. 책 한 권 한 권에 무척 중요한 정보와 중요한 감정이 담겨 있어요."

감정? 책에 담긴 감정이란 게 뭐지? 나이토는 생각했다. 하지만 코토 선생님은 아이들이 질문하기도 전에 눈이 휘둥그레질 만한 말을 꺼냈다.

"체험활동을 하는 동안 선생님이 여러분의 씨셀을 맡아 두고 있을 거예요."

어어, 하는 소리가 울려 퍼졌다. 그 속에는 당연히 나이토의 목소리도 있었다. 자기 목소리가 생각 외로 멀리까지 가자 나이토는 깜짝 놀랐다. 넓은 도서관 전체에서 메아리가 치는 것 같았다.

코토 선생님은 이런 반응을 충분히 예상한 듯했다.

"모처럼 왔는데 단말기만 보고 있으면 안 되겠죠? 그리고 이곳은 안전하니까 불안해할 필요 없어요."

그러고는 짓궂어 보이는 미소를 지었다.

"어차피 집에서도 취침 시간이 되면 씨셀이 자동으로 정지되니까 그게 그거라고 생각하세요. 보호자 동의는 이미 얻었어요."

코토 선생님의 말에도 아이들의 동요는 가라앉지 않았다. 단말기 없이 뭘 해야 할지도 몰랐고, 집이면 몰라도 낯선 곳에서 씨셀을 풀어놓는 게 아무래도 불안했다. 수면 모드에 들어가도 부모님이나 선생님의 호출을 들을 수 있도록 잘 때도 머리맡에 놓아두는 게 보통이었다. 통신을 야간 모드로 전환하기만 하면 되지 않느냐고 말해보려는 순간이었다.

"선생님!"

시오가 손을 높이 들었다.

"그렇게 하면 쥬리와 이야기할 수가 없잖아요!"

시오, 나이스 플레이! 나이토는 생각했다.

그랬다. 나이토도 깜빡하고 있었지만 씨셀이 없으면 말을 하지 않는 쥬리가 다른 아이들과 대화할 수단이 사라져 버린다. 모두의 시선이 조금 떨어진 곳에 앉아 있던 쥬리에게 집중되었다. 쥬리는 언제나처럼 입을 다문 채 가방 안을 뒤적였다. 그리고 수첩 크기의 태블릿 단말기를 꺼냈다.

코토 선생님이 입을 열었다.

"쥬리는 필담용 태블릿을 쓰면 돼. 물론 인터넷 회선은 차단되어 있지만. 됐지? 오늘 밤은 책하고 마음껏 놀다가 책과 함께 자렴."

아이들은 서로 눈을 마주쳤다. 불만은 가득했지만 어떻게 반박할 수가 없어서 우왕좌왕하는 사이 모두의 씨셀이 회수되었다. 손목이 갑자기 가벼워지자 나이토는 허전해진 손목이 계속 신경이 쓰였다. 슬쩍 쥬리 쪽을 보니 혼자만 태블릿을 들고 있는 모습이 왠지 평소보다 훨씬 불편하고 안색도 안 좋아 보였다.

이번에는 도서관 사서라는 와루츠 씨가 도서관에 대해 친절하게 설명해주었다.

"도서관에 있는 책은 전부 마음대로 열람할 수 있습니다."

와루츠 씨는 어른 대하듯 정중하게 설명했다.

"열람이요?"

한 아이가 묻자 와루츠 씨가 싱긋 웃었다.

"본다는 뜻이에요."

그러자 다들 서로 얼굴을 마주 보았다.

"하지만 책은 엄청 비싼 건데."

나이토가 무심결에 중얼거렸다.

"맞아요. 책은 비싸죠. 책은 비싸기 때문에 조심해서 다뤄야 하기도 하지만…."

와루츠 씨가 천천히 말을 이었다.

"그것보다 이 도서관의 책들은 저한테는 아주 소중한 물건이니까 소중히 다뤄 주세요. 여러분, 부탁드립니다."

와루츠 씨가 고개를 숙였다. 어른들이 혼을 내서 아이들이 고개를 숙이는 일은 있어도 아이들한테 고개 숙이는 어른은 처음 봐서인지 아이들은 어안이 벙벙해졌다.

"책을 어디서 꺼냈는지 기억했다가 가능하면 원래 자리에 돌려놔 주세요. 잘 모르겠으면 아무 데 놓지 말고 안내데스크로 가져오세요."

와루츠 씨가 물 흐르듯 자연스럽게 설명을 이어나갔다.

"읽고 싶은 책이 있다면 제가 찾아드리고 싶지만… 체험활동도 수업인 셈이어서 여러분 스스로 찾을 수 있도록 해달라고 코토 선생님이 말씀하셨답니다."

그러고는 살짝 웃었다.

"대신 검색용 단말기는 언제든 사용해도 좋습니다."

고개를 돌리자 단말기가 보였다. 단말기는 몇 군데 더 있다고 했다. 나이토는 가슴이 두근두근했다.

"또한, 오늘 밤에는 특별히 지하 서고도 개방하겠습니다. 지하 서고에는 정말로 보기 힘든, 오래된 책들이 보관되어 있어요. 관심이 있다면 꼭 내려가 보세요."

와루츠 씨는 신기할 만큼 즐거워 보였다. 그녀는 화장실 위치와 유사시에 사무실로 연락하는 방법을 설명하고, 어린이책이 비치된 서가의 카펫 위가 취침 장소라고 알려주었다. 물론 체험활동에서 얌전히 일찍 자는 아이는 이 세상에 존재하지 않는다.

"체험활동도 수업인 셈이니까…."

코토 선생님이 마지막으로 모두를 돌아보며 말했다.

"체험활동의 마지막 일정은 글을 써서 발표하는 거예요. 도서관이니까 웬만하면 독후감…을 써야겠지만 하룻밤 만에 책 한 권을 읽는 건 선생님한테도 어려운 일이니까요."

당연하지. 또 한 번 아이들이 술렁였다.

"주제는 '나와 닮은 책'이에요. 이 도서관에서 나와 닮은 책을 한 권 찾아서 그 책의 어떤 점이 닮았는지를 쓰는 거예요."

"닮았다는 건, 내용 말인가요?"

시오가 손을 들며 말했다.

"내용도 좋고, 뭐든 괜찮아요. 기대할게요."

한숨 섞인 숨소리가 곳곳에서 들려왔다.

코토 선생님은 이따금 학생들에게 어려운 숙제를 내곤 했다. 이런 과제가 씨셀의 커리큘럼 안에 있을 리 없다. 아무튼 독특한 선생님이다. 독특하지 않다면 도서관에서 하룻밤을 보낼 생각 같은 걸 하지도 않았겠지.

다시 와루츠 씨가 입을 열었다.

"그럼 여러분…."

그러고는 검지를 세워 자기 입술에 갖다 대면서 말을 맺었다.

"멋진 도서관의 밤을 즐겨주세요."

체험활동의 취침 시간은 10시였다.

"지금 몇 시야?"

도서관이 아이들 차지가 되자마자 그런 목소리가 들렸다. 다들 반사적으로 손목을 봤지만 씨셀을 차고 있지 않다는 걸 깨달았다.

"시계가 있나?"

"저기 있어. 8시네."

"아, 불편해."

그런 목소리가 여기저기서 들렸다. 나이토가 제일 먼저 다가간 곳은 검색용 단말기였다.

"뭐 해?"

근처에 있던 아이가 말했다. 다들 어디서부터 시작해야 할지 모르는 눈치였다.

"글쎄."

나이토가 인중을 긁으며 말했다.

"데이터베이스에 연결되어 있다는 건 인터넷 회선을 쓸 수 있단 얘기잖아. 검색 시스템 말고 혹시 다른 프로그램을 실행시킬 방법이 없나 해서."

"그런 건 네 특기잖아!"

특기라고 할 정도는 아니지만 반 아이들 중에서 가장 잘하는 건 사실이었다. 아직은 간단한 프로그래밍밖에 못 하지만 학교 교실 단말기의 보안 허점을 파고들어서 게임을 실행시켜 환호를 받은 적도 있었다. 어른이 되면 통신 시스템 관련 일을 하고 싶었다. 부모님은 힘든 일이라며 별로 응원해주지 않았지만.

"책은 재미없어. 게임하자, 게임!"

나이토는 딱히 게임을 하고 싶지는 않았다. 하지만 선생님 마음대로 씨셀을 가져간 건 불만이었다. 그래서 아주 작은 복수를 하고 싶었다.

"뭐야, 이거."

나이토가 미간을 찡그렸다.

"아예 안 뚫리잖아."

단순한 검색 시스템일 거라 예상했지만 강력한 프로텍트가 걸려 있었다. 어쩌면 단말기 자체를 검색 전용으로 만든 건지도 몰랐다. 나이토가 짐작할 수 있는 건 이 정도였다. 다기능성이 주류가 된 오늘날, 검색 전용 단말기가 얼마나 사치스러운 물건인지 나이토 수준에서는 짐작할 수 없었다.

지금은 네트워크에서 차단당한 상태라는 사실을 깨닫자 나이토는 확 겁이 났다. 좀 전까지는 어른들의 통제를 받긴 해도 회선을 통해 어딘가와 연결되어 있을 거라는 안도감이 있었다. 그런데 씨셀을 빼앗기고 데이터베이스에도 접속할 수 없게 되자 두려움이 덮쳤다.

"칫."

나이토는 속마음을 들키지 않으려고 과장된 몸짓으로 포기를 선언했다. 주위에서 구경하던 아이들도 뿔뿔이 흩어져 버렸다.

"술래잡기하자."

"숨바꼭질도 재밌을 것 같은데."

"그러면 책은 언제 봐?"

시오가 날카롭게 말했다. 남자아이들이 죄다 시선을 피했다.

"아니…."

"책은 재미없잖아…."

시오 옆에서 니지코가 작은 목소리로 말했다.

"그래도 책 읽는 사람은 멋있던데."

그 말의 효과는 엄청났다. 다들 뿔뿔이 흩어져 책장 사이로 사라졌다. 시오의 얼굴에 '남자아이들은 참 단순하다.'라고 쓰여 있는 것 같았다. 자신도 그런 남자아이 중 하나가 되고 싶진 않았지만 달리 할 일도 없었기에 나이토는 책장으로 향했다.

손으로 책을 들어보는 건 처음이었다. 묵직한 책이 있는가 하면 허무할 만큼 가벼운 책도 있었다. 두께도 크기도 비슷한데 무게가 다르기도 했다. 신기했다. 나이토는 고개를 갸웃거리며 여러 책을 쓱쓱 펼쳐보았다. 펼치는 순간 비닐 쓸리는 듯한 소리가 나는 책도 있었다. 갑자기 손안에서 소리가 나니 조금 무서웠다.

'망가지면 물어내야 할 거야.'

설사 물어내지는 않더라도 심하게 혼이 날 것이다. 내용을 봐도 별로 재미가 없었기에 책을 코 가까이 대보았다.

'나무 냄새인가?'

나이토는 확실히 알 수 없었다. 자신이 아는 나무 냄새랑은 다른 것 같기도 했다. 조금 달콤한 듯하면서 코를 자극하는 냄새였다. 한 권 한 권 확인해 보니 책마다 냄새가 달랐다. 감촉도 그랬다. 바삭거리는 책도 있고 매끈매끈한 책도 있고, 모래가 붙은 것처럼 까끌까끌한 책도 있다. 아무튼 사방 어디를 둘러봐도 책뿐이다.

'미로 같네.'

한숨을 쉬며 손에 닿은 책을 뽑아 들자 그 자리에 눈이 딱 보여서 나이토는 깜짝 놀랐다.

"헉!"

그러자 웃음소리가 들렸다. 시오였다. 책과 책 사이로 시오가 물었다.

"괜찮은 책 좀 있었어?"

"괜찮은 책?"

비아냥거리는 게 아니라 나이토는 어떤 책이 괜찮은 책인지 정말로 몰랐다. 시오 옆으로 보이는 머리는 니지코 같았다.

"그 책은 뭐야?"

시오가 책을 소중히 끌어안고 있기에 나이토가 책장 너머로 물었다.

"이거? 여자 축구 책."

시오는 주말마다 축구 클럽에 나간다는 말을 들은 적이 있다.

"일본 여자 축구팀이 월드컵에서 우승한 적이 있대. 그렇지 않아도 당시 기록이 있는 책을 꼭 보고 싶었어. 인터넷에는 동영상밖에 안 나오니까."

나이토는 동영상이 있으면 책은 필요 없지 않나 생각했지만, 입 밖에 내진 않았다. 시오는 조금 쑥스럽게 웃었다.

"이 책이 나랑 닮은 책인 것 같아."

"그래…?"

더 궁금한 점은 없었지만, 빨리 책을 찾아낸 게 부럽기는 했다.

"너는 좀 찾아봤어?"

책 사이를 들여다보며 니지코가 물었다.

"아직."

나이토가 어깨를 으쓱이며 되물었다.

"너는?"

"나? 나도 찾았어."

니지코는 슬쩍 하늘색 표지를 보여주었다.

"내가 좋아하는 화가가 그린 그림이야. 이 화가는 책에 들어가는 그림만 그린다던데, 찾아서 기뻐."

"아, 그래…."

니지코가 자기한테 딱 맞는 책을 골랐다는 생각이 들었다. 나이토는 책을 다시 꽂으며 대화를 중단하고 작년에 독후감을 쓰느라 읽었던 모험소설을 떠올렸다. '명작극장'이라는 시리즈의 전자책이었다.

"혹시 그 책이 종이책으로도 나왔으려나…."

일단 검색해보기로 했다. 아까 살펴봤던 검색용 단말기에는 아이들이 몰려 있었다. 빈 단말기를 찾아 불이 꺼진 오디오룸에 들어서는데, 웅크리고 앉은 그림자가 움직이는 바람에 나이토는 화들짝 놀랐다.

"으악!"

희미한 빛과 함께 드러난 실루엣이 어딘가 익숙했다.

"쥬리?"

나이토가 옆에 쪼그려 앉았다. 안색이 안 좋아 보였다.

"괜찮아?"

나이토는 쥬리의 어깨를 조심스럽게 만지며 물었다. 그러자 쥬리가 얼굴을 찡그리며 손가락을 빠르게 움직였다.

'괜찮아.'

'괜'까지 입력하자마자 자동 완성 문구 기능으로, 처음 뜬 단어였다. 믿음이 가지 않는 말이었다.

"선생님 부를까?"

쥬리가 고개를 가로저었다. 또다시 물어보려는 나이토에게 쥬리가 다시 타이핑을 해 보였다.

'책이 싫은 것뿐이야.'

주위를 둘러보니 오디오룸 벽에도 책이 가득했다. 나이토는 갸웃했다. 책이 싫어서 몸이 안 좋아진 건가? 만약 그렇다면, 그렇게… 그렇게 상태가 안 좋아질 만큼 싫으면 굳이 왜 왔지? 안 온다고 해도 됐을 텐데 이해가 안 됐다.

"혹시 책이 너무 싫어서 몸이 안 좋아진 거야?"

쥬리는 입을 꾹 다물었다. 아아 정말, 답이 안 나온다고 나이토는 생각했다. 온라인에선 쥬리도 얼마나 말을 잘하는지 모른다. 하지만 직접 눈을 보며 말을 하면 꼭 이런 식이다. 슬쩍 짜증이 났다. 쥬리 탓이 아니라는 건 알지만, 그래도 짜증을 참을 수 없었다.

"무슨 일 있으면 다른 사람한테 꼭 말해."

껍질 속으로 숨어버린 쥬리를 남겨두고 나이토는 어린이책 코너로 갔다. 남자아이들만 한중간에 모여서 술렁거리고 있었다. 밤의 도서관에 어울리지 않는 흥분된 목소리였다. 가운데 책을 펼쳐놓고 다 함께 들여다보고 있었다. 글만 있는 책은 아닌 것 같았다.

"무슨 책이야?"

"나이토, 이것 좀 봐봐!"

누가 팔을 잡아당겼다.

"윽!"

책을 보자마자 비명이 새어 나왔다.

"뭐야, 이거."

사진집이었다. 학교 디스플레이보다도 큰 책에 사진이 꽉 들어차 있었다. 건물 잔해, 연기, 화염, 쓰러진 사람들, 흐르는 피….

"도시부 사진이래."

지금은 붕괴된 도시부의 사진은 아이들에게 트라우마를 심어줄 수 있다는 이유로 씨셀엔 뜨지 않는 사진이었다. 학교 단말기는 물론이고 가정용 단말기에도, 나이토 같은 어린아이에겐 제한이 걸려 있었다. 물론 빈틈을 파고들어 조금 '나쁜' 사진을 본 적이 아예 없는 건 아니다. 하지만 이런 끔찍한 사진은 보고 싶다는 생각조차도 들지 않았다.

나이토가 태어나기도 전에 대규모 전쟁이 있었고, 이 세상의 절반이 파괴되었다는 사실을 아이들은 수업 시간에 배운 적이 있다.

"아, 이 빌딩!"

한 아이가 책 한쪽에서 무너져가고 있는 빌딩 창문을 가리켰다. 고성능 카메라로 찍힌 사진 같았다. 창문에 매달려 있는 아이의 실루엣이 어렴풋이 보였다.

'이 아이는 어떻게 되었을까? 빌딩은 무너졌을 것 같은데, 빌딩이 무너진 뒤에 구조되었을까? 주변에 솟구치는 불꽃들을 보니 결국 죽었으려나. 아니면 지금도… 저 창문에 매달려 있을까.'

별별 생각을 다 하고 있는데 갑자기 도서관 전등이 꺼졌다. 아이들이 비명을 질렀다. 취침 시간이라는 걸 깨달을 때까지 시간이 조금 걸렸다. 그래도 도서관 안에 간접 조명은 남아 있어서 아주 깜깜하지는 않았다.

"깜짝 놀랐네."

나루토가 허세를 부리며 말했다. 다들 똑같은 심정이었으리라. 무거워 보이는 표지를 들고 다 함께 책을 덮었다. 보면 안 되는 것에 뚜껑을 덮어두는 것 같았다. 그 사진에 대해선 아무도 아무 말도 하지 않았다.

어린이책 코너에는 카펫과 매트가 깔려 있었다. 아이들은 그곳에서 남자와 여자로 나뉘어 대충 섞여 자기로 했다. 소파에 누운 아이들도 있었다. 쥬리가 안 보였지만 선생님이 어디선가 다 보고 있을 거라 생각하며 나이토는 억지로 불안감을 밀어냈다.

실내 공기는 쾌적했다. 쌀쌀해졌다가 뜨거워졌다가 오락가락하는 자기 방보다 훨씬 좋았다. 아이들 모두 책을 한 권씩 갖고 있었는데, 책에는 사람을 잠들게 하는 효과가 있는 것 같았다. 여기저기 놓인 책들 사이에서 아이들은 한 명 한 명 깊은 잠에 빠져들었다. 평소라면 만질 수 없는 고가의 종이책에 둘러싸여 잠이 드는 건 무척이나 신기한 기분이 들었다. 나이토는 가방을 베고 누운 채 꿈을 꾸었다.

나이토는 손으로 벽을 짚으며 나선형 계단을 올라가고 있었다. 한없이 높은 탑의 벽은 책장으로 되어 있고, 손으로 짚으면 책장이 살짝 아래로 내려앉았다. 벽 전체가 책장이니까 이 탑의 외벽도 책으로 되어 있을지도 몰랐다. 나이토는 불안에 휩싸였다.

그 순간, 오른손으로 짚은 책장이 장난감 블록의 한 조각처럼 쑥 빠지면서 책들이 떨어졌다. 그리고 무너져 내렸다. 벽, 천장, 발밑, 하늘을 향해 뻗은 탑 전체가. 발밑에는 바다가 펼쳐져 있었다.

'왜 위로 가려고 했더라? 분명 저 위에 누군가가….

계속 책이 쏟아져 떨어졌고, 몸이 아래로 아래로 떨어졌다.

쿵, 하는 소리에 나이토가 눈을 떴다. 세운 채 자고 있던 무릎이 옆으로 넘어진 것이다. 자다 보면 흔히 있는 일이었다. 낯선 천장을 보는데, 순간적으로 여기가 어딘지 생각나지 않았다. 그러다 자신이 입고 있는 체육복을 보고 깨달았다. 여긴 도서관이었다.

어둑어둑한 가운데 눈에 힘을 주며 시계를 보았다. 아직 11시를 조금 넘긴 시간이다. 몸이 좀 뻐근했는데, 익숙지 않은 매트와 베개 때문인 듯했다. 주변에서는 쌔근쌔근 숨소리가 들려왔다. 잠들지 못하고 뒤척이는 그림자도 보였다. 나이토는 문득 쥬리 생각이 났다.

"어…?"

방금 잠에서 깬 탓에 갈라진 목소리가 나왔다. 매트 하나가 비어 있었다. 아마 화장실에 갔을 테지만, 한 명당 하나씩 받은 모포도 보이지 않았다. 왠지 신경이 쓰여서 나이토는 몸을 일으켰다.

"나이토…."

그때, 가냘픈 목소리가 들렸다. 소리가 난 방향으로 고개를 돌리자 책장 뒤에 몸을 숨긴 니지코의 모습이 보였다.

"거기서 뭐 해?"

책장에 매달린 것처럼 기대 있기에 가까이 다가가서 작은 목소리로 물었다. 니지코는 어두한 조명으로도 알아볼 수 있을 만큼 당황하고 겁먹은 얼굴로 주위를 의식하며 나지막이 말했다.

"모르는 아이들이 있었어…."

"뭐?"

"처음 보는 남자아이와 여자아이가 도서관 3층 쪽에…."

도서관은 중앙이 천장까지 뻥 뚫려 있는 구조였다. 나이토는 고개를 들어 위를 올려다보았다. 2층과 3층 모두 책 말고는 아무것도 없는 것 같았다.

"잘못 본 거 아냐?"

아직 잠들지 않은 아이들도 있는 것 같았기에 나이토는 쥬리를 떠올리며 말했다.

하지만 니지코는 고개를 저었다.

"어두웠지만 우리 학교 애들은 아니었어. 머리가 금발이었어."

금발? 나이토가 고개를 갸웃거렸다. 분명 우리 반에 금발인 아이는 없다. 꿈꾼 거 아냐, 라고 하려다 나이토는 도로 삼켰다. 니지코가 꿈과 현실을 구별하지 못할 아이는 아니다. 그런 질문을 받으면 기분이 나쁠 것 같았다.

그때 왠지 자기 전에 본 사진집이 떠올랐다. 빌딩 창문에 매달려 있던 어린아이…. 이 도서관은 전쟁 이후에 지어진 건물일 테고 파괴된 건 도시부뿐이다. 여기에 죽은 사람이 있을 리가 없다. 머리로는 알지만 그 사진집이 이곳에 있는 것도 사실이다. 책의 질량, 존재감, 그리고 책에 담긴 인간의 감정 같은 것. 하지만 그런 것에 겁을 먹는 건 어쩐지 너무 한심하게 느껴졌다. 그냥 종이이지 않은가. 아무리 비싸도 움직이지 않는 인쇄물일 뿐이다.

"우리 보고 올까?"

나이토가 생각을 떨쳐내듯 말했다.

"뭐?"

니지코가 놀란 듯 되물었다.

"누가 있을지도 모르는데…?"

"아니…."

나이토는 뒷통수를 긁적이며 머뭇거렸다.

"사실은 누가 없어서 문제야. 쥬리가…."

주변을 한 번 둘러보며 말했다.

"아까 내가 다른 데서 쥬리를 잠깐 봤는데, 상태가 엄청 안 좋았어. 그런데 지금 여기 없는 것 같아. 찾아봐야 하지 않을까?"

"혼자 가면 안 돼."

니지코가 스스로에게 용기를 불어넣듯이 말했다. 그러고는 여자아이들이 자는 쪽으로 갔다.

"시오."

반장이자 니지코와 절친인 시오는 눈을 쓱쓱 비비더니 머리를 뒤로 묶으며 일어섰다.

"굳이 안 따라와도 되는데."

나이토가 시선을 피하며 말하자 니지코의 손을 잡은 시오가 어이없다는 듯이 말했다.

"잠 다 깼거든."

세 사람은 주위를 경계하면서 도서관 안을 걸어갔다. 조용한 기계음 속에서 존재할 리 없는 것의 기척이 느껴지는 듯했다. 기묘하게 반향이 되는 소리가 숲, 사막, 미궁을 연상시켰다.

"어둡네."

니지코의 속삭임이 이상할 만큼 멀리까지 메아리쳤다.

"엘이디LED 전등이 있잖아."

불안해진 나이토가 얼버무리듯 말했다.

복도 끝에 놓인 엘이디 전등을 발로 건드려 손에 들었다. 긴급 재해용으로 가정이나 학교에 비치된 것이다. 정전이 발생했을 때 아이들도 쓸 수 있도록 사용 방법을 교육받았다. 보통은 벽 쪽, 문 근처 발밑에 두는데, 도서관에도 그랬다. 밝은 빛이 발밑을 비추자 주변의 어둠이 한층 짙어진 느낌이 들어서 아이들은 눈을 깜빡거렸다.

자연스레 나이토가 맨 앞에서 걷게 되었다. 뒤에서 시오와 니지코가 손을 맞잡은 채 따라왔다. 나이토는 걸어가면서 히어로를 떠올렸다. 악당을 해치우는 정의의 우리 편이다. 온라인 게임에선 나이토도 히어로가 되지만, 현실 세계에는 회복 마법도, 변신 슈트도 없다. 만화에서야 악당 한 명만 쓰러뜨려도 세상이 평화로워지지만, 현실에선 친구 한 명을 괜찮다고 안심시키는 것도 쉽지 않았다. 세상이란 건 원래 그런 거겠지만 답답했다.

책장은 마치 커다란 미로 같았다. 책장으로 된 벽을 손으로 짚다가 벽이 무너져 내렸던 꿈을 떠올렸다. 몸이 살짝 떨렸다. 그러면서도 1층을 한 번 다 돌았을 때였다.

"위로… 가볼까?"

나이토의 말에 시오와 니지코가 고개를 끄덕였다. 어둠 속에서도 알 수 있었다. 니지코가 금발 아이들을 보았다는 2층으로 계단을 올라갔다. 위에서 내려다보니 도서관은 장관이었다. 하지만 아무리 둘러봐도 쥬리처럼 보이는 형체는 없었다. 2층은 전집 같은 책들이 많아서인지 책이 배치된 모습도 꽤 통일성이 있었다.

"쥬리는 책을 싫어했잖아…?"

니지코가 책장에서 책 한 권을 뽑아 들며 숨죽인 목소리로 중얼거렸다.

"과연 이런 데서 혼자 잘 수 있을까…."

나이토도 그럴 것 같지 않다고 생각했다.

"화장실에 갔다 올게. 2층에도 화장실이 있을 테니까."

시오와 니지코를 남겨두고 혼자 걸어가기 시작했다. 그때였다.

"멈춰!"

갑자기 목소리가 들려왔다. 너무 놀라 비상등을 떨어뜨릴 뻔했다. 고개를 돌리자 시오와 니지코도 손을 맞잡은 채 딱딱하게 굳어 있었다.

"그쪽 아냐."

다시 한 번 목소리가 들렸다. 같은 층이 아니었다. 좀 더 위…인가 생각했지만….

"발밑."

거듭 들려온 목소리에 반사적으로 아래쪽을 보자 발밑에 책 한 권이 떨어져 있다. 앞만 보느라 발견하지 못한 것이다.

"멈춰! 밟지 마."

이번엔 불빛을 제대로, 목소리가 들리는 3층 쪽을 향해 비추었다. 그 순간….

"앗!"

니지코가 놀라는 소리가 들렸다. 3층의 돔 모양 유리 천장을 배경으로 아이 한 명이 서 있었다. 나이토와 비슷한 키에 머리카락은 달처럼 금색이다.

"누구야…?"

나이토가 물었다. 남자아이가 얼굴을 찡그리며 등 뒤에 뭐가 있는지 자꾸 움찔거렸다. 바로 뒤에 긴 금발의 누군가가 숨어 있다는 걸 나이토는 알아챘다.

"너랑은 상관없잖아."

돌아온 건 냉담한 대답이었다.

외국인 아이를 실제로 보는 건 처음이다. 그 아이의 입에서 유창한 일본어가 흘러나오는 게 너무 신기했다.

"너는 어느 학교에서 왔어?"

그걸 안다고 달라질 건 없었다. 하지만 상대에 관해 뭐라도 좀 알아야 덜 불안할 것 같았다.

금발 소년이 조용히 대답했다.

"여기가 우리 학교야."

나이토는 당황스러울 뿐이었다. 다만….

'우리'라는 말에 자신의 생각이 맞았다는 걸 확신했다. 금발 아이

한 명이 그 아이 등 뒤에 가려져 있었다.

"혹시 여기서 살아?"

시오가 긴장된 목소리로 물었다.

"아니."

금발 소년이 짧게 대답했다.

"하지만 오늘 밤은…."

회색 눈동자를 반짝이며 말을 이었다.

"자고 가도 된다고 했어."

무슨 상황인지 이해가 되지 않았다. 하지만 왠지 두려운 느낌은 들지 않았다. 좀 다르게 생기긴 했지만 '아이'들이고, 유령이나 우주인 같은 나쁜 존재로 보이지도 않았다.

"너… 이 도서관에 대해 잘 알아?"

나이토가 떨어진 책을 들고 먼지를 털어내며 물었다.

"그야…."

소년이 코웃음을 치듯 무심결에 어깨를 살짝 으쓱하며 이렇게 덧붙였다.

"너희보다야 잘 알지."

나이토는 한 걸음 앞으로 나아갔다.

"우리랑 똑같은 체육복 입고 있는 남자아이 못 봤어? 머리가 조금 길고 태블릿 들고 혼자 다니는 애를 찾는 중이야."

나이토가 말하자 금발 소년은 나이토의 얼굴을 물끄러미 바라보았다. 엘이디 전등의 역광 속에서 무언가를 읽어내려는 듯했다. 그러더니 낮은 목소리로 말했다.

"못 봤어…."

소년은 세 사람을 차갑게 쳐다보며 단호하게, 명령조로 말했다.

"그런 건 나는 모르겠고, 책이나 밟지 마. 함부로 다루지도 말고. 원래 자리에 갖다 놔."

그러더니 멀리 1층 홀에 잠든 아이들을 노려보듯 내려다보며 거칠게 말했다.

"너희들 모두 여기 있는 책이 얼마나 가치가 있는지 모르잖아. 와루츠 씨의 일만 늘어날 텐데 도서관엔 대체 왜 온 거야?"

너무 거만하고 심한 말이라고 나이토는 생각했다. 자기들도 오고 싶어서 온 건 아니었다. 체험활동은 실러버스로 정해진 커리큘럼의 한 과정이고, 여기 말고 딴 데 더 재미있는 곳에 갔다면 아이들도 더 좋아했을 것이다.

소년은 자기 할 말만 한 다음 세 사람에겐 더 이상 관심 없다는 듯 몸을 돌려서 등 뒤에 있던 다른 금발 아이의 손을 잡고 가려고 했다.

"잠깐!"

나이토의 말에 소년이 우뚝 멈춰 서더니 고개를 돌렸다. 회색 눈동자로 자신을 쳐다보고 있다는 것을 나이토는 느낌으로 알 수 있었다.

열 받는 말을 듣긴 했지만 딱히 싸우고 싶지는 않았다.

"이 도서관을 잘 알면 우리 친구를 같이 좀 찾아줄래?"

"나이토…?"

등 뒤에서 시오가 의아하다는 듯 불렀다. 하지만 나이토는 생각했다. 그런 심한 말까지 들었는데 아무것도 얻지 못하고 그냥 물러나고 싶진 않다고.

소년은 왜 자기가 그래야 하냐는 듯한 표정이다. 나이토는 상대를 몰아붙이듯 거듭 말했다.

"걔는 말을 못 한단 말이야. 그래서 혹시 안 좋은 일이 생겨도 아무 소리도 못 내."

소년의 동정심을 자극할 요량으로, 이 부탁을 외면하면 사람도 아니라는 듯한 말투로 말했다.

소년이 물끄러미 나이토의 얼굴을 바라보았다. 그러자 옆에 있던 소녀가 소년의 손을 잡아당겼다. 소년은 말없이 소녀의 얼굴을 쳐다보더니 한차례 한숨을 쉬었다. 그러고는 소녀의 손을 꽉 잡으며 가까운 계단을 통해 내려왔다.

"와루츠 씨한테 물어보는 게 가장 빠를 테지만…."

아직도 완전히 내키는지는 않는지 소년은 시선을 피한 채 낮은 목소리로 말을 이었다.

"와루츠 씨의 일을 더 늘려줄 수는 없어."

결국, 도와주겠다는 의미인 것 같았다. 나이토는 알았다는 듯 힘껏 고개를 끄덕였다. 마음에 안 드는 녀석이지만 자기와 친구들이 하는 일을 몰래 감시당하는 것보단 나으니까.

소년은 나이토에게 손을 뻗었다. 들고 있던 책을 내놓으라는 의미 같았다. 나이토는 소년의 팔이 너무 가늘어서 조금 놀랐다. 책을 건네자 소년은 꼼꼼히 확인한 뒤에 책장에 돌려놓았다. 아무리 봐도 상당히 익숙해 보이는 동작이다.

일단 협력하기로 했으니 나이토는 자기 이름과 친구들의 이름을 말해주었다.

"너는 이름이 뭐야?"

그러자 소년이 잠깐 뜸을 들이더니 말했다.

"아담."

그리고 눈짓으로 옆을 가리켰다.

"얘는 이브."

그곳에는 금색 곱슬머리 소녀가 있었다.

"안녕."

시오와 니지코가 이브라는 이름의 소녀에게 말을 걸었다. 이브는 양손을 뒷짐 진 채 쑥스러운 듯 몸을 꼼지락거렸다.

"귀엽다."

시오와 니지코는 이브가 꽤 마음에 든 것 같았다. 이브는 아담과 매우 닮은 얼굴에 볼살이 통통하고 몸집이 작으며 머리숱은 풍성하고 머리카락은 길었다. 부러움이나 질투 같은 것과는 도무지 인연이 없는 생물처럼 보였다.

아담은 조금 떨어진 거리에서 이브와 여자아이들에게 시선을 떼지 않은 채 나이토에게 물었다.

"누가 없어졌는데?"

"쥬리. 모포도 같이 사라졌으니까 어디선가 자고 있다면 다행이지만…. 그 녀석, 책이 싫다고 했거든."

어둠 속에서 웅크리고 있던 그림자가 떠올랐다. 식은땀이 맺힌 창백한 얼굴이었다.

"여기에 온 뒤로 몸이 안 좋아 보였거든. 왠지…."

걱정돼서 말이야. 그 말은 차마 나오지 않았다.

"책이 싫다고?"

아담이 되물었다. 생각지도 못한 말을 들은 것처럼. 하지만 잠시 생각하더니 고개를 끄덕였다.

"말은 왜 못 하는데?"

그러자 다음엔 좀 더 직접적인 질문을 꺼냈다. 나이토가 대답하려고 입을 열었지만 무슨 말부터 꺼내야 할지 난감했다.

"병 때문에."

시오였다. 나쁜 의도는 없었을 것이다. 늘 손을 들고 선생님의 질문에 대답할 때처럼, 무슨 일이 있을 때마다 맞는 말만 할 때처럼 "그건 병이야."라고 명확히 말했다. 아담이 확 인상을 쓰더니 이브의 팔을 바로 잡아당겼다.

"말을 못 하는 게 병이라고?"

이브는 걱정스럽게 아담과 시오를 번갈아 바라보았다.

"이브도 말을 잘 못해."

그러고 보니 지금까지 한 번도 이브의 목소리를 듣지 못했다. 시오는 조금 곤란해하며 니지코와 얼굴을 마주 보았다.

"하지만 나보다 책은 잘 읽어."

아담은 이브의 손을 잡은 채로 나이토를 돌아보았다.

"자기 전까지 도서관 안에 있었다면 밖으로 나가진 못했을 거야. 사에즈리 도서관은 폐관 시간 이후로는 와루츠 씨만 문을 열 수 있으니까."

그건 안에서도 밖에서도 마찬가지라고 아담이 말했다.

"1층은 찾아봤어?"

"대충은…."

"어디 어디 찾아봤는데?"

"으음, 책장 사이랑…."

"책이 싫으면 그런 데는 안 갔겠지."

아담이 무시하듯 말했다. 나이토는 발끈했지만 수긍할 수밖에 없었다. 시오와 니지코도 같은 생각이었다.

"책이 없는 곳을 찾자."

"도서관에서?"

책이 없는 곳이 어딨냐고 나이토가 되물었다.

"적어도 눈에 책이 안 들어오는 곳 말이야."

아담이 정정했다. 나이토는 생각에 잠긴 소년의 옆얼굴을 멍하니 바라보았다.

"이 건물은 중앙이 뻥 뚫린 구조니까 전망이 아주 좋아. 3층에서도 홀 쪽으로 들어오는 사람이 보일 정도지. 2층과 3층 자료실은 잠겨 있을 테니까…. 화장실 같은 곳에 없다면 남은 건 역시 1층 홀이겠네."

"오디오룸에는 없었어."

나이토가 말했다. 제일 먼저 찾으러 갔던 장소였다. 도서관에 불을 끄기 전에 쥬리가 그곳에서 웅크리고 있었으니까.

"그럼 안내데스크 주변이나 사무실… 아니, 거기도 책이 꽤 많을 거야."

아담은 확실히 도서관 구조에 대해 잘 아는 듯했다. 나선형 계단을 내려와 1층 홀로 되돌아왔다. 그런 와중에 나이토는 아까부터 궁금했던 점을 물어보려고 입을 열었다.

"근데 너 씨셀은…?"

"뭐?"

아담이 돌아보았다.

"너도 씨셀 누구한테 뺏겼어?"

나이토는 아담의 손목을 보았다.

나이토의 팔에는 씨셀 자국이 선명히 남아 있었다. 씨셀 자리만

빼고 살이 까맣게 탄 것이다. 그건 시오나 피부가 하얀 니지코도 마찬가지였다. 그러나 아담에게는 그런 흔적이 없었다.

아담은 살짝 고개를 갸웃거리더니 되물었다.

"씨셀이 뭔데?"

나이토는 놀라서 눈이 동그래졌다. 바로 뒤에 있던 시오와 니지코도 똑같은 반응을 보였다.

"씨셀을 몰라?"

"그러니까 그게 뭐냐고."

"손목에 차는 휴대용 단말기. 너는 없어?"

"없어, 그런 거."

시오가 당연히 있을 거로 생각하고 물었지만, 아담은 돌아보지도 않고 퉁명스럽게 답했다.

"그럼 메일 같은 건 어떻게 보내?"

"집에 가면 피시PC가 있어. 자주 쓰진 않지만."

이어지는 말도 놀랍기만 했다. 휴대용 단말기가 없다는 건 단순히 메일 주고받기나 게임을 할 수 없는 차원의 문제가 아니다. 무슨 일이 생겼을 때 긴급 연락 수단도 없고 위치 정보 발신도 불가능하다.

"외국인이라서 그런 거야?"

시오가 물어보자 아담이 살짝 웃었다. 무언가를 떠올리는 듯한 웃음이었다.

"그러고 보니 너희 선생님도 처음엔 깜짝 놀랐었는데."

아담은 코토 선생님을 알고 있는 것 같았다. 나이토는 그 사실에 조금 놀랐다.

아담은 여동생의 손을 꼭 잡은 채 옅은 미소를 지으며 말했다.

"그 수갑 같은 거 무거워 보이던데."

나이토와 시오, 니지코는 대꾸할 말이 없었다. 무겁다는 생각은 한 번도 해본 적이 없었으니까. 없으면 불편하고 불안해진다는 것도 사에즈리 도서관에 오고 나서야 알게 되었다.

어쨌든 평소 같으면 씨셀을 절대 풀지 않았을 것이다. 만약 쥬리를 찾아내지 못한다 해도 씨셀만 차고 있으면 선생님이 교육자 권한으로 위치 정보를 확인할 수 있다. 반대로 말해 지금은 불가능하다는 뜻이다.

손끝까지 불안감이 들끓었다. 아담을 선두에 세우고 사에즈리 도서관 여기저기를 다 돌아다녔지만 쥬리는 보이지 않았다.

1층 홀을 둘러보다가 아담이 불쑥 말했다.

"지하는?"

"어?"

나이토가 되물었다.

"서고 말이야. 거긴 정말 책밖에 없긴 하지만…."

아담은 생각에 잠겼다.

"우리도 아까 자기 전에도 지하에 가봤는데…."

시오가 소곤거리자 니지코가 말을 받았다.

"정말 책밖에 없어서 우리도 조금 무서웠어…."

나이토는 낮에 도서관을 쭉 돌아다녔지만, 그때도 지하는 내려가보지 않았다. 그런 곳에는 아예 관심이 없었다.

"그래도 책이 시야에 안 들어온다면…."

그렇게 중얼거리는 아담의 손을 이브가 잡아당겼다. 두 사람은 얼굴을 마주 보며 고개를 끄덕였다.

"가자."

그리고 두 남매는 함께 걸어가기 시작했다. 사에즈리 도서관의 지하, 아주 오래된 책들이 잠든 곳으로.

종이책은 이미 시대착오적인 물건이 되고 말았다. 사전도 교과서도 칠판도 전부 단말기에 그 역할이 넘어갔으니까. 자신이 태어나기 훨씬 전에는 책이 더 활발하게 출판되고 많은 사람이 읽었지만, 지금은 희귀한 걸 좋아하는 사람들이나 책에 관심이 있다는 정도로만 나이토는 이해하고 있었다. 그리고 지하에 있는 사에즈리 도서관의 서고에는 출판이 특히 호황이던 시절의 오래된 책들이 있다고 했다.

일행이 지하에 내려서자 소리 없이 조명이 하나둘 켜졌다.

"여기엔 창문이 없으니까 낮도 밤도 없어."

아담이 혼잣말처럼 말했다.

나이토는 몇 번이고 눈을 깜빡거렸다. 나무로 만든 책장에 가득 꽂힌, 오싹할 만큼 많은 책은 표지만 봐도 오랜 세월이 느껴졌다. 니지코가 왜 무섭다고 했는지 이해할 수 있었다. 아담의 말대로 창문도 없었다. 하지만 공기 조절이 잘 되고 있어서인지 신기하게도 숨이 막히는 느낌은 없었다.

"아무리 장서 점검 전이라지만 서고까지 개방하다니. 와루츠 씨는 너무 많이 베푼다니까."

아담이 마음에 들지 않는다는 듯 말했다.

"여기 있는 책들은 가치도 모르는 애들이 만져도 되는 물건이 아닌데."

자신들에게 들으라고 하는 말 같아 나이토는 마음이 영 불편해졌다.

"하지만 우리도 여기 오고 싶어서 온 게…."

"누가 가자고 하지 않으면 평생 도서관에 올 일이 있겠어?"

아담이 계단 중간쯤에 서서 서고의 책장을 바라보며 말했다.

"음식이랑 달라서 없어도 사는 데 아무 문제 없고. 가만있으면 아무도 주지 않아."

아담은 담담히 사실만 말했다. 특별히 안타까워한다거나 화를 내는 것 같지는 않았다.

"이제는 굳이 내가 찾지 않으면 만날 수 없게 됐어. 책은."

그러면서 통감하듯 말을 이었다.

"그래서 와루츠 씨는 서비스를 계속하고 있는 거야."

이 도서관은 희귀한 장소다. 전자책이 주류로 자리 잡고 책이 고가의 귀중품이 되어버린 지금 시대에 무상으로, 남녀노소 공평하게 책을 빌려주고 있으니까. 물론 나이토에게는 이곳이 단순히 특이한 장소일 뿐이다.

"걔는 왜 책을 싫어하는 거야?"

아담이 나이토를 돌아보며 물었다.

나이토가 신중히 단어를 고르며 대답했다.

"모르겠어. 말을 안 하니까…."

사실이었다. 이유가 뭔지는커녕 이유가 있는지 없는지 몰랐다. 아무도.

이번엔 나이토가 물어보았다.

"너는 학교가 싫어?"

"학교?"

아담이 되물었다. 무슨 그런 질문을 하느냐는 듯이.

"세상에 있는… 너희가 다니는 그런 학교를 말하는 거면 좋아하지도 싫어하지도 않아. 가본 적이 없으니까."

나이토는 퍼뜩 깨닫는 바가 있었다. 그렇다. 모르는 건 좋아할 수도 싫어할 수도 없다. 그렇다면 쥬리는 책을 어떤 식으로든 접해본 적이 있다는 이야기가 된다.

"학교에 가보고 싶진 않아?"

시오가 뒤에서 끼어들며 물었다. 아담은 고개를 갸웃거렸다.

"가보고 싶었던 적도 없고 안 가서 불편한 적도 없었어. 이브는 한 번 본 책을 전부 기억할 수 있으니까."

"우와…."

나이토와 시오, 니지코는 너무 놀랐다. 이브를 돌아보니 살짝 고개를 끄덕했다. 부정하는 것 같지 않았다.

"너도 그래…?"

나이토가 조심스레 묻자 아담은 살짝 어깨를 으쓱거리며 가볍게 받아넘겼다.

"난 아니야. 그런 거 못 해."

그리고 그 입술에 손가락을 갖다 대며 중얼거렸다.

"그래도, 그래도 선생님은 학교에 가는 게 좋을 거라고 좋다고 하긴 했어…."

그리고 돌아보았다.

"그 선생님은 어때? 그 선생님 수업 재밌어?"

세 사람은 얼굴을 마주 보았다. 니지코가 먼저 조심스레 입을 열었다.

"코토 선생님은 수업을 자주 특이하게 해. 여름방학에 내준 숙제도 재미있었고, 이번 체험활동도…."

'나와 닮은 책 찾기'라는 체험활동 과제를 이야기하자 아담은 잠시 생각하더니 말했다.

"우리는… 우리랑 닮은 책은 그럼 그거겠네."

그러고는 거침없이 안쪽으로 들어가서 한 권의 책을 꺼내 왔다.

《하이브랜드의 아이들》이라는 제목이 나이토 눈에 들어왔다. 그 책이 뭐냐고 나이토가 묻기 전에 이브가 책을 든 아담의 손을 잡아당겼다. 그리고 손가락으로 어딘가를 가리켰다. 커다란 책장 안쪽에 높은 곳에 있는 책을 꺼내기 위한 가동식 계단이 보였다.

"에휴."

아담이 이브의 손을 놓고 그 계단을 올라갔다. 가장 위의 단까지 올라선 다음 거기서도 머리 위에 있는 책장 꼭대기에 끙끙거리며 손을 걸쳤다.

"혼나겠어…."

그렇게 투덜대면서도 신발을 툭툭 벗더니 계단 손잡이에 발을 걸치며 가볍게 훅 올라갔다.

"아, 아담?"

놀란 나이토가 무심결에 이름을 불렀다. 시오와 니지코도 입을 쩍 벌리고 있었다.

"역시…."

아담은 가볍게 밑으로 내려오더니 나이토의 어깨를 붙잡으며 말했다.

"위쪽에 있어."

나이토도 황급히 계단을 올라가 신발을 벗고 책장 위로 올라갔다. 천장과 책장 사이는 일어설 수는 없어도 무릎으로 걸을 수 있을 정도의 공간이 있었고, 그 벽 쪽에….

"쥬리!"

모포를 덮은 쥬리의 모습이 보였다.

"야, 괜찮아?"

밑에서 기다리는 시오와 니지코에게 쥬리가 여기 있다고 알린 뒤 어깨를 흔들어 깨웠다. 쥬리는 아까 봤을 때만큼 안색이 나쁘진 않았다. 금세 잠을 깬 탓에 계속 눈을 깜빡거렸다. 왜 아무 말도 없나 싶었지만, 그러고 보니 쥬리는 말을 하지 못한다. 나이토가 크게 한숨을 쉬며 옆에 앉았다.

"왜 이런 데서 자고 있어?"

밑에선 시오가 아담에게 어떻게 알았냐고 물었다.

"1층 책장은 얇지만, 이쪽은 꽤 두껍기도 하고. 무엇보다 천장이 있으니까 책장 안에 있는 책이 하나도 안 보이거든."

시오와 니지코의 감탄사는 책 틈새로 흡수되어 사라졌다. 쥬리가 끌어안고 있던 단말기의 전원을 켜서 그곳에 글자를 입력했다.

'왜 왔어?'

나이토에게는 맥이 빠지는 말이었다. 힘없이 고개를 푹 떨구며 말했다.

"너 찾으러 왔지…."

쥬리는 말로 안 해도 알 수 있을 만큼 의아한 표정이었다.

'왜?'

그 말을 듣자 나이토 본인도 대체 자기가 왜 온 건지 알 수 없을 지경이다. 얼마나 복장이 터지는지 큰 소리가 나오고 말았다.

"너야말로 왜 이런 데서 자는 건데!"

나이토의 말에 쥬리는 잠시 어떻게 대답할지 고민하는 눈치였다. 그리고 이렇게 적었다.

'책이 안 보이는 데로 가고 싶었어.'

"그런…."

나이토가 다시 목소리를 높이려는 찰나였다.

"괜찮아?"

아담이 엎드린 채 기어왔다. 낯선 얼굴인 데다 금발에 회색 눈의 남자아이가 나타나자 쥬리가 깜짝 놀라는 게 느껴졌다. 아담은 쥬리의 단말기를 내려다보지도 않고, 그 유리구슬처럼 색소가 옅은 눈동자로 쥬리를 빤히 보며 말했다.

"아, 난 아담이라고 해. 매일 이 도서관에 와. 오늘은 근처 초등학교에서 온 아이들이 체험활동을 한다며, 나하고 내 여동생도 자고 가도 된다고 사서인 와루츠 씨가 말해줘서…."

쥬리의 얼굴에 당혹감이 어렸다.

"그러니까, 얘는 말을 잘 못한다니까 그러네. 대화하려면 단말기가 있어야…."

나이토의 말에도 아랑곳하지 않고 아담이 말을 이었다.

"얘 말고도 책장 밑에도 너네 반 친구들이 있어. 네가 걱정돼서 찾으러 온 거야."

그러자 조용하고 희미하지만 쥬리의 표정이 분명히 달라졌다. 가벼운 놀라움과 혼란스러움, 그리고…?

아담은 고개를 끄덕였다. 쥬리가 말을 하지 않는데도 무언가 알아듣고 있는 것 같았다. 대체 어떻게 된 걸까?

"아무튼 눈에 들어오는 것도 피하고 싶을 만큼 책이 싫다면 책을 보지 않고 누울 수 있는 곳은 여기밖에 없어. 여기 혼자 있는 게 편하면 우린 돌아갈게."

아담이 말하자 쥬리는 천천히 고개를 가로저었다. '이제는 여기 있지 않겠다.'는 의미였다. 친구들과 함께 밑으로 돌아가기로 한 것이다.

셋이서 가동식 계단을 내려오자 시오와 니지코도 다행이라며 입을 모았다. 왜 혼자 그런 데 있었냐고 탓하지 않았다. 쥬리가 다친 데 없이 무사하면 된 것이다. 다들 하품을 참으며 서고에서 나오자 시오와 니지코가 이브를 보며 말했다.

"우리랑 같이 자러 갈래?"

이브가 눈을 동그랗게 뜨더니 아담 뒤로 휙 숨어버렸다.

시오와 니지코가 당황하자 아담이 이브를 슬쩍 돌아보며 대신 말했다.

"고맙지만 안 가겠대. 그렇게 말해줘서 기쁘대."

누구도 듣지 못한 이브의 목소리였다.

"그래? 아쉽지만 그럼 다음에 또 봐!"

시오와 니지코는 손을 흔들며 자러 갔다. 또 봐. 그렇다. 분명 이 도서관에서 다시 만날 수 있을 거야.

이제 아이들이 거의 다 잠들었는지 도서관은 쥐죽은 듯 조용했다. 하지만 이대로 자러 가자니 왠지 아쉬워서 나이토가 아담에게 물었다.

"너희는 어디서 자?"

"오늘은 안 잘 거야."

아담이 입꼬리를 올리며 웃었다.

"밤의 도서관은 너무 특별하니까. 이런 밤에 어떻게 자겠어?"

그 말에 나이토는 잠시 생각했다.

"우리도…."

모포를 끌어안은 쥬리를 돌아보며 말했다.

"우리도 자지 말까?"

그러자 쥬리가 눈을 크게 떴다. 긴 앞머리 밑으로 얼굴이 드러나 보였다.

'아, 쥬리는 이렇게 생겼구나.'

나이토는 생각했다.

책이 무서워서 잠이 들 수 없다면 책의 숲에서 깨어 있으면 된다. 그것 역시 특별한 시간이 될 테니까. 하룻밤 동안 쥬리와 나이토는 아담, 이브와 함께 홀의 3층 소파에서 책을 펼쳐놓고 시간을 보냈다. 중간에 코토 선생님이 한 번 보러 왔는데, 아담과 이브가 같이 있는 것을 보고도 선생님은 놀라는 기색이 없었다.

"내일 늦잠 자면 안 돼."

이 말만 남긴 채 웃으며 돌아가 버렸다.

희미하게 빛나는 도서관의 간접조명 아래서, 아이들은 머리의 그림자가 드리우지 않도록 책을 펼쳤다. 아담이 좋아한다는 오래된 도감은 아담의 회색 눈동자를 책장에서 떼어내지 못하게 만드는 힘이 있는 것 같았다.

"그런데 이브는 읽은 책을 전부 기억할 수 있다는 거, 진짜야?"

아까부터 계속 궁금했던 문제였다.

"못 믿겠으면 아무 책이나 한 권 가져와 봐. 한자가 너무 어렵지 않은 책으로."

"어렵지 않은 거라면…."

일어서서 근처의 책장을 살펴보니 마침 대형 사진집이 있는 서가가 있었다. 나이토는 적당히 한 권, 까만 표지의 사진집을 골랐다. 종이가 두꺼워서 페이지 수가 많지 않은데도 제법 무거운 질량이 느껴졌다. 아무래도 고명한 인형 작가의 사진집 같았다. 그 무기질적이고 매끈한 느낌에 나이토는 순간적으로 움츠러들었지만, 그 마음을 들키기 싫었다.

“이 책 괜찮겠어?”

이브에게 건넸다.

“사진집이야. 글은 별로 없는 것 같으니까….”

나이토가 옆에서 들여다보며 이브에게 말했다. 이브의 얼굴은 커다란 책에 가려 보이지 않았다. 이브는 이미 사진집을 ‘읽기’ 시작했다. 촤락, 촤락, 촤락. 그 정도의 속도로 책장을 넘기다 책을 덮고는 그 책을 다시 나이토에게 돌려주었다.

아담이 그 게임의 방법을 알려주었다.

“아무 데나 골라 봐. 그럼 그 페이지 사진에 붙어 있는 설명문을 이브가 외워볼 테니까.”

나이토는 전혀 기대하지 않은 채로 중간보다 조금 뒤쪽 한곳을 펼쳐 몇 페이지인지 알려주었다. 이브는 회색 눈동자로 허공을 보고 있었다. 나이토가 펼친 페이지 양면으로는 잠든 여자아이 인형 사진이 실려 있었고, 사진 아래에는 이렇게 쓰여 있었다.

인형 제작자에게 인형은 자신이 직접 생명을 불어넣는 존재이자 살아 있는 존재이다. 그래서 그가 죽으면 인형에 품었던 애착도 사라지므로 인형에 불어넣었던 생명도 사라진다고 할 수 있다. 제작자가 살아 있더라도 인형이 망가지는 경우라면? 인형의 죽음이 그의 마음속에 뭔가를 남기기 때문에 그것은 상실이 아닌 획득이라 할 수 있다.

처음으로 듣는 이브의 목소리는 천사의 노랫소리처럼 섬세했다. 낭랑하면서 조금 독특한 목소리에 평탄한 어조로 말하는, 노래 같은 낭송이었다.

"대단해…."

나이토는 자기도 모르게 중얼거렸다.

어느새 쥬리도 이브가 얼마나 정확하게 외웠나 보려고 그러는지 책을 들여다보고 있었다. 어찌나 책에 바짝 붙어 있는지 책에 빨려 들어갈 것 같았다. 그렇게 싫어하는 책을 이렇게 열심히 본다고?

마치 마법 같은 밤이었다. 마법이라면 무슨 마법일까? 이브의? 아담의? 아니면 책의 마법? 그렇다, 책. 밤새 책에 둘러싸여 있는 이런 경험은 오늘이 처음이자 마지막일 거라고 나이토는 생각했다. 어쩌면 우리 중 한 사람은 책 때문에 인생이 바뀌는 그런 일이 있을 수도 있지 않을까? 그렇다면 그것도 마법일 거야.

"이 책도 한번 읽어볼래?"

나이토가 들고 있던 책을 보여주자 쥬리가 몸을 흠칫 떨며 몸을 돌렸다.

"읽기 싫으면 안 읽어도 돼."

아담이 조용히 말했다.

"책이 싫다는 것도 결국 책에 대한 감정이니까."

이브가 손을 뻗기에 나이토는 자기가 들고 있던 책을 건네주었다. 다시 그 책장을 넘기기 시작한 이브의 모습을 보면서, 내용을 이미 다 기억하고 있는데도 또 읽고 싶어진다는 게 나이토는 신기하기만 했다.

"내용을 알아도 또 읽으면 또 재미있어."

아담의 말에 나이토가 아담을 보며 입을 열었다.

"혹시 아담은 사람의 마음도 읽을 수 있어?"

엉뚱한 말에 아담의 얼굴이 살짝 일그러졌다. 나이토의 시선은 어둠 속에서도 그걸 놓치지 않았다.

"왜?"

아담이 물었다.

"아니, 그냥…."

나이토가 민망함에 머리를 긁적이며 말하자 아담은 잠시 할 말을 정리하듯 허공을 올려다보다가 이윽고 단념하듯 말했다.

"나는 사람의 마음을 읽지는 못해. 그치만… 색이 보여."

"색?"

나이토가 되물었다. 아담은 나이토의 얼굴에서 시선을 돌리더니 한 손으로 자신의 이마를 감싸며 말했다.

"얼굴을 보면 그 사람의 감정이 색으로 비친달까. 기쁨이나 슬픔, 외로움이나 괴로움 같은 거 말이야. 예전에는 남들도 다 그런 줄 알았는데…."

"그런 건…."

말도 안 된다고 나이토는 생각했다. 내 지금 감정도 얼굴에 드러나고 있을까?

"안 믿어도 돼."

아담은 손가락 틈새로 나이토의 얼굴을 바라보다가 살짝 자조적으로 웃으며 말했다.

"하지만 단말기에 입력된 내용 말고 얼굴을 봤을 때 그 사람에 대해 더 잘 '읽히는' 뭔가도 있지 않겠어?"

나이토는 그 말을 듣고 순간 느껴지는 게 있었다. 무기질적인 전자 화면으로는 전해지지 않는 마음. 감정. 감정을 통해 알 수 있는 게 분명 있을 것이다. 그렇지만….

"그래도… 우리는 쥬리와도 이야기하고 싶으니까. 단말기가 있어서 다행이라고 생각해."

나이토의 말에 쥬리가 고개를 끄덕이는 기척이 느껴졌다. 나이토는 굳이 돌아보지 않고서도 그걸 알 수 있었다. 어쩌면 색이 보인다는 게 이런 느낌과 비슷할지도 모른다.

아담의 표정도 확 부드러워진 게 느껴졌다.

"그렇겠지. 책도, 단말기도, 이 세상에 있어서 다행일 거야, 분명."

네 사람은 각자 드러눕거나 앉기도 하고, 때로는 시선만으로, 때로는 단말기 글자로 대화를 나누었다. 그사이 이브는 소파에서 잠이 든 듯했다. 쥬리가 슬며시 이브에게 모포를 덮어주었다.

아이들은 그 뒤로도 수많은 책을 보았다. 몰입하기도 하고 쓱 훑기만 하기도 하면서. 그야말로 사치스러운 시간이었다.

어느새 쥬리도 조금씩 책을 읽을 수 있게 되었다. 쥬리의 눈을 잡아끈 책은 유명한 동물기였다. 가늘게 뜬 눈으로 늑대 가족의 이야기를 읽던 쥬리가 갑자기 단말기에 어떤 말을 입력했다.

'독서요법이란 거 알아?'

"독서… 뭐?"

"요법."

그렇게 말을 받은 건 아담이었다. 나이토는 그게 무슨 뜻인지 생각했다. 하지만 아담은 아는지 모르는지 더 이상 말이 없었다.

쥬리가 말을 쏟아내듯이 빠르게 손가락을 움직여 글자를 입력했다.

'책을 읽게 하면 내가 말할 수 있게 될지도 모른다고, 엄마가….'

거기서 손가락이 멈췄다. 나이토는 아무 말도 할 수 없어서 그저 입을 꾹 다물었다. 무거운 침묵 뒤에 쥬리가 말을 이었다.

'하지만 결국 말은 하지 못했고. 금세 다른 치료 요법을 찾기 시작했는데….'

그 결과가 어땠는지는 지금도 쥬리가 말을 하지 못하는 걸 보면 너무 잘 알 수 있었다. 책이 싫다는 쥬리는 따분한 학교보다도 집이 더 싫다고 말했다. 쥬리 엄마는 다정해 보였는데…. 하긴 다정하다고 해서 꼭 좋은 엄마라는 보장은 없다. 나쁜 부모라고 무조건 싫어하게 되지 않는 것처럼.

“책이 사람의 마음을 치료하는 약이 될 때도 있어.”

한쪽 무릎을 끌어안은 아담이 조용히 말했다.

“그건 책이 아니라도 그럴 수 있어. 와루츠 씨도 책만 특별한 건 아니라고 했어.”

아담은 친절해 보이던 도서관 사서를 언급하며 말을 이었다.

“누구에게나 책이 특별한 건 아냐. 하지만 와루츠 씨에게는… 그래. 책을 생각하는 마음이 정말 특별하거든. 그게 뭐든 너한테도 그런 약이 생기면 좋지 않을까? 책이 아니라도.”

쥬리는 대답 대신 고개를 숙였다. 아담은 그 틈에도 쥬리의 얼굴을 보고 색을 읽어냈는지 모른다고 나이토는 생각했다.

‘엄마는….’

쥬리가 단말기에 이 단어를 입력한 건 조금 시간이 지나서였다.

‘내가 아주 어렸을 때 나한테 거의 말을 걸어주지 않았어.’

쥬리의 말은 더듬더듬 이어졌다. 그날 밤에 봤던 수많은 글자와 문장이 쥬리에게서 말을 끌어내고 있는 것 같았다.

‘단말기만 보고 지냈으니까. 지금 내가 말을 못 하는 게 자기 잘못이라고, 엄마가 자주 울어. 그래서 나는 집에 있는 게 싫어.’

나이토는 고개를 작게 끄덕였다.

아담이 온화한 표정으로 미소를 지으며 말했다.

“너희 엄마야말로 정말로 책이 정말 필요했던 것 같네…. 책은 아이만 읽는 게 아니니까 다음에는 엄마랑 같이 와. 와루츠 씨가 책은 절망에 효과가 좋다고 했거든. 읽든 읽지 않든 말이야."

쥬리가 살짝 고개를 끄덕였다. 얼굴은 보이지 않았지만 어떤 표정인지 나이토는 알 것 같았다.

결국 쥬리는 그 동물기를 자신과 닮은 책으로 정한 듯했다. 조금 과보호하는 엄마 늑대와 뒤떨어지는 새끼 늑대가 자신과 닮았다나. 그리고 시선만으로 '나이토는?' 하고 물었다. 왠지 모르겠지만 나이토에겐 그런 목소리가 실제로 들린 것 같은 느낌이 들었다. 분명 잠결이라서 그런 것이리라. 많은 책으로 둘러싸인 둥지 속에서, 어느새 나이토는 잠이 들고 말았다.

나이토는 결국 '나와 닮은 책'을 한 권으로 정하지 못했다. 그리고 발표 시간에 솔직히 말했다. 책이 너무 많아서 찾지 못했다고, 그래서 다시 도서관에 와서 찾아내고 싶다고.

얼마 뒤, 나이토는 "와루츠 씨도 발표 영상을 보고 좋아하던데?" 하고 알려준 코토 선생님에게 한 가지 질문을 했다.

"선생님, 하이브랜드가 뭐예요?"

코토 선생님은 안경 안쪽에서 눈을 가늘게 떴다.

"브랜드라는 건 특정한 생산자가 만든 제품을 말하고, 하이브랜드는 그중에서도 특히 비싼 제품군을 가리키는 말이야."

그건 나이토가 씨셀로 조사한 것과 똑같은 대답이었다. 하지만

'그게 아니라…' 하는 답답한 표정을 짓자 코토 선생님은 몸을 숙이며 자세히 설명해주었다.

"인위적인 유전자 조작과 인공수정을 통해 더 뛰어난 개체를 만들어내는 기술이 있었어. 들어봤어? 사람의 손으로, 과학으로 더 뛰어난 인간을 만들어내려고 한 거야. 그리고 그 과정을 통해 만들어진 아이들을 하이브랜드라고 불렀지…. 너희가 태어나기 전, 아마도 전쟁보다도 더 전에."

나이토는 코토 선생님의 안경과 안경에 반사된 자신의 얼굴을 물끄러미 바라보며 생각했다. 사람의 손으로 만들어진, 더 뛰어난 인간이라…. 감정을 색으로 볼 수 있다는 아담. 한 번 본 것을 전부 기억할 수 있는 이브. 하지만 그 아이들에게도 책이 필요했다. 절망에 짓눌리지 않기 위해서.

나이토가 왜 그런 질문을 했는지 코토 선생님은 캐묻지 않았다. 그저 부드러운 미소와 함께 고개를 갸웃거리면서 물었을 뿐이다.

"도서관의 아이들하고 친해질 수 있을 것 같니?"

"모르겠어요."

나이토는 솔직하게 대답했다.

친구가 될 수 있을지는 알 수 없었다. 자신이 지금 책을 좋아하는지도, 앞으로 좋아하게 될는지도.

"이번 주말에 쥬리랑 같이 또 도서관에 가려고요."

코토 선생님의 얼굴에 만족스러운 미소가 떠올랐다.

사에즈리 쇼에 가자.

혼자라도 좋고 누구와 함께라도 좋다.

마법 같은 밤이 밝아와도,

히어로가 아니라도,

세계가 바뀌지 않아도,

미래가 보이지 않아도,

사에즈리 도서관에는 책이 있으니까.

epilogue

그래도 이 책을 손에 들고

우리는 오랫동안 불치병에 걸려 있습니다. '언젠가 책이 사라지는 게 아닐까?' 하고 고민하는 병입니다. 신기하게도 이 병은 책을 좋아하는 사람만 걸립니다. 책을 사랑하는 사람만이 두려워하고, 걱정하고, 미래를 비관하며 어찌할 바를 모릅니다. 책에 관심이 없는 이들은 그저 시대의 흐름이겠거니, 하며 별생각이 없습니다.

저는 책의 죽음을 두려워한 적이 있긴 하지만 '그럴 리 없다.' 라고 결론을 내렸습니다. 설사 전자책이 아무리 위세를 누려도 종이책을 전멸시키지는 못할 거라고요.

하지만 2011년 봄에 일본을 휩쓴 지진 속에서, 어쩌면 책이 사라져 버릴지도 모른다는 생각이 들었습니다. 물론 그런 일은 없었고, 미래에 대해서는 아무것도 알 수 없지만요. 그런 혼란과 불안 속에서 저는 이 이야기를 쓰고 싶어졌습니다. 평온하고 따뜻한 사에즈리 도서관의 이야기를요. 그리고 그곳을 오가는, 책을 사랑하는 사람들의 이야기를요.

저는 얼마 전부터 도서관에서 일하고 있습니다. 매일 책에 둘러싸여 바쁘게, 재미있게 지내고 있지요. 그런데 어느 날 문득 '사람들이 찾는 책이 어디에 있는지 손바닥을 들여다보듯 알 수 있으면 좋을 텐데.' 하는 생각이 머리에 떠올랐고, 이런 작은 아이디어는 와루츠 씨라는 캐릭터로 이어졌습니다. 좀처럼 쓸 기회가 없어 계속 담금질만 하고 있었지만 세이카이샤의 '최전선'이라는 웹사이트를 발견했을 때, 이 이야기와 잘 어울리겠다 싶었습니다. 문학의 최전선을 맡고 있는 웹사이트를 통해 한 권의 책을 만들어 보고 싶었습니다.

책이 나오기까지 끈기 있게 이 이야기와 마주해주신 세이카이샤의 야마나카 씨, 일러스트를 담당해주신 시메 씨께 진심으로 감사드립니다. 덕분에 사에즈리 도서관과 와루츠 씨가 과분해할 만큼 아름다운 책이 되었습니다.

이 책에 실린 이야기들은 몇 번이고 질문을 던집니다.

전자책인가요? 종이책인가요?

책 속 등장인물들은 몇 번이고 대답합니다.

역시, 종이책입니다.

이 책에는 그 이유가 들어 있습니다.

코교쿠 이즈키

코교쿠 이즈키 장편소설
사에즈리 도서관의 와루츠 씨

펴낸날 2024년 5월 10일 1판 1쇄

지은이 코교쿠 이즈키
옮긴이 김진환
펴낸이 강유균
편집위원 남은영
기획·홍보 김아름 김혜림
책임 교정 김정희
교정·교열 이교숙 정아영 나지원
경영지원 이안순
디자인 바이텍스트
마케팅 신용천

펴낸곳 알토북스
출판등록 1978년 5월 15일 제 13-19호
주소 경기도 고양시 덕양구 청초로 66 덕은리버워크지산 B동 2007호~2009호
전화 (02)719-1424
팩스 (02)719-1404
이메일 genie3261@naver.com
홈페이지 www.readlead.kr

ISBN 979-11-986214-2-9 (03830)

* 알토북스는 리드리드출판(주)의 출판브랜드입니다.
* 파본은 구입한 서점에서 교환해 드립니다.
* 책값은 뒤표지에 있습니다.

별을 사랑하다 품은 한 줌 그리움

이상묵 지음

시를 넘어선 시

오래된 인연이 시를 들고 나를 찾아왔다. 실은 이 일은 내 몫이 아니고 나의 고등학교 동창이면서 우리 아버지 사위인 김동현(기종) 시인의 몫인데 김동현(기종) 시인이 이미 이 세상 사람이 아니라서 내가 맡게 되었다.

목사님이면서 시인인 이상묵 님은 실은 김동현(기종) 시인이 살아서 학교 선생님 일을 할 때 만난 제자라 한다. 참으로 사람의 인연이란 게 질기고도 묘하다. 살다 보면 별일도 다 겪게 된다는 느낌이다.

이미 시집을 한 권 낸 시인이라 한다. 보내온 원고를 읽으면서 어쩐지 말의 쓺쓺이가 남다르다 싶었다. 말법이 순하고 편안할뿐더러 사람의 마음을 조용히 흔드는 힘을 지녔다.

시는 분명 문장으로 나타내는 예술이지만 그 이전에 말, 그러니까 음성언어에 기본이 이미 있다는 것을 시인들은 자칫 잊기 쉬운데 이 시집의 주인은 그것을 알아 음성언어에 충실한 시를 쓰고 있다.

시인은 우선 시다운 시를 써야 한다. 하지만 거기에서 멈추어서는 안 된다. 나아가 시답지 않은 시를 써야 한다. 그것이 진정한 나의 시요, 거기에 나의 시 아우라가 주어지는 법이다.

이상묵 시인은 지금까지 시다운 시를 지향해 왔다. 이제부터는 시를 넘어선 시, 시 답지 않은 시, 그러니까 나만의 시를 쓰도록 노력하라는 말씀을 드리고 싶다.

나는 곧잘 말하곤 한다. 시는 어떠한 시든 그 시인의 자서전의 한 꼭지이다. 그것은 이상묵 시인도 마찬가지다. 읽어보시면 아시겠지만 이상묵 시인은 자신의 유년, 고향에서의 체험, 정든 사람들과의 회상 등을 주된 시의 오브제로 등장시키고 있다.

그리하여 그의 시는 시의 본령을 지켜 아름답고 고즈넉하고 사람의 마음을 잔잔히 적셔주는 힘을 발휘하고 있다. 하지만 이쯤에서 멈추어 서서는 안 된다. 더욱 분발 노력하여 시 넘어서의 시를 써야 하고 인생 너머의 인생을 보아내도록 애써야 할 일이다.

목사님으로서의 소임도 그렇다. 물론 본인은 목회의 일부로서 시를 선택했을 것이다. 하지만 시의 입장에서는 그것이 그렇지 아니하다. 시는 오로지 시여야 한다. 그리하여 이상묵 시인이 기독교의 교리를 넘어선 기독교 시를 쓸 수 있기를 소망한다.

결국은 현재에 멈추지 말라는 얘기다. 더욱 멀리까지 떠나라는 말씀이다. 그리하여 그가 광야에서 진정한 시의 목소리를 듣는 날, 바로 신의 목소리를 듣는 날이 될 것이라고 믿는다. 그날을 위해 미리 축하의 말씀을 전한다.

시인 나태주

변명

정 깊은 사람과 오랜만에 만나면
정작 하고픈 말들을 놓쳐버리고
그 자리를 떠나와서야 아쉬움을 이야기하곤 하지요
때때로 예기치 않은 일로 입이 봉해져 할 말을 잊어버린
기억이 누구에게나 한두 번쯤은 있을 것입니다

누군가 내게 시가 무엇이며 시를 왜 쓰느냐고 물어올 때
그때의 당혹감이라니!

내가 쓰는 것도 시가 될 수 있단 말인가?

이 물음의 답을 듣지 못한 채 아무도 모르게 기웃거렸지요
기억을 거슬러 올라가 보면 양치기 소년 다윗처럼
꿈장이 요셉, 다니엘과 세 친구처럼
차마 버릴 수 없는 것이 항시 그 자리에 맴돌고 있었습니다
아마도 그것은 열두 번 태어나도 다시 사랑하고픈
사람과 자연 그리고 영원을 향한 그리움이
아니런지요?

어눌한 기웃거림을 반겨주었던 마음둘레 차지한
소중한 그대들은 언제나 새롭습니다
보석 상자를 발견한 경이로움으로
장미꽃의 불타는 가슴으로
부서지는 별빛과 달빛처럼 살기를
가슴 한켠에 보여주었던 것을 기억합니다.

헤아릴 수 없는 깊음
오를 수 없는 높음
알 수 없는 사실
……

2020년 봄날에　요셉과 베냐민
별빛(淸雅) 이상묵

서시

내가 한 마리의 숨새가 된 것은
바다의 넓은 세계를 보기 위함이 아니며
푸른 하늘을 꿈꾸는 것은
더 더욱 아님일라

이 땅, 언저리 풀잎들의 노래와
출렁이는 파도 잠재우는
어머니의 무릎을 전하고 싶은 것이니라

"버려진 이름을 기억해 주십시오"
"날마다 흔들리는 날개짓을 보아주십시오"

묻어둔 하늘의 빛으로 변하지 않을
쓰레기장의 슬픔을 실어서 올려가도
오히려 깃털이 신선해지는
나는 풀향기 배인 숨새이어라

별을 사랑하다 품은
한 줌 그리움

차례

1장 자연을 향한 그리움

2장 사람을 향한 그리움

3장 영원을 향한 그리움

1장

자연을 향한 그리움

눈

눈이 오네
새벽마다 어머니
목쉰 기도의 응답

눈이 오네
*속갑 꺾어 때던
부지깽이 끝의 목숨

눈이 오네
앙고라 토끼털 같은
다정한 벗의 편지

눈이 오네
물소리 고향으로 가고픈
목찬 향수

눈이 오네
가난한 마을마다
안개꽃 피네

* 소나무 가지

고 백

멈추었던 거문고의 줄이 울려오던
그날 이후 새로운 이름으로
우리의 가슴이 열리었네

알찬 꿈 가득 쌓는 낟가리 정성이래
밤중에도 포근히 흐르는 하얀 강물이래

팽팽히 날아가는 연줄이 나무에 걸려
때론 젖은 목소리로 발을 동동 구르다가
때론 가슴 후벼파며 온몸을 떨구다가
이제는 기쁨과 희망으로
삭히어진 바다

오랜 세월 익혀서
더욱 맛이 나는 포도주처럼
숨겨진 기쁨이 될 때
뽀얀 가슴 하나 되는 신비로움
그 입맞춤
이제야 우린 알겠네

봄, 연가

내 가슴을 열면

꽃 항아리에 흐르는 소리

꽃내음 번진 삐꾸기 동산

울렁거리는 보리 물결

청아한 종달새 소년

너울너울 진달래 소녀

그렇게 둘이는

그렇게 둘이는

유리로 만든 기차를 타고

꿈의 풀숲을 헤쳐 갑니다

들꽃과 아기

흰 구름 쉬어가는 들판에
누가 불러주었을까?
저 고운 빛의 음성

쉬이- 가만히 계셔요
발걸음 낮추고
두 귀를 쫑긋 기울여보면
아, 계셨군요!

새로이 돋아나는 치아 고운
풀벌레들의 합창이
아침 이슬에 묻어
그윽이 감겨오고 있네요

바람 타고 소올~솔
노래 싣고 두둥실
멀리멀리 퍼져가라

빛의 향기
빛의 종소리 되어
아기의 노래가 되어

선인장꽃

하여
선인장꽃이 피었습니다

사막의 긴 모래바람
안으로 타는 갈증을

밤마다 별빛 받아내어
밤마다 달빛 받아내어

안으로 숨을 쉬는
목매인 기다림

흰 구름 보며 샹샹샹
산 이슬 맞으며 샹샹샹

기쁨과 희망이 함께 어울려
품어보는 하늘 노래

하여
선인장꽃이 피었습니다

열매

긴 어둠 지나
밝아오는 창을 열고
부챗살같이 가슴을 펴고
하늘을 봅니다

눈으로 보았던 것이
마음으로 보이는구나

귀로만 들었던 것이
마음으로 들리는구나

천둥 번개
바위 깨뜨려
시달린 불면

나무 그늘 아래서
떨어지는 꽃잎
숨을 죽였지

새벽 아침
그 기다려 온 열매
내 몸에 만져진다.

소나기 그리움

쪽빛 바다를
엎치락뒤치락
벅찬 가슴 안고서
몇 바퀴 뒤엎어 버렸다

어여, 보이는가?
너에게로 가는 빗발
어여, 들리는가?

너에게로 달려
도미노로 흥건히
바닥 치는 발등

소슬히 번지는 물방울
창문 닫고
덧문까지 닫아도
뒤척이는 소리

기어이 왈칵
장맛비로 오는구나
수문이 열리고
둑이 터지듯…

소품

칩상 위로
별이 늘어나는 밤이면
아라비아 숫자 세느라
밤을 설치고

달 깊은 언덕
누구의 사랑과 닮았을까?
수줍은 꽃들의 밀어

먼발치
돌다리 건너가는
물 때 묻은
껌정 고무신.

해 그름 동구 어귀
숨기 놀이하는
술래의 가슴

둘레둘레 눈을 씻어
저어 봐도
와주지 않는
이 자리

해는 저문다.

울창한 숲속에서

아버지의 동산으로
한 그루 나무를 심기 시작할 때
가슴속에는 날마다 아이들과 손잡고 오르는
큰 나무로 울창한 숲을 보았지

이 땅 위에서 사는 이유는 오로지 한 가지
주고 가신 그 씨앗으로 우리네 동산을 채우고
이 땅을 가장 소중하게 보듬고 사는 것
설혹, 모두 다 떠나간 빈자리라 할지라도
홀로 남아 이 나무를 심는 것은
하루에도 수차례 이 동산을 가꾸는
당신의 유일한 바램이었으므로

세월이 흘러 그 바램은
나의 뜨거운 기도가 되고 찬송이 되어
우리의 가슴마다 등불 하나씩 밝혀주듯
나는 너에게 작은 불빛을 건네주고
너는 나에게 푸른 하늘 그리움으로
식지 않은 손을 잡아주면서
한순간도 멈출 수 없는 사랑으로
싱그러운 뿌리 토닥여 주었지

밤이 깊을수록 고뇌의 깊은 바다에
힘껏 닻줄을 당겨 그물을 내리고
불볕더위와 비바람 지리한 장마가 지나고
영글은 수확으로 얼싸안게 하소서

씨앗을 뿌리는 정성으로 아버지는
변함없이 이 동산을 손질하고
힘없이 쳐진 날개를 쓰다듬어 주듯
포근한 손길로 일어서게 하더니
가슴에 내려앉은 바람을 안고
빗물 같은 그리움으로
오늘은 숲속에서 나무들이 소리치고
온 누리가 열리는 하늘, 하늘, 하늘…

이제는 가꾸어온 꿈의 열매 영글어가듯
집집마다 의연한 기상이 드높아가고
찬연한 희망은 깃발을 올려
오랫동안 안으로 잠긴 기도가 열리고
맑은 시냇물이 하나로 흐르네

그득한 나무들은 줄기까지 당당하고
푸른 하늘 위로 새들이 날아오른다
살아가는 날들은 아름다운 나라를 이루어
나무를 적시는 물줄기로 흐르고
어깨너머, 흔들리는 바람에도
건강한 아버지의 숨을 느끼고 있다

강물

고향 냇가에서 날으는
물잠자리의 날개짓으로
한점 한점 늘어나는 강물

박꽃을 닮은 어머니의 기도가
한이랑의 신앙으로
자라고 있을 때
조심스레 눈을 씻으면서
약속의 땅으로 뛰어가겠습니다.

억새꽃에 휘말려
처음 사랑이 부서질지라도
금이 간 바위에 가슴이 저려와도
속으로 젖어드는
지혈되지 않는 그리움으로
알 수 있는 부활

몸부림치지 않으면서
흙터를 지워가며
바람에 꽃잎 흩날리듯
영원히 반겨줄 그곳으로
흘러갑니다.

햇살이 푸른 숲에 내려앉아

햇살이 푸른 숲에 내려앉아
아직 깨어나지 못한 아이의 울음으로
고운 날개짓을 퍼덕이는 새처럼
살아있는 것들은 분명
자기만의 분량의 슬픔을 지니고
구석구석 이슬의 맑음을 흘린다

숱한 나날의 인고의 껍질을 벗기고
갈대의 서걱이는 흔들림마저도
가만히 들여다보면 모두가 어디에서
본 듯한 모습으로 낯이 있는데
어렴풋한 기억의 한편에는
긴 상념이 움츠린 채 졸고 있다.

가누지 못한 부피로 감싸고
그 체온을 유지하며 다가서는 세월에
아이야 눈물을 거두려무나
스산한 저녁 한 올의 꿈처럼
참으로 오랜만에 안식을 가져보렴
그렇게 노래라도 실컷 불러보렴

여름

아버지, 아버지 입에서

토마토 냄새가 나요

한낮에 먹었던

상추쌈이 보여요

여름은 물 오이 꽁다리의 전율

옥수수 찌는 냄새며

봉숭아 꽃물로 소년은

밤샘하지요

양화리

흙벽돌 속에 가려진
개망초꽃만이
그분이 주신 가난이다
화려하지 아니하고
은근한

동구 밖 느티나무 흔드는
짐승 같은 바람이
그분이 주신 복음이다
지친 몸을 뉘는
쉼이려니

장독대 키 작은 꽃들이
그분이 주신 눈물이다
가는 빗소리에도
일어서는

저문 산
푸른 별들만이
그분이 주신 아침이다
너와 나 편하게
마음 열 수 있음을

개구리

기름이 되어라
개구리 핏발 선
눈물 그리고
울음 그리고
외침…

저물 수 없는 농가

날개를 달아줄까
비둘기같이
온 마을을
떼지어 날으는
농부새

꽃밭에서

지금 선 이 자리에서
꽃을 피우는 일이
어제 오늘 일이 아니다

무성한 잡초 헤집고
해묵은 가지 순을 자르고
줄줄이 피어나는 꽃들에게
착한 무늬 보여주고
건강한 소리 들려주고

지난겨울 숨쉬기를 중단한
대지 위로 체온을 불어주어
햇살을 꿈꾸어 주었지
생명의 기운에 가슴이 열려
포롱, 포롱, 포르릉…

아침을 날아오르는 희열로
너를 지키고 있었지

아무도 기억하지 않는
깊은 계곡 지나 어느 곳이라도
새 움이 돋아나듯
살아있는 몸짓으로
숨을 고르며 쉬고 있네
꿈꾸는 꽃밭에서

민들레꽃

먼동이 터오는 새벽
종소리를 몰고 오는 어머니,
얼룩진 상처
핥아주는 어미 소처럼
아문 가슴으로 고운 빛이 스며
물살이 갈라지네

수풀을 지나 어드메 ~
속절없이 몸져누워
숨을 고르며
그늘에서도 피어나는
민들레꽃

뿌리 깊이 스미어서
오히려 자유로운
칠흑 같은 침묵을 삼키고
안으로 불을 댕기는
뜨거운 체온으로

밤새 촉촉이 내린 비 맞고
뜻을 세우듯 남김없이
피어 올린 기도
젖은 눈매로 어머니를
위로하고 있다.

내 마음의 풍경

봄바람에 초록이 일어나듯
생명으로 펼쳐진 산과 들

잉크처럼 초록이 번져
생채기에 새 살이 돋아나고

빈 하늘 흘러가는 낮달처럼
흐들흐들 풀리는 마음 언저리

지새운 하얀 밤이 가고
너와 나 함께 가는 길에는

어느새 고운 빛깔로 스며들어
새들이 날개짓하며 날아오르고

따뜻한 추억이 배인 곳마다
미소 머금은 꽃들의 얼굴

빈 들판 가득 그리움의 향기로
두 팔을 벌리며 뛰어온다.

비 개인 날

초록의 푸름이 재촉하네
비가 그치고
창문 너머 나뭇잎들이
흔들지 않아도
뱅글뱅글 팽그르르 ~~

가뭄 뒤로 기다려온 빗방울은
아침 등굣길 재잘거리는
아이들의 이야기만큼이나
즐. 겁. 다.

땅과 강이 갈라질 때
마음마저 나뉘어
드러내 놓지 못한
희미한 색깔로 스며들고
호두나무 흔들던 빗방울은
뭉클한 감동일 수 있지

눈부신 햇살 받으며
더듬어 걸어온 하루 속으로
발밑에 애벌레 한 마리
계절을 몰아가며 힘겹게
배밀이를 한다

빛이어라

빛이어라
흐려진 구름 걷히고
산들이 그 이마를 마주 대하는
아침에는 소리들이 일어서서
촘촘히 나무로 들어서고
새들의 날갯짓 배우며
지나온 자취마다 그늘이
비껴가네

빛이어라
산속을 몇 구비 헤쳐 온
바람의 속마음 형상 이룬
빛이 고개를 들면
흐린 창을 지우며 풀리는 안개
살포시 내려앉아
웅덩이 속에서도
드러나는 뭍

빛이어라
마른 가지에 물이 오른다
바다 생기 감돌아 그물을 내리면
칡넝쿨에 멎은 날들
벗겨진 순수
끊어진 마디에 파문이 일듯
꿈의 비늘 출렁이는
만선의 기쁨이지

청태산 푸른 소나무처럼

막다른 끝 집처럼
산 높고 골 깊은 대미산 고개를 넘으면
동화책 속에 나오는 30여 가구
이야기 마을, 고향으로 가는
그 길을 잊지 못한다

생솔가지 꺾어 때며 불을 지피는
된바람 거센 산골짜기
어둠처럼 긴 그늘이
한 오라기 빛으로 밀려나고

울려 퍼지는 풍금 소리에 맞추어
동산, 남산, 밭마다 무 배추가 속이차고
산길 논둑길로 흥얼흥얼 콧노래 부르며
닷새 만에 열리는 계촌 장날에
약초 뿌리 팔러간 아버지 마중 나선다

전재, 문재, 여우재 넘어 방위동
물골 지나 가도가도 끝없는
하늘 아래 첫 동네
문명의 시간들이 뿌리내릴 겨를 없고
함박꽃 환한 웃음으로 반겨주며
나도 그처럼 살라고 하였네

잿말랑에 배추와 무 작업을 끝내고
산 높고 골이 깊어질수록
그리움의 계곡도 깊고 높아서
어머니의 소원 우리의 바램이
꽃이 피어나듯
아름다움으로 하늘이 열리고

반질반질하게 닳은 갈퀴손으로
내 손을 잡아주면
나는 언제나 계집아이 손처럼
내놓기 부끄러워 주름진 세월의 깊이만큼
애잔하고 가슴 저린
눈물과 한을 고루 녹이며
매만져 주었지

오랜 세월 지나 어느 날
내 영혼 마른 검불처럼 건조하였을 때
계곡으로 흐르는 물줄기 따라
언덕 위에 하얀 집
그 종소리 듣고 깨어나렴

더덕, 도라지, 고사리, 드릅, 참나물
약초 뿌리 팔아서
벽돌 한 장 마련한 거룩한 손으로
나를 잡아주렴

고향을 지키는 종지기로 홀로 깨워
밤을 희석시키는 싱그러운 별이 되어
청태산 푸른 소나무처럼 우뚝 서라
사람들의 먼 기억에서
잊혀지지 않는 마을로
고운 꿈이 영글게 자라가라
솔향기 진동하는 맑은 그리움으로

함께

폭양이 내리쬐는 산허리로
뚜벅뚜벅 걸어가는 모습
마치 소를 몰고 쟁기질하는
부지런한 농부를 만난 듯
기분 좋은 아침이다

*소룡리 산길에서 만났던 나무
모양이 꼭 의자와 같아서
덥석 앉아 보았네
그렇게 쉼을 주고 마음을 주고
생각만 해도 흐뭇하다

보이지 않지만 넓음에
함께 밭을 갈며 씨를 뿌리고
헤아리지 않지만 깊음에
함께 그물을 길어 고기를 낚고

어제와 다른 오늘을
어깨 맞대어 함께 가는
새로운 날

소풍 가는 아이와 같은 설렘으로
그렇게 천진하게 살아가고
흐르는 세월의 깊이와 무게 속에
아픔과 고뇌까지도
함께 나누고

어느새 하나가 되어
가늠할 수 없구나
생각할수록 경이로운 일이지
고마운 일이지

하나의 길로 흐르는
생명 강의 도도한 물줄기에
어둠 속에서도 빛을
절망 속에서도
희망을 길어 올리는
무명의 낚시꾼이 되어
아름답게 익어가는
계절의 순환까지도 함께
순응하면서

* 논산시 연무읍 소재

물방울 꽃

쇠죽을 쑤는 저녁 어스름
길손처럼 눈을 맞으며
어둑어둑한 강둑으로
길을 나선다

남의 집 사랑채에 더부살이하던
가난했던 일상들이 주마등처럼
추수를 끝낸 빈 벌판으로
살포시 내려앉는다

돌아가야지, 정 깊은 인심 흐르고
솎아내지 않은 배추 항아리만한
논둑길로 흥얼흥얼 콧노래 부르던

오늘도 마룻바닥에 엎드린
어머니의 무릎에는
가슴으로 흐르는 구름이듯
애잔한 물방울 꽃이 피어난다

애기똥풀

어릴 때 흔하게 보았던
애기똥풀

(여러분도 아시죠?)

재기랄
똥풀, 똥풀이라고!

네 이름 때문에
눈빛 한번
말 한번 제대로
건네지 않았는데

(참 나는 나쁜 아이였어요)

아침 산책길에서 만난
네 모습에
어릴 때 친구 모습 본 듯
반갑기도
눈물겹기도 하더라

귀뚜라미

귀뚜라미 작은 가슴이
터질것만 같다

달 먹은 듯 둥그러이
세상을 살아가기에는
힘이 겨워
어둠의 풍지를 사루는 수난

흔들리는 어지럼으로
아물지 않은 상처로
속울음 흠씬 적셔
편지를 쓰는

귀뚜라미 작은 가슴이
터질것만 같다

가뭄

타버릴 듯 천덕꾸러기
오랫동안 가뭄이 일어
마음도 갈라지고
말이 소용없었다

물구나무 서듯
비틀거리며
축처진 어깨
야윈 얼굴에 흐릿한 눈빛

닫힌 틈새로
한 줄기 빛이
보일 듯 말듯...

드디어 하늘이 다가서고
책 속에 활자들이 살아서
새들처럼
빈 공간으로 서성거리고
내 눈에 비늘 같은
무엇이 떨어졌다

여보게, 계산이 틀리잖아!

가리왕산 고개를 오르며

집에서 가리왕산 휴양림까지 16Km, 40리 길이다
물안개 피어오르는 산소길, 동강으로 연결된
오리장 산허리 따라 돌아가다 보면
가리왕산 자연 휴양림 매표소가 나타난다
매표소를 지나 오솔길로 한텀 올라가면
숲속의 집이 보인다
그곳까지 자전거로 오르는 시간은
하루의 근육이 붙는 충분한 코스이다

굽이마다 오르는 경사진 오르막길
계곡의 물소리 들으며 경관을 바라보며
앞발과 뒷발은 균형 있게 페달을 돌려야 한다.
(바퀴들이 이처럼 정다울 수 있을까?)

얼마를 가다 보면 힘이 모자라 쉬고 싶지만
바퀴를 돌리는 두 발은 기계와 같아
정직하게 굴리는 만큼 목표지에 닿을 수 있어
흥얼흥얼 노래를 읊조리면
어디에서 본 적도 없는 새들이 따라 한다.
아마도 조양강 물로 세수를 한 모양이다
멀리 병방치 돌고 온 바람이 얌전하게
머리까지 말려 주고

자전거로 한 시간 남짓 가리왕산 숲속의 집
그곳이 아침 운동의 큰 목표지점이다
큰 목표지점 안에는 작은 목표지점이 있다
- 세대 터널
- 용탄교회
- 달뜨락 마을
- 다래 뜰
- 양지 다리
처음에는 작은 지점을 담고 오르게 되면
이미 그것은 사라지고 큰 지점만 나타난다
그래, 저기 저곳까지 가는 거야
자전거 앞뒤 바퀴를 바꾸어 돌려가듯
내 삶의 무한한 긍정을 펼쳐보면서
조심스레 힘을 가하며 페달을 밟는다

오늘이라는 새날을 선물 받을 때
그때마다 새로운 기대와 설렘으로
숲속에서 뿜어내는 Phytoncide를 마시면
마음이 넓어지고 맑아져 꽃들이 피어나고
이름 모를 새들이 속삭이고 있다
그 가운데 나는 오늘 무엇을 해야 하나?

목회자의 가슴을 열면 교회만 있다 하던데
내게는 많은 이들이 빼꼭하게 차지하고 있다
나의 사랑 어여쁜 성도들의 얼굴
어머니, 기쁨이와 충만이
친구들과 이웃 사람, 조국, 감리교회
예수님을 생각하다 보면
어느새 큰 목표지점에 이르렀다

잠시 자전거를 세워놓고 물 한 모금 마시면
이때가 아침 운동의 Climax
"보약 한 첩 먹게 하심을 감사합니다."

돌아오는 길은 오르는 길보다 시간이 짧다
오르는 길과 다르게 어렵지 않다
자전거에 붙인 채 바람에 밀려 내려온다
오르는 수고를 보상이라도 받듯
내려갈 때 평이하게 가는 길이지만
오히려 위험부담이 더 많아짐을
이 순간 마음을 크게 때리는 울림이 있으니
"잘 나갈 때 주의해야 하느니라"
"편안할 때 방심하지 말지니라"

밀리듯 쉽게 내려오는 길이지만
사이사이 짧게 브레이크를 사용한다
경쾌하고 즐거운 시간이지만
한순간도 마음을 놓아서는 아니 됨을
제어하기 위해 브레이크를 잡듯
작은 긴장들을 잃지 않으며 몸을 세운다

가득한 열매가 쏟아지지 않기 위해
한알 한알 광주리에 보듬어 안고 오듯이
자전거 타는 것을 통해 알려준 가르침은
주어진 시간을 가치 있는 삶으로
풍성하고 아름답게 차지하고

어느새 그는 지상에서 가장 행복한
주인공이 되어 있었다

2장

사람을 향한 그리움

추억

그리움의 연을 따라
얼레설레 가 보아라

꿈의 숲속 빈자리에
반딧불의 반짝임
시리도록 푸른 달이 빛나고
별빛이 쌓인 고요한 뜨락
그윽한 꽃향기

고운 무늬 그리며
바지랑대 위에서 꿈을 꾸는
잠자리 떼
투명한 의식은
고운 깃을 단 새가 되었네

흐르는 시간의 물이랑에는
씻길수록 다듬어지는
조약돌 같이
화사히 밝히는 둥지에서
그 시절 노래들이 속삭이듯
나지막이 들려옵니다.

달밤

바다에 달이 떴습니다
들판에 달이 떴습니다
어머니 손등에 달이 떴습니다

고개를 넘으면 하루가 먼 길인데
목화송이 등을 켠 마을마다
환한 웃음소리 편지에 담아보면

그리운 눈매 다정한 목소리
눈 온 날의 아침처럼
소복이 차지합니다.

달이 떠오른 내 마음
지나가는 바람과 마주쳤다

분주한 일상 뒤로하고
달궈진 마음으로 두둥실

믿음의 달이
희망의 달이
사랑의 달이
환하게 비추고 있습니다

공책

살아있는 오늘
무한한 너비의 여백에는
땅 색 줄무늬로 글씨를 쓰고
하늘색 그림을 그린다.

인생은 당신이 주신
단 한 권의 공책

굴곡처럼 넘어온 아픔은
비뚤어진 글자로
그 속에 물들인 환희는
솟아나는 글자로
차근차근 어우러져 메우는
소소한 역사

틀린 글자 고치고
잘못된 계산 지우며
생명의 언어로
다시 쓰는 오늘

희망의 집을 그리며
사랑의 시를 적는다

남겨진 세월

추수를 끝낸 빈 들판에는
어릴 적
모두가 돌아간 운동장에서 보았던
어둠이 내린 듯
자욱한 고요만이 침묵처럼
두껍게 찾아왔다

신작로에서 집까지 가는 길에
코스모스도 폐허처럼
스러져 가고
무릎이 아픈 갈대가 바람에
서걱인다

돌다리 건너
동네 어귀에서 피어오르는
그 매음한 굴뚝 연기처럼
희미한 그림 한 장
돌돌 말아 이를 빼서
지붕 위에 던지며

"까치야 까치야 헌 이 줄게
새 이 다오"

밤새 사그라진
화롯불 앞에 둘러앉아
열이 내리지 않은 내 이마를
질끈 동여 주시던
하얗게 부은 어머니의 얼굴에는
하얀 눈이 소복이 쌓인다

귀는 터널

귀는 터널
여~ 보슈 여보시게
맑고 고운 소리가 들리우?

당신의 안과 밖을
교차해 드리리다

소란한 것들은 죄다
들어오시게
아리고 쓰린 노래도
감아오시게

물보라로 씻어서
햇살로 발갛게 쬐어
가르마 타듯

터지는 꽃망울처럼
어루만져
돌려 드리리다

험한 세상 헤쳐가며

기쁨으로 빛나는 얼굴
그대 험한 세상 헤쳐가며
눌어붙는 걱정
오늘의 젊은 고뇌를
안으로 곰 삭여
밤하늘 별로 뜨고

노래로 다져진 터전
그대 험한 세상 헤쳐가며
비 맞고 깃들일 곳 없는 새처럼
달래지 못하는 가슴마다
봄바람으로 싹 틔우는
빛줄기 되어

꿈으로 농사를 짓는 사람
그대 험한 세상 헤쳐가며
우리의 땅 소중하게 일구어
정성으로 함께 가는 길
서두르지 않지만 다가서는
임의 문 앞에

살아있는 나날은

비 갠 어느 날
정상 시력을 되찾은 이후
.....

낮으로 꽃밭을 가꾸고 손질하고
초록의 싱싱한 꿈들이 일어나
별들이 늘어나는 밤마다
별지기가 되어
아픔과 상처를 기도로 담아
오롯이 가고 싶어

외진 아득한 길이라 해도
구겨진 길의 끝이라 해도
한 방울의 물이 되어
메마른 대지를 적셔주고

문짝이 돌쩌귀에 따라 돌듯이
소매에 붙어 있는 단추처럼
주어진 자리를 지켜 가야지
살아있는 나날은

친구에게

햇빛이 마냥 푸르른 날
우리는 만났지

나누이거나 헤어지는 게 싫어
오누이처럼 우리가 되어
하나의 길로 흐르는 냇물처럼

그렇게 우리는,
우리 안에는 약속이 같았다

마른 꽃대궁에 물주기
씨 뿌리는 손 잡아주기
퍼덕이는 깃 세워주기

밤은 깊어라
어깨 감싸며 녹여주는

한웅큼 노래로 나부끼는
풀빛 푸른 언덕 위에

피어도 피어나는 숨결로
노을이 출렁인다.

소풍

초록이 물든 산과 들로
숲을 헤치고 나온 노을처럼
떠나봐요, 손잡고

우울하고 나누어진 마음도
품어주는 산처럼
열어봐요, 탁 트이게

바위틈으로 헤집고 나온
원추리 꽃
느껴봐요, 그윽한 향기를

날마다 우리 곁에 있는
어진 이웃들과
함께해요, 예쁜 사랑을

일상의 욕심을 풀어 헹구듯
향기 나는 꽃을 피우며
그대와 함께

가난한 살림을 나누어요

어머니

바다를 앞에 둔 생의 시작에서
무덤보다 더한 고요가 쌓이는 밤까지
따스함으로 덮여있습니다

눈부신 폭양에도
주렁주렁 매달린 열매 뒤로
잎 지고 앙상한 겨울나무 되어도
곳곳마다 가득 차지하는
당신의 소리

언제나 약속처럼
길을 내지 아니한 곳에도
두레박 잇닿을 줄로 퍼 올려
그 물을 마시며
오늘도 우리는 삽니다.

줄줄이 피어난 꽃밭에서
발돋움한 해바라기 우러러볼수록
높아지는 하늘의 폭은 멀고
내 키는 너무 작구나

당신은 빛이었습니다.
당신은 사랑이었습니다.

풀빛 그리움

누군가 사무치게 그리운 날에는
친구야, 소나기 그친
산과 들 풀밭으로 나가자

잠 깬 햇살이 풀숲으로 퍼지고
풀빛을 보며 풀내음 마시면
고맙게도 내 눈이 맑아진다.

아침마다 세수하듯
포름한 밭고랑 논둑마다
풀꽃들이 풀어낸
풀빛 그리움

한나절 휘파람 불며
노래하는 종달새 소리

친구야,
굽이굽이 어둠이 깃들면
싱그러운 풀잎 사이로 떠오르는
그 맑은 영상을 따라
풀지게를 지고 함께
나서지 않으련?

무제

구렁이가 와서
꼬리를 틀어버림 어쩔래?
달이 커지는 아픔을 스스로 감추듯
오늘 받는 고통을 남몰래 받아내어
후일, 잠처럼 몰래 숨겼다가
눈을 떠야지

내 마음 어딘가에 고요히 나는
새의 몸집처럼 구름은 떠 흘러
음악처럼 잠긴다
기나긴 불명의 벽을 헐고
나의 두팔을 뻗어 누인다
위로하듯

벌거숭이 나막신이 우오
논배미 개구리들의 몸 흔들림
참도 없이 몇 마당
쌓이는 파도 흩어지는 꿈
봇물로 터지네

푸른 하늘 우산이 되어

빛줄기를 찾아서
그리움은 날개를 달고
하나의 우산을 받쳐 들고
먼 길을 가네

가시덤불 헤치며
뜨거운 갈망으로
가다 보면 안개에 잠겨
지친 우리의 걸음에
타박타박 절망을 땅에 묻고
돌다리 건너면

보이네요 흐르는 시냇물에
우리의 사랑이 꽃물이 들고 있음을
긴 날을 꿈으로 오른 자리마다
환한 하늘이 열리네요

고개를 들어봐요
아지랑이 피어나는 언덕 위에
푸른 하늘이 우산이 되어
당신과
나를
받쳐주네요

보석상자

누구에게도
열지 않았던 보석 상자를
그대에게 드립니다

머나먼 세월
긴 여행을 다녀온
보자기 풀듯

가까운 듯 아득했고
멀어진 듯 손끝에 닿았던
믿음으로 담고
희망으로 부르고
사랑으로 다듬었던
보석상자

골방에서
꽃 촛불 켜는 마음으로
무릎을 아룁니다.

날마다 열린 창이고저
날마다 드려진 삶이고저

향수

청솔가지 주어 군불을 지피는
산골의 저녁 어스름
누군가 그리운 사람이 올 것 같은
기대에 눈이 내린다

집집이 장작더미 수북이 쌓이고
군불 매운 연기에 눈물이 나도
객지에 나가 있는 손주 녀석들
돌아올 자식들 생각에
시렁에 매달린 옥수수와
겨울밤은 하얗게 삭히어지고

멀리 개 짖는 소리에
새벽을 몰고 오면

여보게, 밤새 별고 없소?

중천에 아침 해가 떠올라
피워 올린 사랑마다 꽃이 되는데
꿈이 인 자리마다 새봄이 오고
미루나무밭으로 새들이 정답게
고향의 하늘을 날고 있다.

어머니 팔순 생신에

어머니, 어느덧 팔순을 맞으시다니
참으로 감사해요 사랑합니다
밤새 기도하던 자리에서
새벽을 맞이하여 믿음의 돌다리
하나 둘 건너시며
기도로 사시는 것을 보여주시며
예수님 믿는 사람의 모습이 어떠함을
알게 해주시는 그 놀라운 지혜는
젊은이도 따를 수 없는 큰 걸음입니다
매 순간 그저 감사하며 승리의 찬송 부르며
땅에서의 밟은 길은 하늘의 소망 길과
연결되어 있음을 보았네요

미국 가 있는 큰 아들네
서울에 사는 둘째 아들
목회하는 딸네
아들딸, 손주와 손녀들의 그리움은 기도로
늘어나고 헤아릴 수 없이 많은 일로
힘에 부쳤지만
자식 농사는 감사로 풍년이 드셨네요
어머니! 그저 고맙고 고맙습니다

단아한 맵시에 따뜻한 맘씨
반듯한 말씨에 빼어난 솜씨
세월도 비껴간 명석함까지

하루하루의 길은 예수님이 가신
성경책을 땅에다 옮겨 사시는 사랑의 걸음이라
역사의 험한 질곡 거뜬히 넘으시고
고난의 풍상도 욥의 인내로 겪어오신
우리 어머니,
모든 것을 합력하여 선을 이루시는
하나님의 손이 어머니 손위에 포개져 있네요

약하고 아프고 지쳐있는 이웃을 사랑으로
고달프셨으나 오히려 감사와 행복이 출렁이는
하나님 보시기에 참으로 어여쁜 따님
샤론의 수선화로 향기를 풍기며
앞으로도 그렇게 살아가소서
성령님의 불기둥과 구름 기둥으로
지금처럼 앞으로도 어머니의 삶 위에
언제나 함께하시기를 기도합니다.

결혼의 노래

행복하여라

그대 둘은 한사람

하얀 그대의 새길 위로

비둘기 날아라

노래하는 축복속에

쓰린 날들 벗겨 가고

저물어도 멀리 가는

그 향기 지녀

피어나거라 그대

기쁨의 사람

피어나거라 그대

희망의 사람.

꿈꾸는 작은 동산

그대 한 사람

하늘의 웃음소리

땅 마을에 깃을 펴라

믿음과 순결로써

뿌리내린 순례의 길

종달새보다 높고 푸른

그 자유 지녀

맑은 나라 새로움이

가슴마다 푸르러라

기쁜 나라 종소리가

마을마다 푸르러라.

바다의 꿈

우리 하나의 마음으로 흐르면
산이 우리 밑으로 떠돌고
하늘의 노래도
내 속으로만 속으로만
깊어가고 있다

하 ~ 얗게 소금 빛을 뿜으며
비로소 일구는
꿈의 농사

이 땅마지기 몇은 나누어
용완이 떼주고 얼마는 맹아학교
서끈이 장가 밑천으로 주고
내 구석구석을 전부 너희들을
위해서 내놓으마

가진 것이 없었던 너희들은
행복했구나
가진 것이 없다고 부끄러워하지 않는
너희들은 행복했구나

구름이 풀어지는 내 가슴 위로
모심고 마늘 놓고 고추모도 하려무나
너희들에게 나누어 줌으로
나의 땅은 넓어지고
나의 꿈은 깊어가리

동 행

외길 낭떠러지
칼바람 부는 언덕 위에서
그도 그랬다

떠나는 걸음마다
맨발의 그림자 되어
발을 맞추고

변함없는 눈빛으로
묵묵히
바라볼 수 있는 것은
쓸쓸함이 아니다

별을 사랑하다 품은
한 줌 그리움이려니

물안개 자욱한
새벽아침
너를 사랑하다 물든
분홍빛 마음이려니

항아리

겨우내 곰 삭여진 항아리
깊숙이 차곡차곡 쌓인
무, 곰취, 깻잎, 오이까지
꺼내 보았네

가는 세월,
햇빛의 조율에 따라
농익어 맛이 깊고 덩달아
나도 익어져

맑고 깊은 가슴으로
맴돌았던 슬픈 노래 뒤로
금물결이 잔잔히 부서지고

방황의 찌기를 제하듯
정갈하게 반질반질 닦아
알차고 오질게
숨을 고르고 담아내는
내 안의 항아리

찬 기운과 햇살에 말리듯
은근하게 녹이고
꿈처럼 삭혀 맛을 내듯
세월을 익힌다
나를 익힌다.

연인

푸른 언덕 넘어가는
내 사랑은
목련꽃 터지는 달밤같은
유달리 마음이 맞는
꽃그늘에 앉아서
그리는 얼굴

그렇게 연인이고 싶은
하늘빛 기쁨으로 물들인
따스한 햇볕에 앉아보세요

항아리 안으로 차곡차곡
쌓여가는 향기, 숨, 새소리
꽃지짐 나비가루
정다운 이야기…

속삭이듯 쓰다듬는
나래의 가슴에
별을 뿌려 일렁이는
안개빛 고운 마음마다
가락이 되어 홍을 이룬다.
아름다운 나라를 위하여
.....

유년 시절

소나무 그 빛이 좋아
들꽃이 좋아 눈물이 날 것 같아

산을 헤집고 들을 가르며
산 꿩 소리에 놀라
하얗게 삶아 준 바짓가랑이
칡뿌리에 걸려 넘어졌네.

형아, 언덕에 오를까?
하모니카 불면서
해질녘 노을 구경삼아
몽실몽실 노래 부르며

옥수수 대궁 분질러 요기하고
재 너머 밭에 가신
아버지 마중 갈거나?

하늘에 늘어난 뭇별 헤아리다
떠오른 달이 우리보다 앞서면
괜찮다고 괜찮다고
바람결에 풀벌레 소리치고

저 멀리 지게 가득
달을 짊어진 아버지의 굽은
등이 보이고

별들의 숨소리 들으며
형과 오붓이 어깨를 맞대고
단숨에 뛰어온다

내 아우는

내 아우는
정지용 시인의 호수
그리움의 시를 읊어주는
순진무구의 땅이다

긴 하루, 비탈 밭뙈기
쟁기를 끌고 돌아와
고단한 숨을 고르는
산들바람이듯

노을속에 물들인 그리움처럼
누군가를 찾으러
꼴 지개 내리는 것도
지게 작대기 튕겨나간 것조차
잊어버리는

가끔은 소몰이 끈으로
내리치는 휘파람 소리에
당신의 지친 일상을 만져준다.
가문 땅 쓸어내리는
단비소리로 흙내음으로

마음의 빈칸

바람이 세찬 바람이
두꺼운 파도를 흔들고 있다

팔을 걷어 올리며
가슴까지 부푼 파도를 걷어낸다
이따금 솜실 뽑아내듯
잔잔한 물결이 일렁이고

삶은
우스개 소리하며 지나가는
마음의 빈칸과
머리 맞대며 골똘히 생각하는
마음의 빈칸과 나란히
균형을 잡는 일

그 뒤로
노을에 반짝이는 물결이
영롱한 보석처럼 쌓이고
바람에 묻어오는 그리움으로
파도를 녹인 바람이
일렁거리고 있네

기다림

피마자 잎을 풀어서
고추빛 손톱이 물들 때 까지
아라비아 구구단을 외겠습니다

등잔심지의 그을음을 낮추면서
손 까스랑이 처럼
자꾸 돋아나는 미움일랑
지난해 겨울,
벙어리 장갑속 같은
다사로운 마음으로 없애야지
비단결 바람으로 날려보내야지

무논가 개구리 울음도 그치고
교회당 종소리에
새아침이 밝아오면
조금은 철이든 흉내로
실빛 손가락을 흔들어보여야지

사랑 깊은 약속 떠올리며

광야 같은 빈 들판 위에
씨앗 하나 심었습니다
가난한 골방에서
등잔의 심지를 올리며
기름을 채우고
불을 밝혀

방황의 끝자락에 남아 있던
우수와 절망의 틈까지도
가을 햇살에 말려
알알이 익어가는 열매처럼
무릎 조아리네
마리아 여인처럼

외진 가시밭길 걸어가는
지친 그대의 발자국
사랑 깊은 약속 떠올리며
그믐밤 침묵 소리 깨우며
풍랑 이는 밤바다에
차오르는 소리

가을볕 받으며 들판마다
황금빛 영근 열매들로
아침을 몰아오는
새로운 Season

여보게, 밭 매고 거름 주는 일
늦추지 말게
여보게, 대풍 든 하늘곡간에
짐을 푸시게
그리고 쉬었다 가세
사랑 깊은 약속 떠올리며

익다 못해 터진 그리움

내 마음의 밭에 심어진
한 줄기 사랑,
그리움의 길은

밤마다 베개 밑으로
흐르는 강물같이
뻗어가는 시간의 넝쿨속에
환한 이름,
그리운 나라로 남고 싶다

함박눈 내린 밤
영원을 꿈꾸는 소년의 눈망울
이 세상 끝까지
함께 어울릴 그 속삭임
마음의 둘레

빈 사막 길, 그대 걸어갈 제
한 바가지 솟아나는
샘물이 되어
익다 못해 터진 그리움으로
내 모습 남았을래.

문

봄 하룻날
멍키 스패너(각종 목수 용구들)
죄다 완비하고 높은 산 올라와
문 앞에 서 있다

나이보다 갑절 삼킨
노크 소리에 목숨같은 연장을
버릴만큼 허기져있다

키를 건네주는 이 아무도 없고
이승의 맨 끝의 빛깔로
때론 밀물처럼 밀려오고
때론 썰물처럼 쓸려 나가는
문. 문. 문...

연장 도구들을 팽개치고
나른한 권태마저 불살랐지만
아직도 버릴 것이 많은 터전

(당신은 그 어떤 기다림을
재촉하는가?)

다시 의자를 당기면서
문 앞에 서 있다.

이상하다
이상하다

그 문이,
그 문안의 내가

바람으로 열리는 것은
물소리로 열리는 것은

이상하다
이상하다

새삼스런 하루

오랜 밤
불면의 가지 끝에
잡힌 것은
빈 기다림

가도록
무너지는 바다의 언어
그 소용돌이
아득한 목마름

삶이 몽땅 용서라지만
일흔 번씩 일곱 번이라도
침묵의 바다 위로 뉜 것은
허망
목감긴 해초들

신 새벽
어렴풋하지만
다가선 것은
놓아 주어야 한다는 것

내가 무엇이 되고 싶다는 것
내가 무엇을 바란다는 것

*추억의 유리창
-내 추억의 유리창은 가을하늘처럼 언제나 투명하다

추억의 유리창 너머 측백나무 울타리가 보이고
허옇게 시멘트 가루 날려진 버디기 먼 산 너머로
병서가 책보를 어깨에 가로질러 메고
뛰어오는 것이 보인다
그 뒤로 발 빠른 성춘이는 꼭 발발이 같다

얘들아, 들리니? 저 노래 소리 어디서
많이 듣던 소리인데
엄마 무릎 베고 잠을 자던 자장가인가?
아님, 요즘 한창 뜨는 김건모의 '짱가?'
♩♪♬
'소백산 웅장하게 앞으로 안고
금수산 병풍처럼 뒤로 싸여
그 속에 뿌리박은 거룩한 학원
아름답게 피어나갈 우리 도담교' (교가)

유리창 햇살이 눈부시게 푸르러
아침 조회에 서 있는 동무들의 얼굴이 아른아른 거린다
동무야 오늘 10년이 아니고 20년 또다시 10년
아! 30년, 한세대 만에 오늘 이렇게 만났구나
"어떻게 살았니? 살아있었구나.
하나도 변한 게 없군! 얼마나 보고 싶었는데…"

고무줄놀이와 공기를 받던 여자아이들에게
늘 심술궂던 근영이와 성남이는 연필 깎는 칼을 가지고
고무줄을 끊고 달아나고
졸린 듯 넙죽이 익한이의 긴 하품 소리에
교실은 떠날듯하고
얌전빼기 혜순이는 머리에 꽂은 삔 자랑을 한다
뒤질세라 시집간 언니 자랑으로 영란이도 한몫을 한다

체육 시간이 아니어도 쉬는 시간이면 언제나
덕규와 노일이는 공을 차느라 얼굴에 땀으로 얼룩지고
산수 시간, 숙제를 누구보다 잘 했다는 은옥이의
잘난체하는 말에
시장에 살던 은숙와 영신이는 은근히 기가 죽는다
어젯밤 약장수 서커스 곡마단을 보느라고
숙제를 못 했기 때문이다

언제나 싱글벙글하던 돼랑이 영호는
가만히 있는 길게 묶은 용자의 뒷머리를
한번 홱 치며 뛰어간다
책상에 얼굴을 파묻고 울음을 터뜨린 용자 뒤로
눈알이 동그란 은자는 어느새 언니처럼 보이는
선하에게 일러 바쳤는가 보다
(참, 선하가 여자 반장이었지!)

여자아이들이 동그랗게 모여 있다
말 많은 경숙이 소리가 큰 정수 덩치 큰 현중이까지

나는 은근히 겁이 난다
여자아이들 앞을 지나야
변소 (그 당시 '화장실'은 없었다)를 가는데 오늘은
어쩐지 자신이 없다.
우리 반 반장 도국이를 앞세워 가야 하리라
설마한들 반장을 건드릴 수 있을까?

나는 조심조심 세복이와 함께 물 마시러 가는 척하면서
변소를 가고 있었는데 이게 웬 날아온 짱돌!
도국이를 잡지 아니하고 세복이와 나를 잡아버렸다
(이크! 올 것이 왔나 보다)
"야~얏! 왜 남자애들은 우리를 못살게 구냐 말이야"
앙칼진 정수의 소리에 심술궂게 인숙이가 실룩샐룩~

큰 영희인지 작은 영희인지
(우리 반에는 영희가 둘이 있었다)
어디에선가 뛰어오며 이야기 한다
"우리 반에서 재네들은 착한 애들이야,
어제는 창수하고 충렬이가 여자애들 책가방을
쓰레기장에다 갖다 놓았고

진성이는 순애 신발을 감추었는데…”
머슴아들의 만행(?)에 여자애들은
화가 풀리지 않는가 보다

“뭐 그런 것 같고 그러냐?
여자애들이 예쁘니까 한번 그래 본거지
우리 아빠가 그러는데 꽃이 예쁘면 원래
한번 손이 간다 하더라”

제법 어른 같은 철주의 말에 여자아이들의 소란은 멎고
산수 시간이 되었다.
어제는 수판으로 수 계산을 했는데
오늘은 도형을 한단다
등굣길 만화가게에서 팔던 풀빵 생각만 날 뿐
학교 매점 외팔이 아저씨가 팔던 모형 권총이 아른거릴 뿐
강희와 난 도시 자신이 없다
연필 뒷 꽁다리만 깨물다가 안 되겠다
옆에 앉아있던 짝궁 송예를 쿡쿡 찔렀다
가리재 넘어왔던 송예는 피곤기가 서려
나보다 먼저 고개를 떨구고
슬며시 뒤에 앉은 화운이를 한번 돌아다보았지만
그는 못 본체하고 있다
위로하듯 창가에 앉아있던 미경이가

하얀 이를 드러내고 웃어주었다

희용이 짝궁이던 해숙이가 눈살을 지푸렸지만
옆에 앉은 희용이에게 쪽지를 보냈다
어제도 선생님 심부름으로 시험지를 매기고
늦게 집으로 간 그에게
"희용아, 답이 뭐니? 뭐냐고"
황소 눈알이 왔다 갔다 할 뿐 말하지는
못하고 책상에다 얼굴을 바싹
붙이고는 "푸우-" 트림 섞인 한숨을 토한다

판서를 하고 계신 선생님이 뒤를 돌아보며
소리를 질렀다
"아니, 이게 무슨 소리?"
신동기 선생님의 겁나는 소리와 함께 분필이
날쌘 새처럼 누군가에게 날아가더니만
창균이의 머리에 맞았다
(왜 하필, 창균이 머리람! 성남이나 맞지)
저런, 저런! 웃을 수도 없고 호흡이 멎을 듯
잠시 흐르는 침묵뿐
모두 콩닥콩닥 가슴이 방망이질하고 있었다

바로 그때였다
가장 즐거운 소리가 있었으니
복도 벽에 붙였던 스피커에 쉬는 시간 종이 울렸다
현옥이와 민자 홍성이가 앞줄에 앉았다가
먼저 뛰어나가고
뒤에서 날쌘 종호와 현이가 뛰어나오느라고
영복이와 주삼이를 밀치고 책상을
넘어뜨리고 야단이다

유리창으로 따스한 햇볕이 변함없이 비춰고
초롱초롱한 눈빛과 해맑은 57명 아이들의 웃음소리는
풍금 소리에 맞추어 부르는 노래가 되어
방방곡곡에 울려 퍼지는
더없이 정답고 아름다운 하모니였다
그렇게 그렇게 그렇게…

*추억의 유리창은 1972년 충북단양군
도담초등학교 5학년1반 스케치이다.

3장

영원을 향한 그리움

기쁜 나라

당신은 날마다 오십시오
환한 웃음으로 오십시오
맑디맑은 시냇물로 오십시오
동 터오는 아침으로 오십시오

닫힌 창을 열겠습니다
청소한 내 마음의 운동장을 비워 드리겠습니다
오랫동안 간직한 새 노래를 부르겠습니다

시들고 언 꽃나무에 별 바람 불어주십시오
에덴의 그 처음 얼굴을 주십시오
어우러진 가슴마다 꽃향기 배인 입맞춤을 주십시오

당신은
날마다 날마다 오십시오
당신 이름 가득히
밝은 나라로 오십시오
맑은 나라로 오십시오
환한 나라로 오십시오

굴렁쇠

주고 가신
굴렁쇠를 굴립니다

시작과 끝
처음과 나중을
오로지 한걸음으로

시간을 굴립니다
헝클어진 마음의 눈물도
아픔 속의 빛나는 웃음도

서두르지 않고
늦춰지지 않으리
흔들림이 있어도
부추겨 세워가며

하늘이 열리는 그 문으로
한걸음으로
한마음으로

다함이 없는 노래

나의 처음 사랑은
꼭 한 사람
그대뿐이었습니다

작은 가슴 터질듯이
차오르는 밤마다
달빛 명주실로 비단을
짭니다

종려나무 가지 흔들며
호산나 부르던
예루살렘의 소년들처럼
날마다 설레며 사는 이유는
내 희망이 온통 그대에게
차지하기 때문입니다

서른 강을 건너
마흔 들을 지나
쉰 봉우리를
넘고
넘고
넘어…

열두 번 태어난다 하여도
나의 사랑 꼭 한 사람은
변함이 없습니다

깊은 사랑의 우물
마실수록 더욱 목이 마른
일생 멈출 수 없는
못 다 부르는 노래여!

새해의 기원

새 달력의 첫 장을 열면
꽃들의 향기로
새들의 지저귐으로
출발의 아침은 밝기만 합니다

1년 365일
52주간
하루같이 강건하게
뿌리 깊이 내린 나무들처럼
의연하고 꿋꿋한 기상을 배우며

미움을 줄을 끊고
사랑의 줄로 매이게 하소서
절망의 줄을 끊고
희망의 줄로 매이게 하소서
의심의 줄을 끊고
믿음의 줄로 매이게 하소서

말씀의 우물가에서
기도의 두레박을 길어 올리면
은혜의 빛다발로
새로운 나날들

그물 수레

송두리째
그리움을 펴냅시다

가슴 밑바닥
여울처럼 고여 있는
물결 잔잔한 고요를

밤샘하며 깊어진 기도
별이 되어 빛나고
음악처럼 흐르고

가난한 벌판을 지키는
별이었으면 좋으리
차고 어두운 이 땅위에
별바람 일으키는
하늘이라면 좋으리

지상의 슬픔을 실어 나르는
그물 수레

사랑이라는 이름으로
꽃다이 피는
별이 되었으면 좋으리

새벽을 바치는 사람

새벽을 바치는 사람이게 하소서
하루의 시작 출발 선상에서
순백의 믿음이 피어오르는 시간
깊은 곳에 그물을 내리게 하소서

새벽을 바치는 사람이게 하소서
새순 자라듯 희망이 커지는
세마포를 준비하는 시간
목장의 푸름처럼 가벼운 발걸음

새벽을 바치는 사람이게 하소서
새로 피어나는 꽃들을 위하여
묵은 가지 순을 쳐 주는 시간
사랑의 햇빛이 온누리에 퍼지네

푸른 하늘처럼 푸르게

푸른 하늘처럼 푸르게
푸른 마음 곱게 여울지듯이
푸른 바람에 희망을 실어
푸른 바다가 되고 싶다

푸른 길을 따라 창을 열고
푸른 마차를 타고
푸른 그대의 얼굴 비추는
푸른 나무들이 자라는 산에서
푸른 꿈들이 피어나듯이
푸른 가슴으로 사는 것은

푸른 강가에서
푸른 하늘 가득히
푸른 이름 불러주기를

푸른 땅에서 피리를 불며
푸르게
푸르게
푸르게 살아가리라.

잔치에 초대되는 날까지

아침은 빛을 머금고
산을 가르는 언어의 숲을 지나
마른 나무에 꽃을 피우는 수액이 되어
아름다운 열매로 익어 가리라
세상을 동그랗게 지켜 가리라

씨앗 하나 조금씩 의미를 알아가고
가슴이 열려 자리 잡게 하시고
오늘은 산맥처럼 뻗어간 자락으로
무한의 찬미를 듣고 있습니다

소리는 멈추지 않는 파장으로
발걸음마다 밝혀주는 등불이 되어
때로는 비안개를 가르며
때로는 진눈깨비 날리며
그대 외줄을 타는 법을 배웠는가?
그 깊고 넓은 곳으로 두레박을 내렸는가?

잔치에 초대되는 날까지
서로의 눈빛에서 희망과 위로를 나누며
당신의 지팡이가 푸른 초장으로
잔잔한 물가로 인도하시니 아쉬울 게 없어라

수평과 지평을 넘어 영원에 이르는
무궁한 신비처럼
순결의 찬미를 부르는 자리마다
당신의 불을 붙여주소서
당신의 불을 붙여주소서

날마다 따르는 무한의 넓이에서
뿌리고 돌보고 견디는 것을 배워
마침내 건강한 삶으로 일으켜 세우는
큰 품으로 곧게 오르는 세상을
그대 비추어라
천년 우러르는 종소리에 날개를 달고
천년 우러르는 종소리에 날개를 달고

봄, 예수

유리창에, 겨울 유리창에
손가락 글씨로 써봅니다

봄, 봄, 봄

황량한 벌판 마음의 뜨락에
봄빛처럼 부드럽게 매어준
희망의 애드벌룬

나비처럼 산새처럼
소나무처럼
드리는 작은 답례

눈가의 이슬
장미꽃으로 불타는 가슴

겨울 유리창에 입김을 불어
글씨를 써봅니다

예수, 예수, 예수...

달빛이 창을 넘어

새벽마다 떨어지는
아내의 눈물 뒤로
목련꽃이 망울져 터진다

달빛이 창을 넘어
우리의 사랑을 엿보듯이

오늘은 등불도 없이
산천이 밝아오고
빈 가지마다 순결함이
올올이 이어지고

온 누리에 젖어 드는
월광 소나타

찬 샘내기
이 장로네 어미 소가
밤새 송아지를 낳았단다

그리움이 향기로 번지는
꽃그늘 언덕에서
파란 강물이 흘러
해맑은 마음으로
불을 댕긴다

커다란 빛 너울이 되어

창세기의 첫 장을 읽으며
시린 등허리 밀어내고
생가지 꺾는 아픔으로
날마다 샘물 길어 올리듯
새벽의 무릎 조아려
켜 올린 기도의 등불

당신 앞에서
산을 가르고 문이 열리고
마음 언저리
밤낮으로 싹을 틔우고
내 절망을 가리고 타는 듯
가슴에 심지를 올리면
말씀의 햇살 아래
익어가는 열매

푸른 생명 출렁이며
우거진 숲속에는 뿌리 깊이 가득한
약속의 아침을 맞이합니다.

사랑이 여울지며 흐르는
시냇물 소리
잃어버린 언어를 찾아주는 순수

지난겨울, 추위로 몸 부비며
서로를 빛내주고
숨이 멎을 듯 아픔과 설움이
비에 젖어 내리고
새벽을 깨우는 나뭇가지 사이로
번져오는 빛줄기는 뿌리에서 잎새까지
꿈이 깊은 마음을 채우고
그 속에서 과녁을 향하여
화살을 당겼습니다

지금은 새로운 떡을 먹고
물을 마셔야 할 시간
새로운 길을 걸어야 하고 달려야 하는
어두운 세상 커다란 빛 너울이 되어
올곧게 오르는 걸음마다
하늘이 열리고 있습니다

바람이 흔들리는 고개 너머
두근거리는 가슴으로
누군가를 기다리는 일이 얼마나
아름다운 아픔인지
산자락에 휘감긴 구름처럼
잠시라도 우리 흩어질 수 없음을

하루를 쌓아도 그 발아래는
이해와 용서 그리고
사랑이 푸른 숲 되어
울창한 우리의 시간 앞에서
뿌리고 돌보고 견디는 것을 배우며
마침내 투명한 영혼으로 일으켜 세우는
큰 품으로 곧게 오르는 세상을
믿음으로 비추어라
희망으로 비추어라
사랑으로 비추어라

나의 빈손으로

텃밭에 숨겨진
보물 항아리

아물 새 없이
튼 손 비벼
굳은 마음 녹여
가득가득 아귀까지

밤 기도 눈물로
먹을 갈아
우슬초 보혈을 찍어
나의 빈손으로
말씀을 썰어
은혜의 소금을 뿌린다

한 땀 한 땀 손끝에
빛으로 가득 메우면

어느새
사랑으로 곰 삭여
한 점 한 점 날개를 달아
꽃이 되었네
새가 되었네

봉헌

소리와 빛이 멈춘 시간
둥지에 돌아온 한마리 새처럼
제단 앞에 엎드렸습니다

어지러운 생각 떠나보내고
가슴 열고서
눈물로 편지를 씁니다

나를 받아주소서
간절히
피어나는 꽃잎처럼
온전히
깨끗하게 드려진 봉헌으로

미움의 때만 끼었습니다
교만의 키만 자랐습니다
거짓의 나이만 헤아렸습니다

비 맞은 풀잎처럼
생기 있는 목숨으로
차오르게 하소서
꺼지지 않는 불꽃으로
타오르게 하소서

부르심

빛은 가슴에서
그려져 점차 드러난다
산허리 논다랑이
물그림자 풀리듯이

배시시 웃고 있는 아기처럼
덜 마른 어둠 찍어내
그 속에 물든 마음
희망의 얼레를 당겨
빛을 끌어 올린다

당신의 부르심이 닿기 전
나는 마른 나무
젖은 꿈 한 자락 없이
흙먼지에 묻혀
건조한 내 영혼 서성거리다

꿈결처럼 따스한 체온
눈물처럼 기운이 감돌아
비로소 하늘이 열렸다
좁고 외진 이 자리에

부활절 아침에

어둠이 가시지 않은
이른 새벽 향유를 마련하여
무덤을 찾아갔네
어둠 속에 덩그러니
스러진 가슴 안고

엘리 엘리 라마 사박다니…

매달려 있었던 마지막 절규

굳게 닫힌 돌문을 열어보니
온누리에 번지는
생명의 참 빛

예수님 부활하셨네
예수님 내 안에서 부활하셨네

겨울을 뚫고 나오는 새싹처럼
새의 깃털 속에
메마른 숨결 매만지며
고요하게 밀려오는 달빛으로
라일락이 향을 토하고 있다

허겁지겁 지친 걸음으로
가누지 못하는 그물을 내리오니
먼동이 틀 즈음 우리 가운데

주여! 믿음으로 부활하소서.
주여! 소망으로 부활하소서.
주여! 사랑으로 부활하소서.

나팔소리 온 천지 울리도록

저문 밤 작은 불을 밝혀
아침이 오리라
아침이 빛처럼 환하게
퍼진 자리마다
긴 어둠이 지워지고
사랑의 꽃비가 내린다

내 마음 어디쯤일까?
포근한 강물 흐르는 그 이랑에는
오래 두어도 바래지 않는 빛깔로
당신에 대한 그리움으로
출렁거리고 있네

많은 시간이 두꺼운 책 표지처럼
너덜너덜해져 버린
역사의 뒤안길에서
헐몬산 정상의 이슬이 시내 되고
강이 되어 잠든 내 영혼을
흔들어 깨워 주고

물안개 핑계 삼아
고된 삶 접은 두 날개 위로
무게도 잊은 채
슬프나 조금도 슬프지 않듯
호주머니 속으로 묻어난
애틋한 그리움으로

여보게, 구름의 방황을 만나 보았는가?
태양의 정열을 가슴에 지녔는가?
별들의 속삭임을 나눠 보았는가?
한 아름 가득 당신에게
옥합을 깨트려

지나가는 나그네 빈손으로 보내지 않고
식솔 모두에게 모자라지 않을
양식과 포도주 나누어 줄
무한의 바다 같은 내 가슴의 심지위에
꺼지지 않는 불꽃으로 타오르리라
나팔소리 온 천지 울리도록

생명 강이 흘러온 그 자리에서

오늘은 독수리 날개를 빌려
당신을 태우고 오르고 싶습니다
고국의 산천과 고향의 냇가를 돌아
당신 보고 싶어 하는
사랑하는 임과 자녀들 앞에 간절함으로
여기 모여 있는 우리에게
잠시라도 시간을 돌려주고 싶습니다

겹겹이 쌓인 발걸음 뒤에
모두가 외면한 그 자리에 무엇을 보았기에
당신은 불을 밝히셨나요?
도시 올 것 같지 않은 희망의 아침 대신
절망으로 가득한 칠흑 같은 밤중에
오늘 절망의 줄을 끊으며
내일 소망의 꿈자리에 불을 댕기셨나요?

태양조차 숨죽이며 차마 떠오르지 못한 채
수백 번 아니 수천 번 마음 쓸어 올리며
부르고 불렀던 가슴 깊이 차지한 그 소리는
바람이 되고 강물이 되어
우리 가슴까지 이어져 출렁거립니다

4~50도 떨어진 기온에 바다마저 침묵했던
온몸을 자를 듯 눈과 얼음이 쌓인
그 혹독한 상황에서 쓰러지는 나무처럼
너무나 애처롭고 가여운 그래서 더 절실한
거룩한 상흔으로 남아 있습니다

모두가 돌아가고 홀로 남아
이 터전을 지키는 것은
돌아온 한 마리 양이 남아 있기에
떠날 수 없었음을
가시 같은 아픔이 수북이 쌓여간다 해도
외롭고 추운 한 영혼을 보듬는 것이
목숨보다 귀한 순명이기에
하늘 아버지께 올려드리는 찬송이기에
당신은 그 자리에 서 있었습니다

긴 세월 기다림에
가늠할 길 없는 쪽빛 하늘 아래
당신 기다리는 갈급함에 나서는
마중 길에는

환한 햇살 받으며 꽃들이 피어나고
형형색색 향기를 토하는 울창한 나무들이
생명 강이 흘러온 그 자리에서
소리 안의 소리, 나의 흐름이 되어
소리 밖에 소리, 너의 흐름이 되어
당신의 깊숙한 그 갈증을 해소하고 있습니다
오랫동안 잠긴 문들이 열리듯이…

짧은 시

지독히도 아린
마늘의 표피를 벗긴
생명의 본연

아리는 가슴을 훌훌
벗겨도 벗겨내어도
속살이 보이지 않는 불구

스무 살의 강을 건너왔지만
다시 만나는 바다에
어색한 삶을 훔쳐
비늘로 떨군다

내주를 가까이보다는
막소주 집 몇cc 알콜에
반짝이는 삶

(주소와 혈육을 잃어버린 세월)

흙바람이 부서지는 쓰레기장에
불이 꺼지기 전
내 고향으로 돌려 보낼자
누구요?

아버지

사계절 쉼 없이
어둠을 깨듯 세찬 파도 소리로
장엄한 바다의 교향곡을 대신하는
아버지의 찬송은 쉬 끝나지 않는다

바람이 불고 폭우가 몰아쳐도
언제나 불변의 자리에서
흔들림 없는 견고한 바위처럼
우렁차고 깊은 말씀

천년이 흘러도 바위를 깨트리는
멈출 수 없는 가락으로
하늘을 땅으로 끌어안아
세월이 켜켜로 쌓일수록
더욱 더 애틋함으로
파도의 파장 전해져 오고

빛을 길어 올리는 새벽으로
연륜의 나이테는 쌓여
지나온 발자국마다
기다리고 견뎌온 불타는 소원이
땅속깊이 무한의 열매로 가득합니다

당신은 장엄한 바다
가슴마다 굽이치는 일몰의 숨결
여명 밝히는 역사 앞에
우리의 찬송은 멈추지 않습니다.
아버지 사랑합니다.

성 탄

산등성이 몇을 넘어야
그대에게 닿을 수 있을까?
지친 나그네의 부르튼 발등으로
두 눈 가득 물러져 있는 눈매에
홍건히 흐르는 여울로
그대 오시려나?

괴나리봇짐에 쌓인
한숨과 절망마저
타박타박 모래 속에 묻으면
먼 하늘 들려오는
노래 한가락

낯선 변방에서
별이 되어 흐르는 고요한 밤에
빈 마음 가득 차오르는
새하얀 신비로움
비로소 하늘과 땅이 만났구려!

꿈꾸는 나무처럼

결국 무덤을 막았던 돌은 치워졌네
결론이 없는 토론에 지쳐
잠 못 이루는 밤에
서광처럼 한 오라기 빛이 들어와
책 속에 활자가 꿈틀꿈틀
생명이 되어 밝아왔네

복잡하게 꼬여진 일상의 매듭
고뇌했던 그 수심 가득한 얼굴에도
그윽한 빛이 머물고
아이들의 입에는 명쾌한 노래로 차지하고
종소리 들리던 먼 옛날
예배당 있는 마을에서 전해오는
평화로움까지

어깨동무하듯 마음 포개어
한 걸음씩 따라가면
샤론 들에 피어난 백합처럼
향기 가득한 음률로 시를 적는
예쁜 내 마음의 뜰로
환하게 다가와 손 내미는
따뜻한 온기에 취하고 말았네
꿈꾸는 나무처럼….

두레박 물 긷는 소리처럼

새벽마다 하늘 날개를 타고
큰 산맥을 넘었다
그 발걸음에는
시대적인 어둠 가르고
깊은 파도 잠재우고

오랜 침묵과 기다림 끝에
깨어있는 소리여
흔들리는 광야
만나를 내리는 아침에
다시 엎드렸습니다

주여 말씀하옵소서
종이 듣겠나이다
겁먹은 아이 사무엘처럼
믿음으로 달려갑니다

고단하고 지친 나그네에게
말씀이 생명임을
말씀이 능력임을
말씀이 복이 됨을

벳새다 광야에서
보리 떡 다섯 개 물고기 두 마리
내밀고 부끄러워 달아났던 소년이
이제 돌아와 당신께 드릴
희고 순수한 반죽으로
빵을 굽고 있습니다

두레박 물 긷는 소리처럼
생명을 끌어올리는
눈부신 존재감

그대 눈이 맑고 깊어지도록
그대 발이 복된 발걸음으로
새롭게 보이는 경이로움으로

내 옥합에는

산모롱이에 어둠이 내려
산촌의 밤은 깊어만 가고
언덕 위에 하얀 집에서
은은한 불빛이 새어
빛으로 퍼지고 있다

빛살이 눈처럼
환하게 찾아온 아침에는
긴 어둠이 지워지고
복음의 단비가 내려
꽃이 피고 열매 맺는
은혜의 사계절

한 아름 두 손 가득
당신에게 드릴 내 옥합에는
감사 가득 기쁨 가득
사랑 가득하여라

누에가 뽕잎만을 양식 삼듯
당신의 말씀으로
떠나는 손님에게
빈손으로 보내지 아니하고
집안 식솔 모두에게
풍부한 양식으로 함께 나누며

그리운 나라 등을 밝혀
삽작문에 달아 놓고
맑고 빛난 세마포 준비하여
그 날을 기다리네.

그날이 오면

밤기차가 지나갔습니다
신 새벽을 달려오는
그대 실은 기차를 기다리며
꽃등불 들고 서 있습니다

신부는
얼굴이 부어올랐지만
두 발이 얼어붙었지만
가슴 가득 고여 흐르는 노래는
기름이 되어
등을 밝히고 있습니다

우주가 생기지 않은
그 처음부터 차올랐던
아무도 모르게 간직하고 싶은
그대 꿈을 꾸던 고운 날
봄밤같이 포근한 세월

그날이 오면
아름다운 색으로 화원을 만들고
찬란한 아침 햇살아래
꽃들의 향연을 토하겠습니다

기적소리 귀 기울이며
몸져눕던 열병의 자리
툴툴 털어내고
군불을 지펴야지요

넉넉한 그대 기쁨의 사람
내내 행복한 사람

성탄의 노래

말구유 옆에서
오늘은 그대로 서서
순결한 생활을 노래하라
아담 안에서 진행되는 역사가
새로이 쓰여지고

당신을 통하여 비로소 알게 되는
모든 이의 따르는 길이며
갇히지 않는 진리이며
멈출 수 없는
생명강의 도도한 흐름이여

하늘이 가려져 사뭇 땅만 내려다보고
방황하여 허덕이는 사람
자기 생각대로 살아가는 사람
다음은 생각하지 않고
걸어가는 사람에게 별을 보듯
하늘의 창을 보게 하소서

우리를 안전히 인도하는
성탄의 별이여!

이 날이 있으므로 말씀의 빛으로
인류는 꽃을 피웠으며
멈추어진 역사는
시간의 의미를 찾았으며
혼돈과 암흑 속에서 기다린
초라한 마구간에서 들리는
어린 아기 울음소리
역사를 깨우듯 우주의 잠을 깨웠네

"오히려 자기를 비워서
종의 모습을 취하시고
사람과 같이 되신"(빌 2:7)

성탄의 편지는
사막을 방황하는 나그네에게
하늘과 땅이 만나는 신비함으로
뽀얗게 빛나는
아름다운 시간이어라.

즐거운 순례

항시 마주하는 것이지만 비온 뒤 산과 들 숲속에서
물기 털어내며 세수하는 새들의 조회 시간
이슬 머금은 들꽃들의 손가린 웃음을 대할 때는
맑고 아름다운 음악이 흐르듯 잔잔한
기쁨이 밀려오지요

메마른 영혼 보혈의 피로 구원받은 새 아침처럼
푸르른 숲속에 들어서면 나는 당신의 작은 나무

높푸른 하늘에 머리를 담그고 두 발의 뿌리는 땅속깊이
산새들의 소리에 춤추며 들꽃의 향연에
목소리 가다듬고
맑고 고운 환한 시를 씁니다

아직은 낯설고 척박한 땅, 생명을 뿌려주고 가신
그 푸른 산야에 나무 진액으로 타고 흐르는
그 피를 확인해 보면 당신은 어디에나 계십니다

바람결에 흔들리는 나뭇잎 편지
말갛게 그어지는 눈부신 떨림

싱그런 아침을 맞이한 시간에 흙탕물 쳐진 시냇물
나뒹구는 폐비닐 밟히는 돌멩이도 한데 어울려
어깨동무하는 즐거운 순례

꽃 각시처럼 남몰래 설렘 감추고
마련한 색동옷 입고 나서야지
그믐밤 가려진 지난날 지워가며

100개의 나이테를 헤아리며

내가 사랑하는 나를 사랑하는 교회는
나를 맞아주는 내 어머니 우리 어머니
새벽마다 울리는 종소리가 마을을 깨우듯
새벽마다 쌓이는 기도 소리가 함박눈으로 내려
풀꽃 한 아름 안고 뛰어오는 설렘으로
온 세상이 맑음으로 가득합니다

착한 마음으로 농사짓는 옥토에 뿌려진
겨자씨 한 톨이 싹이 나고
나무가 되고 울울창창 숲이 되고
지금은 산맥이 되어 빼곡히 맺혀진
성령의 열매들이 고장과 조국을 넘어
열방까지 드리워졌습니다

시대의 혼돈과 깊음과 흑암 위에
거룩한 영이 임하시니
혼돈은 질서로 공허는 소망으로
흑암은 빛으로 어둠이 떠나고
푸른 새 아침이 밝아왔도다

가난한 사람들에게 복음을
포로된 사람들에게 자유를
못 보는 사람들에게 다시 볼 수 있음을
억눌린 사람들에게 해방을 선포하기 위해
주의 은혜의 해를 선포하기 위하여
기름을 부으셨도다
무궁하도록 이루셨도다

걸음마다 감사일세
믿음의 노트에 써 내려온 숭고한 역사
마음마다 찬양일세
하늘 높이 드리운 수만의 애드벌룬
모두에게 축제일세
오대양 육대주에 힘차게 솟아오른 깃발

"있을지어다 그대로 되니라 좋았더라"

외치고 선포하며 사랑으로 손잡고
함께 오르는 광활한 터전

목마른 자에게 한 바가지의 생수를 주며
우물을 파 주었네
주린 자에게 빵을 주며 밀을 심고 가꾸어
풍성한 수확을 거두었네
사모하는 심령에게 하늘의 만나로 채우며
100개의 나이테를 그으며 마음 갈피 새겨
그 걸음 너머 눈물 그렁한 얼굴 헤아려봅니다
나팔소리 울려올 때까지 하나의 결이 되어
빛무리 속에 들려오는 오케스트라의 합창

"나의 사랑 내 어여쁜 자야,
일어나서 함께 가자"

초판 1 쇄　2020년 4월 30일

지 은 이 _ 이상묵

펴 낸 이 _ 김현태

디 자 인 _ 디자인 창(디자이너 장창호)

펴 낸 곳 _ 따스한 이야기

등　　록 _ No. 305-2011-000035

전　　화 _ 070-8699-8765

팩　　스 _ 02- 6020-8765

이 메 일 _ jhyuntae512@hanmail.net

따스한 이야기 페이스북

https://www.facebook.com/touchingstorypublisher

따스한 이야기는 출판을 원하는 분들의 좋은 원고를

기다리고 있습니다.

가격 10,000원